환

환

Reborn

김시안 미스터리 스릴러

고즈넉
이엔티!

환

2쇄 발행 2022년 12월 27일

지은이 김시안
펴낸이 배선아
편 집 유민우
디자인 엄인경
펴낸곳 고즈넉이엔티

출판등록 2017년 3월 13일 제2022-000078호
주소 서울시 중구 남대문로9길 24, 패스트파이브 시청1호점 904호, 1007호
대표전화 02-6269-8166 **팩스** 02-6166-9199
이메일 gozknockent@gozknock.com
홈페이지 www.gozknock.com
블로그 blog.naver.com/gozknock
페이스북 www.facebook.com/gozknock
인스타그램 www.instagram.com/gozknock

ⓒ 김시안, 2022
ISBN 979-11-6316-236-0   03810

내지이미지 Designed by Freepik

미래에서 찾아온 사랑하는 은들에게

차 례

프롤로그 — 과거에서 온 아이들   9

1부   가장 행복한 순간, 과거로부터 한 아이가 찾아왔다

1장 · 인연   17
2장 · 고향   32
3장 · 악연   81

2부   코모도도마뱀은 먹이를 놓치지 않는다

1장 · 묻다   105
2장 · 물다   119
3장 · 잇다   134
4장 · 되묻다   150
5장 · 흔들다   166

3부 잊고 싶은 기억

1장 · 절박 혹은 절망   185

2장 · 악몽   192

3장 · 귀향   214

4장 · 균열   227

5장 · 퍼즐   238

6장 · 이름   259

7장 · 진실   284

에필로그 ─ 과거를 붙잡고 싶은 아이   316

과거에서 온 아이들

나지막한 산이 검은 병풍처럼 둘러싼 시골 마을로 승용차 한 대가 천천히 들어섰다. 논밭 옆으로 난 길, 가로등 하나 없는 2차선 도로를 밝히는 것은 자동차의 미등뿐이었다. 불빛 하나 새어 나오지 않는 농가 몇 집을 조심스럽게 지나던 자동차는 시커멓게 입을 벌린 숲 입구에서 시동을 껐다. 운전석에 앉은 남자가 불안한 눈빛으로 좌우를 살피며 귀를 기울였다. 멀지 않은 곳에서 소쩍새의 울음소리가 들려왔다. 인기척은 들리지 않았다.

"지금, 시작할까?"

남자가 시선을 들어 룸미러로 뒷좌석을 보며 물었다. 거울에 비친 여자가 고개를 끄덕였다. 남자는 차에서 내리자마자 트렁크에서 목장갑을 꺼내 단단히 꼈다. 곧이어 차 뒷문을 열고 여자가, 그리고 여자의 손을 잡고 어린아이가 내렸다. 남자가 걱정스러운 목소리로 아이에게 물었다.

"가은아, 춥지? 아빠가 담요라도 챙겨올걸."

"괜찮아."

잠에서 막 깼는지 갈라진 목소리로 아이가 대답했다. 아직 겨울의 기운이 완전히 가시지 않은 3월의 밤공기는 제법 매서웠지만 아이는 태연했다. 오히려 갖고 싶은 장난감이라도 손에 쥔 듯 한껏 만족스러운 표정으로 차가운 공기를 들이마셨다가 내뱉길 반복했다.

남자의 시선이 아이의 얼굴에 머물렀다. 제 자식이지만 볼 때마다 기묘한 거리감을 느끼게 하는 얼굴이었다. 아이에게는 태어날 때부터 인중(人中)이 없었다. 코와 입술 사이는 공기가 가득 찬 것처럼 볼록하게 튀어나왔고, 말려 들어간 윗입술은 아랫입술에 비해 지나치게 얇아 불균형해 보였다. 남자는 자신의 인중을 확인하듯 코 밑을 쓱 문질러 닦았다.

인중 없는 아이가 앞장서 걷기 시작했다. 헤드랜턴을 끼고 삽을 든 남자는 호위하듯 주위를 살피며 뒤를 따랐고, 역시 삽을 든 여자가 그 옆에 딱 붙어 걸었다. 오랫동안 묵힌 땅인 듯 잡초가 우거진 밭 한가운데로 아이는 한 치의 망설임도 없이 성큼성큼 걸어 들어갔다. 헤드랜턴 불빛에 아이가 나타났다 사라지길 반복했고, 뒤따르는 부부는 아이를 시야에서 놓치지 않으려 뛰듯이 걸었다. 한참을 앞서 걷던 아이가 우뚝 멈춰 섰다. 숨을 헐떡이며 달려온 부부를 돌아보고는 무표정하게 말했다.

"여기야. 깊이, 아주 깊이 파야 해."

부부는 조금도 망설이지 않고 아이가 가리킨 곳을 파기 시작했다. 주변의 무른 흙에 비해 땅이 단단히 다져져 있는 탓에 파는 속도가 좀처럼 나질 않았다. 거친 숨을 몰아쉬며 땅을 파헤치던 남자와 여자의 눈빛에 당혹감이 번져갔다. 서툰 삽질에 비 오듯 땀을 쏟던 여자가 하얗게 질린 얼굴로 결국 주저앉고 말았다.

그때였다. 밭 주변으로 오토바이 몇 대가 굉음을 내며 달려와 멈춰 섰다. 거친 고함과 환한 조명이 어지럽게 뒤섞였고, 사람들의 다급한 발소리가 가족을 향해 달려들었다. 갑작스러운 상황에 당황한 부부는 허둥대며 아이부터 품에 안았다.

이삼십대로 보이는 건장한 남자들이 달려와 이들 가족과 마주 섰다. 젊은 남자들이 날 선 눈빛으로 부부를 에워싸는 사이, 오륙십대 중장년으로 보이는 남녀 네 명이 뒤이어 나타났다. 주름진 얼굴의 이들은 부모의 품에 안겨 있는 아이를 뚫어지게 바라보았다. 아이도 그들의 시선을 피하지 않았다.

부부와 아이를 해코지하지도 않고 그저 서성대기만 하던 젊은 남자들이 널브러진 삽을 주워들었다. 그리고 부부가 파던 땅을 다시 파헤치기 시작했다. 황량하고 넓은 밭에 거친 숨소리만 가득했다. 내도록 무표정했던 아이의 얼굴에 비뚜름한 비웃음이 떠올랐다. 어린아이가 지을 수 없는, 아주 낡고 닳은 표정이었다.

얼마나 파냈을까. 삽질을 하던 남자가 갑자기 움직임을 멈췄다. 어느새 허벅지 높이까지 땅이 꺼져 있었다. 남자가 다시 한번 삽을 땅에 꽂더니 이번엔 괴성을 질렀다. 삽 끝에 뭔가가 닿은 것이었다.

"있다. 있어! 진짜야! 할아버지의 유언이 진짜였어!"

구덩이로 사람들이 달려들었다. 각자 손에 든 조명을 비추자 땅 아래 숨겨져 있던 것이 모습을 드러냈다. 비닐로 꽁꽁 싸놓은 엄청난 양의 돈다발이었다.

다급한 손길로 한 다발씩 집어 들어 비닐을 찢어냈다. 현금을 꺼내 확인한 사람들의 시선이 아이에게 일제히 집중되었다. 그중 가장 나이 많은 남자가 메마른 입술로 탄식하듯 말을 뱉어냈다.

"아버지, 여자아이로 다시 태어나셨네요."

언제부터인가 코와 입술 사이 인중이 없는 아이들이 태어나기 시작했다. 이 아이들은 코와 입술 사이가 유난히 돌출되어 있었으며, 윗입술이 말려들어가 거의 보이지 않는 특징을 보였다.

처음 인중 없는 아이들의 사례가 보고되었을 때 의사들은 일종의 선천적 안면 장애로 판단하고 치료 방법을 강구했다. 그런데 시간이 지나면서 이 아이들에게 한 가지 공통점이 있다는 것이 드러났다.

인중 없는 아이들은 신생아 때부터 영아기를 거치는 동안 좀처럼 울거나 말을 하지 않았다. 생후 3개월 무렵이면 시작되는 '어', '마'와 같은 단음절의 발화조차 없었다. 언어장애 혹은 자폐로 여겨졌던 아이들의 침묵은 생후 36개월을 기점으로 급작스럽게 깨졌고, 그와 함께 단단했던 세상의 질서도 한순간에 산산조각이 났다.

인중이 없는 아이들은 첫 발화에서 부모가 전혀 사용하지 않는 낯선 언어를 능숙하게 구사하거나, 먼 과거의 일을 바로 어제의 일처럼 생생히 기억해냈다. 때로는 누군가의 이름을 간절히 부르며 그리워했고, 때로는 낯선 장소를 제집 안마당처럼 생생하게 묘사하며 찾고 싶어 했다. 여러 차례의 오해와 외면, 실수와 실패가 반복된 후 어른들은 인중 없는 아이들이 먼 과거에서 온 사람들임을, 즉 전생의 기억을 품은 채 환생한 것임을 받아들이게 되었다.

인중 없는 아이들의 비밀이 밝혀지자 세상은 혼란스러워졌다. 현실을 실패라 규정하고 환생을 기대하며 자살하는 사람들이 급증했고, 사랑하는 이의 환생을 약속하는 종교가 등장했다. 인중 없는 아이들의 기억을 악용하거나 아이들을 납치하는 심각한 범죄도 발생했다.

그중에서도 가장 큰 문제가 발생하는 경우는 환생의 주기가 짧아 전생과 현생이 얽힐 때였다. 환생한 아이가 기억하는 가까운 과거는 현재와 지나치게 밀접하게 얽혀 있어 그 시간에 엮여 있는 모두를 혼란에 빠뜨렸다. 기억은 힘이 세 누군가는 이 힘을 갈망했고, 누군가는 이 힘을 두려워했다.

이 모든 불안과 혼란을 잠재우기 위해 정부는 '환생아보호법'을 제정했고, 이에 따라 인중 없이 태어나는 모든 아이는 출생 신고와 함께 관리 감독 대상이 되었다. 치열한 논란 끝에 '환생아기억보존국'이 신설되었고, 환생아들은 첫 발화가 시작된 순간부터 이곳에서 관리되었다.

　다행 혹은 불행한 사실은 환생아들이 전생을 기억하는 시간이 한정되어 있다는 것이었다. 일곱 살 무렵, 첫 유치(乳齒)가 빠지면 아이들은 더 이상 전생을 기억하지 못했다. 유치가 빠진 환생아들은 마치 한바탕 어지러운 꿈을 꾼 것처럼 전생의 기억을 서서히 잊었다. 그때부터 아이들은 현재만을 기억했고, 새로운 바탕에서 미래를 꿈꿀 수 있었다.

　표식을 가진 환생아가 태어나는 이유는 아무도 알지 못했다. 여러 가지 가설이 제기되었지만, 확인된 것은 없었다. 누군가는 이것을 신의 축복이라고 했고, 누군가는 신의 저주라고 했다. 누군가는 신의 의도 따위가 무엇이든 뒤섞인 시간 속에서 혼란을 겪는 아이들을 안타까워했다.

　이제 부모들은 아이가 태어나면 인중부터 확인했다. 우렁찬 울음소리를 터뜨리는 신생아의 인중을 손으로 쓰다듬는 것은 신성한 의례가 되었다. 어루만질 인중이 없는 환생아를 마주한 부모들은 기대와 불안이 뒤섞인 표정을 숨기지 못했다.

　환생아 한 명이 태어날 때마다 거대한 시간의 파도가 일었다. 잔잔한 파도는 아무 일 없이 지나기도 했지만, 집채만큼 높은 파도는 모든 것을 집어삼키기도 했다. 시간과 공간의 축이 뒤섞인 바다에서 무기력하게 표류하는 인간들은 성난 바다가 포효하지 않기만을 바랐다.

　짙은 먹구름이 일고 바람의 방향이 바뀌었다. 잔잔했던 바다가 출렁이며 파도가 일기 시작했다. 또 하나의 이야기가 시작되고 있었다.

1부

가장 행복한 순간,
과거로부터 한 아이가 찾아왔다

1장

인연

이십사 일째, 장맛비가 계속되고 있었다. 저지대 침수로 집을 잃은 이재민들과 산사태를 우려하는 마을 주민들의 걱정 어린 인터뷰가 텔레비전 화면을 가득 메웠다. 이상기후는 이곳만의 문제는 아니었다. 연평균기온이 27도인 캐나다 북반구 지역의 기온이 49.9도까지 치솟아 폭염으로 인한 사망 환자가 속출했고 미국 캘리포니아에서는 계속되는 가뭄에 산불까지 번져 비상사태가 선포되었다. 해수면이 상승해 태평양에 점점이 흩어져 있던 무인도 13개가 가라앉았고, 인도 북부 히말라야 고산지대의 빙하가 녹으며 갑작스럽게 발생한 홍수로 수천여 명이 실종되는 사고도 발생했다. 시뻘건 불길과 시퍼런 물이 텔레비전 화면 밖으로 넘칠 듯 차올랐다.

소파에 누워 재난 장면을 보는 지영의 미간이 잔뜩 찌푸려졌다. 출산예정일이 2주밖에 남지 않았는데, 집 밖 상황이 심상치 않았다. 임신 사실을 확인하고 지난 8개월간 병원에 갈 때를 제외하고는 집에서만 줄곧 지내왔다. 지영은 밖으로 나가는 것이 점점 두려워졌다. 그럴 수만 있다면 집 밖으로는 한 발짝도 내딛지 않고 지금처럼 지내고 싶었다.

3년 전 결혼과 동시에 마련한 집은 지영에겐 파라다이스였다. 타운하우스 곳곳을 비추는 CCTV와 경호 시스템 덕분에 안전하게 보호받고 있었다. 사계절 내내 온도 24도, 습도 60퍼센트를 유지하는 실내는 언제나 쾌적했다. 고심해서 고른 고급 원목 가구를 적재적소에 배치했고, 품질 좋은 패브릭으로 따뜻한 분위기를 더했다. 지영이 인테리어에서 가장 신경 쓴 것은 조명이었다. 오랫동안 카메라 앞에 서는 직업을 가져 빛에 민감한 지영은 색이 다른 조명으로 공간마다 특별한 분위기를 연출했다. 전 세계에서 수입한 다양한 디자인의 조명이 집 안 곳곳을 은은하게 밝혀주었다.

완벽한 파라다이스에서 지영이 못마땅해하는 것은 딱 하나, 거실 한쪽에 걸려 있는 사진이었다. 패션잡지 표지를 장식했던 사진으로, 남편 석훈이 촬영했던 스물여덟 지영의 모습이었다. 석훈이 고집을 피워 걸어두긴 했지만, 지영은 모델 시절 자신의 모습을 마주하는 것이 어색하고 불편했다. 화려한 의상과 메이크업으로 숨겼지만, 사진 속 눈빛에는 두려움과 불안이 가득했다. 지영은 그 마음이 들킬까 두려워 카메라 앞에 설 때면 과장되게 웃곤 했다.

화장기 하나 없는 얼굴에 장식 없는 민소매 원피스를 입고 소파에 누워 있던 지영은 벽에 걸린 사진을 쳐다보다 다시 텔레비전으로 시선을 옮겼다. TV에서는 '환생아 재산분할'에 대한 토론이 이어지고 있었다.

지난 3월, 경기도 외곽의 버려진 밭에서 발견된 수십억 원의 돈다발이 거론되었다. 밭에 돈을 묻어둔 사람은 8년 전 노환으로 숨진 82세의 노인이었고, 돈이 묻혀 있는 장소를 지목한 사람은 5년 전에 태어난 환생아였다. 숨진 노인이 3년 만에 환생한 것이 밝혀지면서 큰 논란이 벌어졌다. 전생의 가족은 유산 상속을 주장했고, 현생의 가족은 재산분할을 주장했다.

지영은 깊은 한숨을 내쉬었다. 한밤중에 아이를 앞장세워 돈다발을 캐내려 한 현생의 부모는 물론, 이런 일이 생길 것을 대비해 밭 주변에 적외선 감시기를 설치해두었다는 전생의 자식도 참 지독하다 싶었다. 하지만 그 무엇보다 이토록 모질고 지독한 인연 속에서 생을 반복해야 하는 아이가 안쓰러웠다. 끊어내지 못한 과거의 기억과 인연에 얽매인 다섯 살 아이라니, 이보다 지독한 농담이 어디 있을까. 지영이 미간을 찌푸리며 텔레비전 리모컨의 볼륨을 높였다.

"어떤 사안에서든 우선되어야 하는 것은 환생아의 의견입니다. 이번 사건의 경우, 아이가 전생의 가족에 대한 분노를 분명하게 표현하지 않았습니까? 전생의 자식들이 재산을 가로채는 데만 혈안이 되어 있어 땅에 묻을 수밖에 없었다고요. 가족 간의 불화로 고통이 컸다는 아이의 목소리를 경청해야 합니다. 환생아에게 전생의 고통은 끝난 것이 아닙니다. 현재의 삶으로까지 이어지고 있는 거라고요. 그 고통을 헤아려야죠."

'환생아심리상담소' 고복순 소장이 목소리를 높였다. 고복순 소장의 아이 역시 환생아였다. 27년 전 인적 드문 거리에서 살해당했던 젊은 여성의 과거가 환생한 아이의 기억 속에 있었다. 당시 사건은 미제로 처리되었으나, 환생한 아이는 자신을 살해했던 범인을 지목했다. 27년 전 숨진 여자의 직장 상사였다. 연애를 가장한 스토킹 범죄였고, 죽어가던 여자는 남자의 얼굴에 큰 상처를 남겼다. 세월이 흘러 노인이 된 남성은 극렬하게 범죄 사실을 부인했으나, 아이의 증언이 너무나도 구체적이고 명확했다. 얼굴에 남은 흉터 역시 당시의 상황을 설명한 아이의 말 그대로였다. 그러나 공소시효가 이미 지난 상황이어서 남자는 처벌받지 않았고, 아이는 그 사실을 납득하지 못했다. 환생아기억보존국 윤태석 국장이 목소리를 낮추며 반대 의견을 피력했다.

"환생아의 기억이 현재를 혼란스럽게 만드는 일은 최대한 막아야 한다는 것이 저희의 분명한 입장입니다. 환생아의 기억은 객관적 사실과 주관적 감상이 뒤섞여 있기 때문에 더욱 조심스럽게 접근해야 합니다. 이번 사건에서도 전생의 가족은 아버지와 불화가 없었다고 일관되게 증언하고 있습니다. 그리고 만약 불화가 사실이라 하더라도 법적으로 문제될 것은 없습니다. 법은 현재의 객관적 사실에 충실해야 하니까요."

"뭐가 사실이고 뭐가 감상이죠? 그 기준은 누가 정하는 겁니까? 환생아기억보존국은 환생아들을 상담할 때 필요한 정보만, 지금 말씀하신 것처럼 이른바 '객관적 사실'만 얻고자 한다는 비판을 늘 받아오지 않았습니까? 환생아가 원하는 것은 단순한 정보 전달이 아닙니다. 전생에 느꼈던 감정들에 대한 이해와 수용이죠."

흥분한 고복순 소장의 목소리 끝이 떨렸다. 펜을 쥔 손이 흔들리는 것을 카메라가 놓치지 않았다. 윤태석 국장이 차분하게 다음 말을 이어갔다.

"모든 기억은 필연적으로 왜곡이 있을 수밖에 없습니다. 그중에서 사실이 무엇인지를 가려내는 것이 환생아기억보존국의 중요한 업무입니다. 잘못된 과거의 기억이 현재를 위험하게 만들면 안 되니까요. 감상이 섞여서는 안 되는 작업입니다."

"과거를 기억하는 환생아들의 고통을 단 한 번이라도 헤아려보신 적이 있나요?"

"개인적인 경험을 일반화하지 마세요. 소장님의 아이처럼 모든 환생아가 불행한 기억만 가지고 태어나는 것은 아닙니다."

고복순 소장을 비추던 카메라가 미세하게 덜컹거렸다. 고복순 소장의 아이는 전생의 불행에서 쉽게 헤어나지 못했다. 아이의 기억은 서서히 사라졌지만, 세상이 그 사건을 기억하기 때문이었다. 사건은 끊임없이 반복 재생산되었고, 사람들의 입에 오르내렸다. 처벌받지 않은 범죄자는 서서히 잊혔지만, 참혹한 전생에서 환생한 아이는 사람들의 기억에 남았다. 과거에 갇힌 아이는 결국 스무 살이 되던 해 스스로 목숨을 끊었다. 벌써 10여 년 전의 일로, 당시 큰 사회적 파장을 일으켰던 사건이었다. 당혹스러운 스튜디오의 분위기를 감지했는지 윤태석 국장이 황급히 말을 덧붙였다.

"기억은 도구로만 사용해야 합니다. 다만 그 도구는 현재를 이롭게 하는 데 사용되어야겠죠. 도구의 감정을 살피는 순간 모든 것이 더 혼란스러워질 수 있습니다. 저희는 환생아들이 과거에서 벗어나 현재를 살 수 있도록 최선을 다해 돕고 있습니다."

지영은 탄식과 한숨을 번갈아 내쉬며 TV 토론에 집중했다. 너무 집중한 탓에 현관문이 열리는 소리도 듣질 못했다. 자신을 부르는 목소리에 고개를 들어보니 거실 한가운데 석훈이 서 있었다. 서운한 표정으로 석훈이 팔을 벌리고 서 있었다. 안아달라는 표현이었다.

석훈은 강아지 같은 구석이 있었다. 사랑해주고 관심을 기울여달라는 표현을 자주 했다. 쉽게 타협하지 않는, 완벽주의 성향의 사진작가로 세상에 알려져 있지만 지영 앞에서만은 예외였다. 까다롭고 예민한 예술가의 기질 아래 숨겨진 것은 결핍을 안고 있는, 상처받기 쉬운 아이의 마음이었다. 석훈은 내면의 아이를 지영 앞에서만 온전히 드러냈다.

"오늘 작업이 많아서 밤새울지도 모른다더니, 생각보다 일찍 끝났네?"

활짝 웃으며 소파에서 일어나던 지영이 다시 주저앉고 말았다. 평소에도 기립성저혈압으로 고생했는데 임신 후 증세가 심해졌다. 지영보다 더 놀란 석훈이 감싸 안으며 속사포처럼 말을 쏟아냈다.

"지영아, 괜찮아? 많이 어지러워? 속은 괜찮아? 메스껍거나 하진 않고? 심호흡해. 심호흡. 들이마시고 내쉬고. 들이마시고 내쉬고. 코로 들이마시고 입으로 내쉬고. 알지?"

지영이 이제 괜찮다며 고개를 끄덕이자 석훈이 소파 아래 무릎을 꿇고 앉았다. 두 사람은 서로를 마주 보며 말갛게 웃었다. 서로의 눈동자 속에 자신의 얼굴이 비쳤다. 그제야 마음을 놓은 석훈은 지영의 배를 어루만지며 하루의 안부를 물었다. 별일 없이 무탈했던 하루의 일과를 시시콜콜 늘어놓자 석훈이 아이에게 사실 여부를 확인해봐야겠다며 지영의 배에 입을 대고 꼬물거렸다. 지영이 간지럽다며 온몸을 비틀어대며 웃었다. 환한 웃음소리가 집 안 가득 퍼졌다.

석훈은 거실 한쪽에 아무렇게나 놓여 있던 카메라를 들었다. 헝클어진 머리를 틀어 올리며 웃는 지영의 표정이 카메라에 담겼다. 장난스럽게 혓바닥을 내미는 지영, 틀어 올린 머리를 다시 풀어헤치며 흘겨보는 지영, 입술을 내밀며 우스꽝스러운 표정을 지어 보이는 지영, 세상 사람들은 결코 볼 수 없는 지영의 사랑스러운 모습들이 사각 프레임에 가득 담겼다.

거실이며 방이며 곳곳에는 석훈이 촬영한 지영의 사진들이 가득했다. 10대 소녀 시절부터 결혼 후 만삭의 사진까지, 카메라 렌즈를 사이에 두고 쌓아온 지영과 석훈의 이야기였다. 그중에서 석훈이 가장 좋아하는 사진은 두 손으로 얼굴을 반쯤 가린 채 카메라를 바라보고 있는 열다섯 지영의 사진이었다. 그것이 두 사람의 첫 만남이었다.

늘 바쁜 스케줄로 얼굴 한번 마주하기 쉽지 않았던 아버지가 회사에 같이 가자며 석훈의 손을 잡았던 날이었다. 평소와 달리 몹시 흥분한 아버지의 모습이 낯설었지만, 어린 마음에도 그게 기분 좋은 설렘이라는 것은 알 수 있었다. 뭔가 엄청난 일이 벌어지고 있는 것이 분명했다. 습관처럼 필름 카메라를 챙겨 목에 건 석훈이 아버지의 손을 잡고 찾아간 곳은 회사가 아닌 대학병원이었다.

병원 입구에 도착하자 여기저기서 카메라 플래시가 터졌다. 아버지는 기분 좋은 웃음을 터뜨렸고, 석훈도 거울을 보듯 따라 웃었다. 안내를 받아 도착한 VIP 병실에는 환자복을 입은 중년의 여성이 침상에 앉아 있었고, 그녀를 둘러싸고 의사들이 들어차 있었다.

아버지와 의사들은 서로에게 감사의 인사를 전했다. 곁에 서 있던 누군가가 아버지가 훌륭한 일을 하셨다며 석훈의 머리를 오래도록 쓰다듬었다. 사람들에게 둘러싸인 아버지가 우뚝 솟은 것처럼 보였다. 누구도 대적할 수 없는 거인 같았다. 창밖으로는 하얀 눈이 쏟아지는데, 병실에는 기분 좋은 온기가 가득했다.

바로 그곳에 지영이 있었다. 환자복을 입은 중년의 여성 뒤에 고개를 숙인 채 시선을 떨구고 있던 지영, 고개를 드는 순간 아름다운 외모에 모두의 감탄을 자아냈던 지영, 사람들의 관심이 집중되자 귀 끝까지 새빨개진 채 뒷걸음질 치던 지영, 손으로 얼굴을 가리며 당황해하던 지영의 모습이 석훈의 뇌리에 스틸 컷처럼 각인되었다. 그 순간, 모든 소음도 사라졌다. 그 공간에는 오직 석훈과 지영 둘뿐이었다. 자신도 모르게 목에 걸고 있던 카메라를 들어 지영의 모습을 찍던 순간, 열다섯의 석훈은 운명이라는 단어의 질감을 생생하게 느꼈다. 예감은 벗어나지 않았고 지영은 석훈의 운명이 되었다.

지영의 무릎을 베고 누웠던 석훈이 벌떡 일어나 앉았다. 새벽 2시가 다 되어가는 시각이었다. 내일 일정을 소화하려면 억지로라도 잠자리에 들어야 했다. 밤잠이 없는 지영을 설득해 침실로 데려가려는데, 지영이 일어서다 말고 그 자리에 우뚝 멈춰 섰다.
석훈을 바라보는 그녀의 눈빛이 크게 흔들렸다.
"석훈아, 왜 이러지? 왜 이러는 거야?"
지영의 다리 사이로 맑은 액체가 흘러내리고 있었다. 석훈은 며칠 전 병원에 갔을 때 양수가 먼저 터질 경우, 곧장 병원으로 오라고 했던 의사의 말이 기억났다. 하지만 아직 예정일이 2주나 남아 있는 상황이었다. 초산이라 예정일이 지날 수도 있다는 얘기는 들었지만 반대의 경우는 듣지 못했다. 뭔가 잘못된 것일지도 모른다는 불안이 목을 죄었다. 떨리는 손으로 지영을 부축해 주차장까지 내려가면서 석훈은 내내 괜찮아, 괜찮아, 똑같은 말만 수십 번을 반복했다.

병원에 도착해 입원 수속을 밟고 가족들에게 연락을 하는 석훈의 목소리가 제어하기 어려울 정도로 떨렸다. 양수 감염을 막기 위한 유도 분만이 결정되었다. 촉진제가 지영의 혈관을 따라 흐르기 시작했고, 진통이 시작되었다.

아직까진 견딜 만한 고통이었다. 지영이 고통으로 신음할 때마다 더 큰 고통을 느낀 것은 석훈이었다. 잠깐 동안 진통이 사라지면 석훈은 초조한 듯 병실을 맴돌았고, 지영은 희미하게 웃으며 그를 다독였다.

지영이 다시 한번 숨을 크게 들이마셨다. 짙은 소독약 냄새가 폐에 가득 들어찼다. 병원 특유의 냄새를 맡으면 지영은 늘 어린 시절이 떠올랐다.

만성신부전증을 앓았던 엄마는 일주일에 두 번씩 병원에서 투석을 받았다. 태어날 때부터 엄마뿐이었던 지영은 엄마가 병원에 갈 때조차도 떨어지지 않으려고 고집을 피웠다. 지영은 엄마가 무엇을 하는지도 모른 채, 병원 대기실에서 기다리는 법을 익히며 7년의 시간을 보냈다.

어느 정도 엄마의 병을 알게 되었을 때는 이미 신장은 물론 간까지 손쓸 도리 없이 나빠져 있던 상황이었다. 당장 장기이식을 받아야 했지만 거우 열네 살이었던 지영은 이식이 불가능했고, 대기자가 많아 공여를 받을 가능성은 희박했다.

그때 병원으로부터 제안받은 것이 유전자변형돼지로부터의 이종 장기이식이었다. 당시 이종장기를 이식받은 환자가 3개월 이상 생존한 사례는 없었다. 면역거부반응이 심하게 나타날 경우에는 하루도 버티지 못할 수도 있었다. 생존 가능성은 희박했다. 하지만 다른 선택지가 없었던 엄마는 이종장기이식을 선택하기로 했다. 한 치 앞도 내다볼 수 없는 절망적인 상황이었다.

의사에게서 설명을 듣던 지영은 겁에 질려 숨을 쉬기가 어려웠다. 가슴을 움켜쥔 채 숨을 거칠게 몰아쉬다 그 자리에 쓰러졌다. 응급처치로 위험한 상황은 넘겼지만, 열네 살 소녀는 삶과 죽음의 경계가 그다지 뚜렷하지 않다는 것을 알게 되었다.

지영의 마음 깊숙이 비관적인 체념이 뿌리내렸다. 엄마의 수술실 앞을 지키던 지영의 눈빛은 공허했다. 깊은 어둠 속에 우두커니 선 그녀를 위로해주는 어른은 아무도 없었다.

그런데 누구도 예상치 못한 놀라운 일이 벌어졌다. 수술이 성공적으로 끝난 것은 물론 이종장기를 이식받고도 특별한 이상 반응이 나타나지 않았던 것이다. 수술 후 3개월이 지나자 병실을 찾는 사람들의 수가 점점 많아졌다. 모두 알지 못하는 사람들이었다. 낯선 사람들에게 둘러싸인 지영은 이들의 관심이 어디서부터 시작된 것인지 이해할 수 없었다. 6인실에서 3인실로, 1인실에서 VIP 병실로 옮겨가는 과정도 어리둥절했다.

갑작스럽게 호의를 보이는 세상이 지영은 기괴하게 느껴졌다. 그리고 장기이식수술을 한 지 1년이 되던 날이었다. 병원에서는 엄마 정숙을 세계 최초의 이종장기이식 성공 사례로 발표했고, 이 자리에서 그녀는 석훈을 만났다.

그날 이후, 지영을 둘러싼 세상은 완전히 달라졌다. 각종 언론매체가 경쟁적으로 찾아왔고, 낯선 사람들이 무작정 카메라를 들이밀었다. 엄마의 곁을 지키던 지영은 안간힘을 쓰며 사람들의 시선을 견뎠다. 그런데 그 시선에 적응하기도 전에 또 하나 예상치 못한 일이 벌어졌다. 정숙의 건강 상태에 모였던 관심이 어느 순간부터 엄마의 곁을 지키고 선 지영에게로 옮겨간 것이었다. 독특한 개성, 서늘한 아름다움, 숨길 수 없는 미모 등의 수식어를 단 지영의 사진이 온라인을 뒤덮었다. 사람들은 지영의 이야기를 궁금해했다.

긴 병원 생활이 미안했던 정숙은 딸에게 쏟아지는 관심을 오히려 감사하게 여겼다. 지영은 엄마의 마음을 예민하게 읽던 딸이었다. 엄마가 반기는 이상, 거부할 수 없었다. 지영은 안타까운 사연을 가진 소녀에서 대체 불가능한 매력을 가진 모델로 떠밀리듯 대중 앞에 서게 되었다.

낯선 세상에서 혼란스러웠던 지영은 석훈에게 의지했다. 처음 만난 날부터 석훈은 매일같이 병실을 찾아왔고 아주 천천히 지영에게 다가왔다. 속내를 터놓을 만한 친구 하나 없었던 지영에게 석훈은 유일한 동갑내기 친구이자 마음 놓고 의지할 수 있는 단 한 사람이었다.

지영은 석훈에게 자신의 두려움과 불안을 털어놓았고, 석훈은 기댈 수 있도록 어깨를 내어주었다. 좋은 친구에서 다정한 연인으로 발전한 것은 자연스러운 일이었다.

두 사람 사이에는 언제나 카메라가 있었다. 어린 연인이었던 둘에게 사진은 가장 재미난 놀이였다. 아름다움에 대책 없이 매료되었던 석훈의 카메라는 항상 지영을 향했고, 지영은 석훈 앞에서만큼은 한없이 자유로웠다. 지영이 모델로 성장할 수 있었던 것은 순전히 석훈 덕분이었다. 석훈이 사진작가로 성공할 수 있었던 것 역시 지영 덕분이었다. 두 사람은 함께일 때 가장 완벽했다.

하지만 두 사람의 스토리는 둘만의 것이 될 수 없었다. 대중은 둘의 운명적인 만남부터 동종 업계의 동료로 성장하는 과정, 연애와 결혼을 모두 지켜보았다. 지영은 더 이상 견디지 못했다. 사람들 앞에서 웃음을 지어 보일수록 마음 깊은 곳에는 비관과 체념의 그늘이 짙어갔다. 지영이 결혼과 동시에 연예계 은퇴를 선언한 것은 그 때문이었다.

지영은 사람들의 관심에서 멀어지길 원했다. 지영은 석훈의 든든한 지원 속에 성을 지었고, 그 안에 들어가 문을 굳게 걸어 잠갔다. 둘만의 낙원에서 부부는 더할 나위 없이 행복했다. 더 이상 바랄 것이 없는 꿈같은 매일이 지속되었다.

그리고 결혼 3년이 되던 해, 두 사람 사이에 생명이 찾아왔다. 석훈이 곁에 있어도 마음의 결핍을 채울 수 없었던 지영은 부서진 마음의 한 조각을 비로소 채운 듯했다. 이제야 모든 것이 온전해지는 기분이었다. 두 사람의 유전자를 똑같이 나눠 가진 아이가 태어나면, 가족은 더욱 완벽해질 것이었다. 지영은 그 사실을 믿어 의심치 않았다.

진통의 간격이 짧아졌다. 극심한 고통으로 지영의 온몸이 뒤틀렸다. 석훈은 아내를 대신해 아무것도 할 수 없는 무능을 자책했다. 지영의 손이 허공을 더듬었다. 석훈은 그 손을 마주 잡고 이 순간이 빨리 지나기만을 간절히 기도했다. 그것 말고는 할 수 있는 것이 아무것도 없었다.

지옥을 오가는 것 같았던 어느 순간, 단말마의 비명과 아이의 가냘픈 신음이 동시에 터져 나왔다. 반쯤 혼절한 지영을 끌어안고 석훈은 흐느끼며 쉼 없이 입맞춤을 했다. 석훈은 자신이 아내를 얼마나 사랑하는지 새삼 깨달았다. 이제 더 이상 원하는 것이 없었다. 곁에 지영만 있으면 충분했다. 함께여서 우리는 이미 완벽했는데, 무엇을 더 바랐던 걸까. 뒤늦은 후회가 입 안에 씁쓸하게 고였다.

"석훈아, 아이는? 왜 울음소리가 안 들려?"

그제야 정신이 들었다. 고개를 들자 석훈의 시선에 당혹스러운 의료진의 표정이 들어왔다. 불길했다. 의사로부터 아이를 안아 든 그의 눈이 흔들렸다. 단 한 번도 상상하지 못했던 상황이 눈앞에 벌어져 있었다. 지영이 석훈의 이름을 반복해 불렀다. 넋이 나간 표정으로 아이를 바라보던 그는 잠시 머뭇대다 지영에게 아이를 안겨주고 눈을 질끈 감았다.

아이를 안아 든 지영은 더없이 평온했다. 어쩌면 이런 상황을 예감하고 있었을지도 몰랐다. 아니 이보다 더한 상황이 닥치더라도 충분히 감당할 자신이 있었다. 아이로 인해서 처음 느껴본 온전함 덕분에 두렵지 않았다. 지영은 아이를 따뜻하게 안아주며 속삭였다.

"우리에게 와줘서 고마워. 좋은 부모가 될 수 있도록 노력할게."

두 주먹을 꼭 쥔 아이가 잔뜩 찡그린 얼굴로 버둥댔다. 지영이 손가락을 아이의 붉은 입술 위에 대자 아이가 그 손가락을 힘주어 쥐었다. 아이에게는 인중이 없다. 가장 행복한 순간, 한 아이가 과거로부터 온 것이다.

2장
고향

생후 49개월

잠에서 깨자마자 지영은 머리맡을 더듬어 휴대폰부터 확인했다. 11시 35분. 부재중 전화 다섯 통. 모두 석훈에게 걸려 온 전화였다.

"일어나면 밥 꼭 챙겨 먹어. 가끔씩 커튼도 열고 발코니에 나가서 햇볕도 쬐고 해. 혹시 무슨 일 생기면 바로 연락하고."

돌림노래처럼 반복되는 목소리가 귓가에서 들리는 것 같았다. 석훈은 하루에도 몇 번씩 전화를 걸어 상태를 물었다. 괜찮아? 지영은 무엇이 괜찮은지를 묻는 것인지 알지 못했지만 늘 괜찮다고 대답했다. 그래야 할 것 같았다. 지영은 묻고 싶은 것이 없었다. 아니 딱 한 가지 있었다. 왜 아이의 상태는 묻지 않아? 이 질문을 한다면 석훈은 뭐라고 대답할까. 듣지 않은 대답이 벌써 두려웠다.

거실로 나가자 강렬한 빛이 눈을 찔렀다. 창가로 다가가 얼른 커튼부터 쳤다. 거실 테이블에서 그림을 그리던 아이가 고개를 들어 빤히 쳐다보았다. 지영의 시선은 그림에 먼저 가닿았다.

빨간 지붕을 가진 작은 집 위에 반듯이 누운 스누피와 그 옆을 날아다니는 우드스탁. 아이가 한 번도 본 적 없지만 익숙하게 그리는 만화 캐릭터였다.

처음 이 그림을 보았을 때, 지영은 아이의 환생을 새삼스럽게 실감했다. 그림은 아이가 꺼내 보인 유일한 전생의 기억이었다. 환생한 아이들이 전생의 기억을 말하는 36개월이 훌쩍 지나도록 아이는 어떤 말도 하지 않았다. 울음소리도, 웃음소리도 내지 않고 무거운 침묵 속에 성장했다. 다만 아이가 그리는 그림을 통해 어른들은 아이의 전생을 짐작할 뿐이었다. 기환이라는 이름을 갖게 된 지영과 석훈의 아들은 현재와 멀지 않은 과거를 지나온 아이였다. 그것 외에는 기환이 어떤 전생을 거쳐 왔는지 그 누구도 짐작하지 못했다.

지영이 등 뒤에서 작은 몸을 꼭 끌어안았다. 아이가 간지럽다는 듯 몸을 움찔거렸다. 파닥거리는 작은 새 같았다. 조금만 더 세게 끌어안으면 툭 부러질 것만 같았다. 지영이 귀에 대고 속삭였다.

"엄마가 또 늦잠 자서 미안. 아침 먹었어?"

아이가 고개를 끄덕였다. 원래도 밤잠이 없던 지영은 출산 후 밤낮이 완전히 바뀌어버렸다. 아침 동이 틀 무렵 겨우 잠이 들어 정오에 눈을 뜨는 것이 일상이 되었다. 석훈의 걱정 어린 잔소리에도 어쩔 도리가 없었다. 부엌에서 과일을 챙겨 나오던 정숙이 어둑한 거실을 보고 혀를 찼다.

"해 좀 보고 살자. 너는 그렇다 쳐도 애는 무슨 죄야."

아이 할머니가 커튼을 활짝 열어젖히며 잔소리를 이어갔다.

"강 서방이 아침에 나가면서 몇 번이나 당부했어. 너 햇볕 좀 쬐게 해달라고. 그리고 이제는 찾아오는 사람도 없는데, 너도 좀 적당히 해. 벌써 4년째야."

창문으로 들어오는 볕에 눈이 부셨다. 지영이 눈을 찡그리자 아이가 작은 손을 들어 햇볕을 가렸다. 아이의 손에서 좋은 향이 났다. 지영이 고개를 돌려 입 모양으로 말했다. 고마워.

지영과 석훈의 환생아 출산 소식은 순식간에 퍼졌다. 사람들은 셀럽 부부 사이에서 태어난 아이가 어떤 과거로부터 온 것인지를 알고 싶어 했다. 수많은 억측과 확인되지 않은 소문들이 빠르게 퍼져나갔다. 인중 없는 아이의 얼굴을 확인하려는 사람들이 집 주변을 맴돌았다.

지영은 산후조리도 제대로 하지 못한 채 집으로 도망치듯 숨어들어야 했다. 그런 다음부터는 하루 종일 암막커튼을 치고 생활했다. 어린 시절 병원에서 겪었던 극도의 불안과 두려움이 되살아났다. 낯선 사람들이 자신은 물론 아이까지도 공격한다고 느꼈고, 그만큼 예민하게 방어를 하게 되었다.

집안일을 챙겨주고 아이를 돌봐주던 사람들을 모두 내보낸 것도 그 무렵의 일이었다. 지영은 안전하지 않은 세상에서 아이를 지킬 수 있는 곳은 자신의 품밖에 없다고 여겼다. 하루 종일 아이를 품에서 내려놓지 않았고, 그와 동시에 신경쇠약과 만성피로에 시달렸다.

아이에 대한 무거운 책임감과 함께 지영을 짓누른 또 하나의 감정은 자신이 결코 좋은 엄마가 될 수 없다는 무력감과 자책이었다. 마음 깊은 곳에 묻어두었던 비관과 체념의 검은 그림자가 그녀를 어두운 동굴로 끌어들였다. 지영은 동굴에서 한 발자국도 벗어나지 않으려 했고, 그 속에서 조금씩 생기를 잃어갔다. 석훈은 동굴 밖에서 애태우며 발을 구르는 수밖에 없었다.

위태로운 상황에서 그나마 가족의 일상을 지켜준 사람은 지영의 엄마 정숙이었다. 사위의 요청을 받고 한달음에 달려온 정숙은 딸의 불안을 다독였다. 세상에 완벽한 엄마란 없다는 것을, 아이를 품에서 내려놓는 것도 엄마가 되어가는 과정이라는 것을 정숙은 딸에게 천천히 이해시켰다. 지영은 엄마의 따뜻하고 헌신적인 보살핌 속에서 조금씩 안정을 되찾았고, 석훈도 한시름 놓을 수 있었다.

무엇보다 정숙은 손자 기환을 더없이 사랑했다. 죽음의 문턱에서 살아난 정숙에게 삶은 감사로 충만한 것이었고, 그중에서도 아이는 더없이 감사하고 경이로운 존재였다. 자신이 알지 못하는 과거에서 왔다고 해도 그것은 중요한 게 아니었다. 지금 이 순간에 존재한다는 것 자체가 기적이었다. 정숙은 손자를 온 마음을 다해 사랑했다.

정숙의 휴대폰 벨 소리가 울렸다. 사위였다. 석훈은 하루에도 몇 번씩 정숙에게 전화를 걸어 지영의 상태를 물었다. 유별나고 극성스러운 애정이었지만, 딸이 이토록 깊은 사랑을 받는 것은 감사한 일이었다. 정숙이 웃으며 전화를 받았다.

"지영이 일어났어. 커튼 젖혀서 햇볕도 쬐도록 했고. 이제 밥 차려 먹이려고."

전화기 너머에서 석훈의 멋쩍은 웃음소리가 들렸다.

"지영이가 어제도 계속 잠을 못 자더라고요."

"나도 잠귀가 밝아서 지영이 발소리 다 들었어. 너무 걱정하지 말고 일 봐."

전화를 끊고 나서 정숙이 딸을 밉지 않게 흘겨봤다. 지영은 아이의 그림만 물끄러미 쳐다보았다. 한참을 만화 캐릭터만 그리던 아이는 스케치북을 넘겨 풍경화를 그리기 시작했다. 환생아만 아니었다면 미술 영재로 발탁될 정도의 수준급 실력이었다.

기환은 두 돌 무렵부터 현생에서는 한 번도 본 적 없는 풍경을 스케치북 가득 그려내곤 했다. 하얀 눈을 뒤집어쓴 시린 겨울 숲의 풍경, 눈부신 햇빛이 반짝이는 여름 계곡의 풍경, 바람에 벼가 일렁이는 가을 논의 풍경이 그림 속에 생생하게 담겨 있었다. 벌레 먹은 전나무 잎, 홀씨를 반쯤 날려 보낸 민들레꽃 같은 세밀화도 보지 않고 쓱쓱 그렸다.

지영은 아이의 그림을 보며 감탄하기보다 막막한 상실감을 느꼈다. 아이가 기억하는 과거에는 자신의 자리가 없었다. 자신이 아무리 애를 써도 끼어들거나 바꿀 수 없는 과거가 아이의 기억 속에 버티고 있었다. 불변의 과거에 비하면 현재의 시간은 너무 위태로웠다. 만약 과거가 아이를 삼켜도 무기력한 자신은 할 수 있는 것이 아무것도 없을 것 같았다. 벗어나기 힘든 패배감이었다.

하지만 그 모든 것이 지나친 기우라는 듯, 기환은 만 네 돌이 지나도록 과거를 드러내는 어떤 발화도 하지 않았다. 만 세 살 무렵부터 방언을 뱉어내듯 전생의 기억을 쏟아내는 환생아들과는 다른 모습이었다. 가족이 힘겹게 세운 울타리 속에서 기환은 소리 없이 울고 웃으며 조금씩 성장했다.

생후 56개월

어시스턴트로부터 야외 촬영이 취소되었다는 소식을 전해 들은 석훈이 의자를 걷어찼다. 스튜디오에는 긴장감이 감돌았다. 미세먼지가 옅어진 틈을 타 어렵게 잡은 촬영이었다. 오랜만에 자연광 아래에서 촬영한다는 생각에 내심 기대를 하던 참이었다. 그런데 갑자기 싯누런 소낙비가 쏟아지는 바람에 야외에 설치해놓은 세트가 모두 망가졌다고 했다.

일기 예보에는 전혀 없던 소낙비였다. 12월에 벚꽃이 피고 6월에 우박이 떨어지는 날들이 이어지고 있는 터라 새삼스러울 것도 없었다. 이제는 더 이상 야외 촬영은 불가능할지도 몰랐다. 모든 것이 실내 세트로 대체되는 때가 머지않았다.

"전부 다 가짜야 가짜. 이제 세상에 진짜는 없어지는 거지! 안 그래?"

석훈이 짜증 섞인 소리를 지르자 어시스턴트가 목을 움츠리며 긴장했다. 스태프들은 항상 긴장한 상태로 석훈의 감정을 살폈다. 감정의 기복이 심한 편인 석훈은 느닷없이 화를 내거나 폭발하는 경우가 더러 있었다. 평소에는 여유롭고 유머러스한 모습을 보이다가도 촬영만 시작되면 병적일 정도로 예민하고 까칠해졌다. 사소한 실수에도 불같은 분노를 터뜨려 일을 그만둔 스태프도 여럿이었다.

어시스턴트의 주눅 든 눈빛에 석훈이 조그맣게 한숨을 내쉬었다. 스태프들이 자신을 뒤에서 미친개, 작두무당 등으로 부르며 욕한다는 사실도 알고 있었다. 하지만 완벽하지 않은 결과물을 만들어내는 것은 스스로 용납이 되지 않았다. 보정이 전혀 필요하지 않은 작품을 만드는 것은 지영과 작업할 때부터 지켜온 석훈의 원칙이자 자부심이었다. 완벽한 모델이 없는 탓일까, 석훈은 요즘 흡족한 결과물을 만들어내기가 쉽지 않았다. 클라이언트가 요구하지도 않은 자연광을 고집하며 야외 촬영을 준비한 것도 그 때문이었다.

상황을 수습해보려던 석훈은 마음을 바꿨다. 아직 일정에 여유가 있는 편이었다. 야외 촬영이 어렵다면, 자연광을 모방한 스튜디오에서 촬영하는 수밖에 없었다. 지영이 카메라 앞에 서지 않는 한 어차피 완벽할 수는 없으니까. 그렇게 생각을 정리하자 마음이 한결 가벼워졌다.

식훈은 어시스턴트에게 뒷정리를 맡기고 퇴근 준비를 서둘렀다. 요 며칠 아내의 상태가 점점 더 나빠져 걱정되던 차였다. 장모님께도 면목 없었다. 딸은 물론 손자까지 챙겨야 하니 몸도 마음도 힘드실 게 분명했다. 정이 깊으신 분이었지만 당신 건강부터 챙기는 것도 빠듯할 나이였다. 아버지의 잔소리가 들리는 듯했다.

"네 장모님이 건강하신 것만으로도 많은 사람에게 희망이 된다는 것, 절대 잊지 말아라."

아버지는 석훈을 통해 거의 매일같이 사돈어른의 안부를 물었다. 철마다 가장 좋은 식재료를 구해 보내고 각종 영양제를 챙기는 것도 석훈의 아버지 원석이었다. 사돈이 부담스러워할 것을 걱정해 집이 아닌 석훈의 사무실로 배달시킬 정도로 세심하게 신경을 썼다. 사회적으로 존경받는 기업가이기 전에 아버지는 좋은 가장이었다. 석훈은 아버지를 닮고 싶었다. 하지만 시간이 지나면서 그것은 불가능에 가까운 일이라는 것을 깨달았다.

"상황 정리되면 연락 줘. 장비 관리에 좀 더 신경 쓰고. 렌즈 닦을 때는 특히!"

몇 가지 당부를 남기고 석훈은 사무실을 나섰다. 아침에 집을 나설 때만 해도 구름 한 점 없이 맑았던 하늘은 잔뜩 구겨진 얼굴로 장대비를 토해내고 있었다. 아내의 마음처럼 종잡을 수 없는 날씨였다.

예전의 지영은 우울한 기분에 빠져 깊이 침잠할 때도 있었지만 변덕스러운 성격은 아니었다. 그런데 요즘 석훈은 아내의 마음을 도무지 읽을 수가 없었다. 환하게 웃다가도 눈물이 그렁하게 맺히는 식이었다.

아내는 어제도 밤새도록 뒤척이다 새벽녘에 아이 방으로 가는 눈치였다. 아침 일찍 출근하면서 보니 아내는 아이의 머리맡에 엎드려 잠들어 있었다. 얼굴을 따라 흘러내린 눈물 자국이 선명했다. 석훈은 아내의 지나친 걱정과 두려움을 이해하기 어려웠다. 사람들의 관심은 자연스럽게 옅어졌고, 장모님의 도움으로 일상도 회복되었지만 아내는 여전히 혼란 속에 갇혀 지냈다. 그 혼란의 중심에 아들 기환이 있었다. 인중 없는 아이, 환생한 아이, 자신의 아들……. 석훈은 혼란을 몰고 온 아이가 버거웠다.

차에서 내려 석훈은 먼저 거실 쪽 커튼부터 확인했다. 커튼이 반쯤 열려 있었다. 벨을 누르기도 전에 현관문이 열렸다. 입구에 설치된 CCTV를 집 안에서 누군가 보고 있었던 모양이었다. 아내가 아닐까 은근히 기대하며 집에 들어선 석훈은 그 자리에서 굳어버리고 말았다. 현관 앞에 서 있는 사람은 아들 기환이었다.

"당신 일찍 온다니까 기환이 아까부터 기다렸어."

뒤이어 지영이 나타났다. 석훈은 얼른 경직되었을 표정부터 풀었다. 아내의 뺨에 입을 맞추는데 자신을 빤히 쳐다보는 아이의 시선이 느껴졌다. 아이의 시선은 집요한 데가 있었다. 지영의 손짓에 아이가 옆에 와서 섰다. 석훈은 아이의 머리 위에 가볍게 손을 올렸다가 내렸다. 자신을 닮은 곱슬머리의 촉감이 나쁘지 않았다. 문득 어린 시절 석훈의 곱슬머리를 흐트러뜨리며 웃던 아버지가 생각났다. 나는 왜 아버지처럼 할 수 없을까, 석훈은 습관적인 질문을 떠올렸다.

"기환이 오늘은 컨디션이 좋아. 앉아서 그림만 그리더니 점심 먹고 나서는 거실에서 한참 뛰어놀았어. 엄마는 내내 놀아주시다가 힘들다고 방에 들어가셨어. 구기 종목에 소질이 있는 것 같아. 공이 막 로켓처럼 날아간다니까."

아내의 말대로 거실에는 거친 놀이의 흔적이 가득했다. 각종 장난감과 공, 배트에 유아 자동차까지 나와 있어 발 디딜 틈이 없었다. 석훈은 아내를 마주 보며 억지로 웃어 보였다.

기환은 어쩌다 한 번씩 과거가 없는 아이처럼 말개지곤 했다. 또래의 여느 아이들처럼 놀이하고 장난치고 토라지고 떼쓰며 웃고 울었다. 과거의 이야기가 담기지 않은 아이의 눈동자는 티 없이 맑아졌고, 그럴 때 아내는 한없이 행복해했다. 아이다운 천진난만함, 지영을 웃게 만드는 건 오직 그 하나였다.

신호도 없이 아이가 석훈에게 야구공을 던졌다. 눈빛에 장난기가 가득했다. 같이 놀자는 표현이었다. 그다지 내키지는 않았지만 석훈은 아내의 기분을 맞추기 위해 아이에게 공을 던졌다.

아빠가 던진 공을 놓치자 아이는 분하다는 듯 발을 쿵쿵 굴렀다. 아내의 웃음소리가 거실을 환하게 밝혔다. 아이가 공을 주워 다시 던졌다. 제 딴에는 있는 힘을 다한 것 같았지만 공은 멀리 날아가지 못하고 석훈의 발치에 떨어졌다. 석훈도 슬며시 웃음이 났다. 이번에는 석훈이 던진 공을 잡으려 펄쩍 뛰어오르던 아이가 넘어지며 엉덩방

아를 찧었다. 제법 아플 텐데도 울음을 꾹 참는 모습이 귀여웠다. 석훈은 귀엽다는 말을 입 안으로 굴러보았다. 조금 서걱거리긴 했지만 나쁘지 않았다.

엉덩이를 툭툭 털며 일어난 아이가 공을 주워 다시 석훈을 향해 던졌다. 아까와는 달리 제법 힘이 실린 공이 석훈의 얼굴 정면으로 날아왔다. 당황한 석훈이 슬쩍 피하자 공은 거실 벽에 걸려 있던 액자 가운데를 정확히 때렸다. 모델 시절의 지영을 찍은 것으로 석훈이 가장 아끼는 사진이었다. 공에 맞은 액자가 바닥으로 떨어지면서 산산조각이 났다. 놀란 아내가 비명을 질렀다.

놀란 아내에게 다가가려다 석훈이 바닥의 유리 조각을 밟고 주저앉았다. 양말 밖으로 빨갛게 피가 번져 나왔다. 석훈의 입에서 거친 욕이 튀어나왔다. 누구를 향한 것인지 분명치 않은 불같은 화가 치밀었다.

석훈이 고개를 들자 아내의 품에 안긴 아이가 보였다. 아이의 눈빛은 평소의 상태 그대로 돌아와 있었다. 무엇을 생각하는지 가늠하기 어려운 깊은 그늘을 가진 눈빛. 석훈이 견딜 수 없는, 도무지 익숙해지지 않는 바로 그 눈빛이었다. 발바닥으로부터 찌릿한 통증이 온몸을 타고 올라왔다. 석훈은 다시 한번 거친 욕을 뱉어냈다.

생후 60개월

초인종이 울렸다. 한 손에는 풍선 또 다른 손에는 장식 노끈을 쥐고 지영이 인터폰을 확인했다.

아버님 오셨어. 지영이 알려주자 헬륨가스를 넣은 풍선을 묶고 있던 석훈이 엉거주춤 일어섰다. 빨간 풍선이 천장으로 둥실 떠올랐다. 색색의 풍선이 천장을 가득 메웠다.

지영이 현관문을 열자 커다란 상자가 불쑥 튀어나왔다. 상자 뒤에서 원석이 얼굴을 내밀었다. 며느리의 타박을 이미 예상하고 있는 표정이었다. 지영이 웃음을 터뜨렸다. 원석의 작전은 언제나 상대에게 적중했다.

"이번엔 제발 그냥 오시라고 그렇게 부탁을 드렸는데……. 아무튼 아버님 덕분에 저희 장난감 가게 차려도 되겠어요."

석훈이 다가와 상자를 받아 들고 아버지를 안았다. 원석은 아들의 등을 다정하게 두드렸다. 어린 시절 석훈도 아버지로부터 이런 상자를 숱하게 받았었다. 또래들 사이에서 유행하는 장난감부터 한정판 피규어까지, 상자에는 석훈이 갖고 싶었던 모든 것이 있었다.

아버지는 아무리 바빠도 생일을 잊어버리거나 학교 행사를 놓치는 법이 없었다. 딱 한 번, 해외 출장 일정 때문에 초등학교 졸업식에 오지 못했던 아버지는 그날 밤에도 어김없이 상자 하나를 안겨주었다. 석훈이 그토록 갖고 싶어 했던 필름카메라였다. 아들의 재능을 눈여겨본 아버지의 세심한 선물이었고, 그것이 석훈의 미래를 결정지었다. 아버지의 선택은 틀린 적이 없었다.

"사실 이번 선물은 장난감이 아니고, 지영이 너한테 먼저 허락을 구했어야 했는데……."

원석이 말도 다 꺼내기 전에 석훈이 들고 있는 상자가 꿈틀 움직였다. 놀란 석훈이 상자를 떨어뜨리자 울음소리가 새어 나왔다. 상자 틈새로 파란 눈과 하얀 털을 가진 새끼 고양이의 얼굴이 드러났다. 태어난 지 석 달 된 페르시안 고양이라고 원석이 부연 설명을 했다. 지영은 물론 석훈도 전혀 예상치 못한 선물이었다.

할머니와 함께 2층 계단을 내려오던 아이가 고양이를 발견하고는 한걸음에 달려왔다. 아이는 거리낌 없이 고양이를 안아 들더니 머리를 쓰다듬고 등에 얼굴을 비비며 좋아했다.

그 모습을 보고 기분이 좋아진 원석이 설명을 덧붙였다. 손자의 다섯 번째 생일에 특별한 선물을 해주고 싶어 사돈께 의견을 구했다는 것이다. 요즘 기환이 가장 좋아하거나 갖고 싶어 하는 것이 무엇인지 물었는데 고양이를 너무 좋아한다는 의외의 이야기를 들었다고 했다.

기환이 고양이를 좋아한다는 사실을 전혀 알지 못했던 부부는 당황스러웠다. 특히 지영은 왠지 모르게 서운한 감정까지 들었다. 딸의 불편한 마음을 눈치챈 정숙이 상황을 설명했다. 매일 아침 집 안마당을 찾아오는 길고양이들에게 아이가 몇 달째 밥과 물을 챙겨주고 있다는 것이었다.

고양이들이 찾아오지 않으면 종일 창밖을 내다보며 기다리고 걱정한다고 했다. 하지만 부부가 알면 괜한 걱정을 할까 봐 둘만의 비밀로 하고 있었다는 것이다. 지영은 아이의 마음을 세심하게 헤아리지 못했다는 자책과 동시에 자신이 모르는 비밀이 이것만이 아닐 것이라는 예감에 불안해졌다.

거실 한쪽에 마련해놓은 놀이용 인디언 텐트가 들썩였다. 아이가 아기 고양이의 집을 마련해준다며 좁은 텐트 안에서 부산을 떨었다. 원석이 미리 준비해온 사료와 간식, 장난감을 건네주자 물건들을 풀어헤치며 잔뜩 신이 난 모습이었다. 아이는 생일을 맞은 주인공답게 그 어느 때보다 들뜨고 행복해 보였다. 원석의 선택은 역시 탁월했고, 석훈은 조용히 감탄했다.

"건강은 좀 어떠세요? 아이 보는 일이 보통 힘든 일이 아닌데, 괜찮으세요?"

부부가 거실 장식을 마무리하는 동안 사돈과 마주 앉은 원석은 건강부터 걱정스럽게 물었다.

"덕분에 아주 건강합니다. 모두 회장님 덕분이에요. 요즘 같아서는 더 바랄 것이 없어요."

정숙이 환하게 웃으며 대답했다. 더하지도 빼지도 않은 정숙의 진심이었다. 젊은 시절부터 병을 앓았던 탓에 행복한 미래를 그려본 적이 없었다. 가난과 병마에 시달렸던 과거와 비교하면 지금은 과분한 행복을 누리는 셈이었다. 더군다나 이 행복을 선물해준 사람이 바로 바깥사돈인 원석이 아니던가. 원석이 없었다면, 자신은 물론 딸과 손자의 미래도 없었을 것이다. 삶은 기적이었고, 딸이 꾸린 가정은 기적의 실체였다.

원석은 사돈의 건강에 누구보다 예민할 수밖에 없었다. 정숙에게 이식한 이종장기를 생산한 기업의 대표로서 책임감이 무거웠다. 올해로 20년, 정숙은 이식된 이종장기에 거부반응을 보이지 않은 채 매년 새로운 생존기록을 써나가고 있었다. 현재 이종장기이식은 많은 환자에게 희망이 되었고, 장기이식용 무균돼지를 생산하는 원석의 기업은 세계 최대의 바이오기업으로 자리 잡게 되었다.

평생 유전자를 연구했던 원석에게 하나밖에 없는 아들과 손자의 의미는 남달랐다. 모든 생명체의 근원적인 목표는 유전자에 새겨진 정보를 전달하는 것이었다. 자신의 유전자를 이어받은 아들과 손자에게 원석은 무한한 사랑과 책임감을 느꼈다. 원석에게 가족은 절대적인 가치이자 삶의 전부였다.

"생일 축하합니다. 생일 축하합니다. 사랑하는 기환의 생일 축하합니다."

기환을 둘러싼 가족 모두가 입을 모아 생일 축하 노래를 불렀다. 새끼 고양이를 안은 아이는 무표정한 얼굴로 어른들을 둘러보았다. 지영이 케이크를 들고 아이에게 다가갔다. 새벽부터 부산을 떨며 직접 만든 케이크였다. 케이크에 꽂힌 작은 초 다섯 개가 금방이라도 꺼질 듯 위태롭게 흔들렸다.

"기환아, 소원 빈 다음에 후 불어서 꺼."

지영이 속삭이며 말하자 아이가 두 손을 모으고 눈을 감았다. 아이의 두 팔 사이에 꼼짝없이 낀 새끼 고양이가 불편한 듯 몸을 뒤틀었다. 이리저리 오가며 카메라에 가족의 모습을 담던 석훈이 앗, 소리치는 것과 동시에 거실 벽에 걸린 초고화질 텔레비전에 번쩍 전원이 들어왔다. 석훈이 바닥에 떨어져 있던 리모컨을 밟은 것이었다.

갑작스러운 소동에 원석과 정숙은 작게 웃었고, 지영은 동그랗게 눈을 뜬 아이의 머리를 쓰다듬었다. 석훈은 허둥대며 발밑의 리모컨을 찾아 종료 버튼을 누르려 했다. 바로 그때였다. 아이가 모았던 두 손을 펼쳐 한 손으로 텔레비전 화면을 가리켰다. 아이의 품에 안겨 있던 새끼 고양이가 바닥으로 툭 떨어졌다.

"우리 집."

아이의 첫 발화였다. 놀란 가족은 어떤 반응도 하지 못한 채 아이의 입만 바라보았다. 무거운 정적 사이로 새끼 고양이의 구슬픈 울음소리만 들렸다. 가족 모두 숨죽인 채 아이의 다음 말을 기다렸다. 하지만 아이는 화면만 뚫어지게 쳐다볼 뿐이었다. 케이크 위에서 일렁이던 초가 제풀에 꺼졌다. 인중 없는 아이, 기환의 다섯 번째 생일 파티가 끝이 났다.

생후 63개월

기환의 방 천장에 걸어놓은 모형 열기구가 공기의 방향에 따라 미세하게 움직였다. 그 옆에는 태양을 중심으로 천천히 회전하는 행성 모형이 걸려 있고, 천장에는 야광별이 반짝였다. 침대에 누운 채 지영은 모형 열기구의 움직임을 눈으로 좇다가 야광별의 개수를 세어보았다. 모두 39개였다. 밤마다 아이도 저 야광별의 수를 세며 잠을 부를까. 검은 잠이 아이를 끌고 가는 곳은 어디일까. 이제 겨우 다섯 살밖에 안 된 아이를 고통스럽게 만드는 기억은 무엇일까.

아이가 만 세 돌 무렵이었다. 서늘한 기운에 새벽잠이 깨었던 날이었다. 지영은 남편이 깰까 봐 까치발을 한 채 방을 나왔다. 아무도 없는 거실에서 서성이던 지영은 아이 방을 찾았다. 새벽 5시가 조금 넘은 시각이었다. 깊은 잠에 빠져 있을 줄 알았던 아이는 온몸을 뒤틀며 몸부림치고 있었다. 얼굴을 잔뜩 찌푸린 채 발작하듯 몸을 떠는 아이는 소리도 내지 않고 울고 있었다. 지켜보기 어려울 정도로 고통스러운 울부짖음이었다. 놀란 지영이 아이의 이름을 부르며 흔들어 깨웠지만 아이는 꿈에서 쉽게 깨어나질 못했다.

한참 후에야 아이는 비명을 지르듯 검은 입을 크게 벌린 채 잠에서 깨었다. 하지만 깨어난 뒤에도 아이의 눈에는 초점이 없었다. 현실이 아닌 과거의 기억 속을 헤매는 것 같았다. 지영이 애타게 이름을 부르고 품에 안으며 다독여도 아이는 쉽게 현실로 돌아오지 못했다. 잠시 후 아이는 지영의 품에서 다시 잠이 들었고, 지영은 자신이 목격한 것을 곱씹으며 밤을 지새웠다.

지영의 얘기를 전해 듣고 나서도 정숙의 반응은 대수롭지 않았다. 그맘때의 아이들이 자다 깨어 우는 경우가 많다는 것이었다. 정숙은 엄마가 아이의 행동 하나하나에 너무 과민하게 굴면 안 된다는 말도 덧붙였다. 석훈은 육아서적에서 유아 야경증이라는 단어를 찾아 지영에게 내밀었다. 예민한 아이들에게서 나타나는 증세라며 성장하면 증상이 사라진다는 설명에 밑줄까지 그어 보여줬다.

지영도 엄마와 남편의 말을 믿고 싶었다. 자연스러운 성장 과정의 하나이길 누구보다 바랐다. 하지만 그날 밤 자신이 본 아이의 눈빛에는 더 많은 이야기가 담겨 있었다. 아이는 분명 과거의 기억 어딘가에서 밤마다 헤매고 있는 것이 분명했다. 누구도 위로해줄 수 없는 곳에서 헤매는 아이를 생각하면 가슴이 미어졌다.

"지영아, 상담 끝나셨다는데."

아래층에서 정숙이 부르는 소리에 지영은 침대에서 일어났다. 발밑에 누워 있던 고양이 송이가 기척에 놀라 일어서며 털을 세웠다. 송이는 기환을 엄마처럼 따랐다. 아이가 고통스러운 밤을 보낼 때면 송이도 곁에서 낑낑대며 힘겨운 울음소리를 냈다. 지영은 송이의 하얀 털을 몇 번 더 쓸어주고 방을 나섰다.

다섯 번째 생일에 첫 발화를 한 기환은 환생아기억보존국의 관리 대상이 되었다. 과거의 기억으로 현재가 혼란스러워지는 상황을 방지하기 위해 마련된 '환생아보호법'에 따른 것이었다. 법에 따라 가족은 아이의 첫 발화를 환생아기억보존국에 보고했다. 그 후 일주일에 한 번씩 전문 상담사가 찾아와 기환을 상담했고, 아이의 변화를 관찰했다. 아이를 보호하기 위해서라지만 지영은 감시받는 것 같았

다. 상담사가 찾아올 때마다 아이 방으로 피해 있는 것도 그 때문이
었다.

아래층으로 내려가자 할머니 손을 잡고 우두커니 선 아이의 모습
이 보였다. 그 곁에서 상담사가 지영을 기다리고 있었다. 표정을 보니
오늘도 아이에게서 아무 말도 듣지 못한 것이 분명했다. 첫 발화 뒤
닫혀버린 아이의 입은 결코 열리지 않았다. 매주 수요일마다 집을 찾
아오는 상담사의 표정은 날이 갈수록 어두워졌다. 상담을 할 때마다
아이는 텅 빈 눈으로 멍하니 앉아 있거나 아예 잠들어버리곤 했다.
컨디션이 좋을 때는 늘 그랬던 것처럼 그림을 그리기도 했지만, 그림
을 통해 유추할 수 있는 것은 많지 않았다.

상담사가 지영에게 단독 면담을 신청했다. 두 사람은 서재로 자리
를 옮겼다. 2층으로 올라가는 아이의 발소리가 들렸다. 곧이어 송이
야, 고양이를 부르는 아이의 목소리가 환청처럼 들렸다. 그럴 리가 없
잖아. 지영은 머리를 흔들었다.

"아무래도 1차 상담은 여기서 종료해야 할 것 같습니다. 아이에게
시간이 필요한 것 같아요."

상담사가 차분하게 말을 꺼냈다. 환생아들 중 첫 발화 이후 한동안
발화를 하지 않는 경우가 종종 있다고 했다. 전생의 기억이 혼란스럽
거나, 기억 자체가 정말 떠오르지 않는 등 원인은 다양하다고 했다.
보통은 시간이 해결해준다며, 문제 될 것은 없으니 안심하라는 말도
덧붙였다. 전혀 안심이 되지는 않았지만 지영은 의례적으로 고개를

끄덕였다.

상담사는 아이에게서 특별한 점을 발견한 것은 없는지 물었다. 지영은 잠시 고민하다 고개를 가로저었다. 상담사는 아이가 과거의 기억을 억압하는 것일 수도 있다고 했다. 만약 그렇다면 부모의 역할이 필요하다는 것이다. 지영에게는 그 말이 마치 부모 노릇을 제대로 하지 못하고 있다는 비난으로 들렸다.

상담사는 한 달 동안 아이와 많은 대화를 나누길 바란다는 말을 남기고 집을 떠났다. 말하지 않는 아이와 많은 대화를 하라는 것은 무슨 의미일까. 아이의 입을 어떻게든 열라는 압박일까. 정리되지 않은 생각에 사로잡힌 채 거실을 서성이던 지영의 시선이 아이의 스케치북에 닿았다. 숲에 둘러싸인 마을, 평화로운 풍경이었다. 기환은 여전히 이곳이 아닌 저곳을 '집'이라고 느끼는 것일까. 불현듯 지영은 아이의 기억을 공유하고 싶다는 열망에 휩싸였다.

지영에게 상담사의 이야기를 전해 들은 석훈은 한숨부터 내쉬었다. 하기 싫은 숙제를 잔뜩 떠안은 기분이었다. 하지만 지영의 다음 말에 해답지를 얻은 것처럼 기뻤다. 첫 발화 후 오랫동안 침묵을 지키던 환생아가 첫 유치가 빠진 뒤에도 이상증세 없이 평범하게 성장했다는 이야기였다. 상담사가 특별한 경우라며 스쳐 지나가듯 언급했던 터라 지영은 별다른 감흥이 없었으나, 석훈은 달랐다.

석훈은 아들의 과거가 전혀 궁금하지 않았다. 만약 의도적으로 억압해야 할 정도로 어두운 기억이라면, 영원히 묻어두는 것이 최선일지도 몰랐다. 그렇다면 지금 이 상태를 유지하면서 아이의 유치가 빠지기를 기다리면 되는 것이었다. 아주 간단한 해결책이었다. 왜 이토록 간단한 해답을 생각하지 못했던 걸까. 헛웃음이 나올 지경이었다.

하지만 지영의 생각은 달랐다. 아이의 고통을 외면하는 것이 최선의 방법일 수는 없었다. 밤마다 아들을 집어삼키는 공포의 근원을 밝혀내 치유해주고 싶었다. 더군다나 상담사는 특별 사례임을 분명히 밝혔다. 발화를 거부한 아이가 평범하게 성장한 것이 특별 사례로 분류되는 것은, 그렇지 못한 것이 일반적인 사례라는 반증이었다. 구체적으로 캐어묻는 지영의 물음에 상담사는 기계적인 미소만 지었다. 자신도 카메라 앞에서 수없이 지어 보였던 학습된 미소였다.

지영은 과거에 머물러 있는 것이 아이만은 아니라는 생각이 들었다. 자신 역시 마찬가지였다. 병실 한구석에 웅크려 두려움에 떨던 작은 소녀가 성장하지 못한 채 여전히 자신 안에 웅크리고 있었다. 아이를 위해서라도 용기를 내야 했다.

"우리가 직접 정회마을에 가보는 건 어떨까?"

지영이 넌지시 꺼낸 말에 석훈은 눈을 동그랗게 떴다. 정회마을은 기환이 텔레비전을 보며 '우리 집'이라며 손가락으로 가리켰던 바로 그곳이었다. 그날 가족이 본 것은 인구 고령화와 이농 등으로 사라져 가는 농촌의 현실을 담은 다큐멘터리였다. 농촌의 인구소멸지수가 급격하게 높아지는 가운데 실제 사례로 지목된 곳 중 하나가 정회마을이었고, 그곳의 풍경이 화면에 비칠 때 기환이 반응했던 것이었다. 20여 년 전까지만 해도 50여 가구가 모여 살았다는 외딴 시골 마을은 인구가 서서히 줄어 이제는 버려진 논밭에 잡초만 우거져 있었다.

"거길 왜? 아무것도 없는 곳이잖아. 사는 사람도 없고."

석훈은 아내의 갑작스러운 제안을 이해할 수가 없었다. 5년이 넘도록 집 밖 외출도 거의 하지 않던 아내였다. 바깥세상을 그렇게 두려워하면서 낯선 시골 마을을 찾아가겠다는 생각을 하다니 당황스러웠다.

하지만 지영은 사람이 없기 때문에 오히려 마음 편히 찾아갈 수 있을 것 같았다. 지영이 두려워하는 것은 낯선 사람일 뿐, 다른 것은 견딜 수 있었다. 무엇보다 그곳에 가면 아이가 기억을 떠올려 말을 할지도 몰랐다.

지영은 부모의 역할이 필요하다는 상담사의 말에 자신의 의견을 덧붙여 석훈을 설득했다. 아무것도 하지 않고 시간이 흐르는 것을 지켜보는 것이 숨 막힌다고 했다. 상담이 다시 시작되기 전, 엄마로서 자신이 먼저 아이의 목소리를 듣고 싶다는 간절한 바람도 내비쳤다.

석훈은 차마 반대할 수가 없었다. 자신이 아는 아내는 충동적으로 이런 말을 내뱉는 사람이 아니었다. 오랫동안 생각하고 결심한 뒤 꺼낸 것이 분명했다. 그렇게 다져진 마음을 돌이킬 방법은 없었다. 스스로를 집 안에 가둔 채 무기력하게 지내던 아내를 생각하면 나쁘지 않은 선택일지 몰랐다. 아내를 위해서라면 하지 못할 것은 없었다. 다만 아내의 변화가 자신이 아닌 아들에 대한 사랑으로부터 비롯되었다는 것이 불편했지만, 내색하지는 않았다.

오랜 대화 끝에 석훈은 고개를 끄덕였다. 지영이 환한 웃음을 지으며 그의 목을 끌어안았다. 서로의 눈동자에 비친 자신들의 모습을 보며 부부는 오랜만에 일체감과 안도감을 느꼈다. 한동안 잊고 있었던 감정이었다. 두 사람 모두 처음 부모가 되었고, 그 과정에서 너무 많은 실수를 저질렀다. 이번 여행이 새로운 시작이 되길, 부부는 간절히 바랐다.

생후 64개월 1주

커튼이 활짝 열린 거실 통유리창으로 따뜻한 햇볕이 쏟아져 들어왔다. 남향으로 지어진 집은 볕이 잘 들어 종일 환했다. 12월이라기에는 지나치게 포근한 날씨였다. 며칠 전이 대설이었지만, 눈 구경은 하지도 못했다. 올겨울은 어느 해보다도 기온이 높을 것이라던 기상청의 예보가 있었지만, 이렇게 봄날 같을 것이라고는 예상하지 못했다.

거실 바닥에 앉아 스트레칭을 하는 지영의 곁에 기환이 다가와 앉았다. 엄마 따라 해 봐. 지영이 왼손으로 바닥을 짚고 오른손을 위로 높게 뻗으며 몸을 들어 올리는 자세를 해 보였다. 자세를 흉내 내던 아이가 중심을 잃고 꽈당, 넘어졌다. 그 모습이 너무 귀여워 지영이 웃음을 터뜨렸다. 환한 웃음이 햇살처럼 부서졌다. 지영은 아이를 꼭 안아주었다. 기분 좋은 냄새가 났다. 부루퉁한 표정으로 뒤통수를 어루만지던 아이는 거실 유리문을 열고 정원으로 나갔다. 아이가 열어

눈 창으로 바람이 스며들었다.

등 뒤에서 방문이 열리고 석훈이 나왔다. 석훈은 눈을 반쯤 감은 채 휘청휘청 걸어와 지영의 어깨에 얼굴을 기댔다. 지영이 머리를 흐트러뜨리며 웃자 석훈은 그제야 기분 좋게 기지개를 폈다. 이곳에 온 뒤 부부의 일상은 달라졌다. 지영은 규칙적인 생활 리듬을 되찾았고, 석훈은 마음껏 게으름을 피웠다.

석훈이 정원에서 노는 아이를 물끄러미 바라봤다. 쭈그려 앉은 것을 보니 개미 떼를 구경하는 모양이었다. 따뜻한 날씨 탓에 개미 떼가 정원 이곳저곳에서 많이 보였다.

"저 녀석 혹시 전생에 파브르였던 걸까?"

부부가 얼굴을 마주 보며 웃었다. 땅을 내려다보던 기환이 고개를 들어 두 사람을 바라보았다. 지영이 크게 양팔을 흔들어 보였다. 석훈의 입꼬리도 슬며시 올라갔다.

하동마을에 집을 얻어 내려온 지 일주일이 되었다. 정회마을과는 자동차로 10여 분 거리에 있는 전원주택단지였다. 조경이 잘된 넓은 마당을 품은 집은 가족이 머물기에 더할 나위 없이 좋았다. 아예 이사를 올까 싶을 정도로 만족스러운 집이었다.

가족이 긴 휴가를 보내기에 적합한 집을 구한 사람은 아들 내외의 계획을 들은 원석이었다. 원석은 손자를 돌보느라 힘들었을 사돈은 물론 예민한 며느리에게도 휴가가 필요할 것이라며 세심하게 신경을 써주었다. 정회마을과 가까운 곳을 샅샅이 뒤진 끝에 전원주택단지가 있는 하동마을을 찾아냈고, 수소문 끝에 원석의 지인 중 한 명이 전원주택단지의 집을 별장처럼 사용하고 있는 것을 알고 허락을 구했다.

오래된 집이긴 했지만 관리가 잘되어 있었고, 집 안팎을 챙기는 사람들이 집주인과 오랫동안 인연을 이어온 사람들이라 믿을 만했다. 원석의 세심한 배려 덕분에 가족은 큰 걱정 없이 낯선 마을에서 한 달 동안 머물게 되었다.

기환의 가족이 이곳에 머무는 것은 아무도 알지 못했다. 집에서 일하는 사람들에게도 비밀유지 각서를 받은 터였다. 훔쳐보는 사람이 없다는 생각에 지영은 내려온 지 며칠 만에 커튼을 활짝 열고 생활했다. 그 덕분에 일상의 리듬을 되찾는 시간이 빨라졌고, 불면증도 사라졌다.

늘 쫓기듯 바쁘게 생활했던 석훈도 오랜만에 여유를 누리며 가족 곁에 머물렀다. 마음의 여유가 생기자 아들의 눈을 들여다보는 것이 예전만큼 불편하지 않았다. 이대로도 충분히 괜찮다는 안도감이 생겼다.

아이는 마당에 나가 쭈그려 앉은 채 몇 시간 동안 벌레만 관찰하거나, 의자에 앉아 햇볕을 쬐고는 했다. 부부는 아이에게 과거의 기억을 묻거나 과거를 기억하라고 재촉하지 않았다. 아이 역시 이곳이 어디인지 묻지 않았고, 바뀐 환경에 담담하게 적응했다. 평온한 시간이 물 흐르듯이 천천히 흘러 이곳에 온 지도 어느덧 일주일이 지났다.

석훈이 씻고 나오겠다며 욕실로 들어갔다. 요가 매트를 정리하고 일어서는데, 지영의 시선에 아이의 뒷모습이 들어왔다. 아이는 땅바닥을 내려다보던 자세 그대로 쪼그려 앉은 채 먼 곳을 바라보고 있었다. 겉옷을 챙겨 들고 지영이 정원으로 나갔다. 아이는 인기척에도 아무런 반응을 하지 않았다. 몸은 이곳에 있지만 마음은 어느 먼 곳을 헤매고 있는 것 같았다. 겉옷을 입혀주며 지영이 아이 곁에 나란히 쪼그려 앉았다. 지영이 혼잣말처럼 내뱉었다.

"집에 가고 싶어?"

아이는 아무런 반응도 하지 않았다. 지영이 아이의 어깨를 톡톡 두드렸다. 고개를 돌려 지영을 마주 보는 아이의 눈빛이 텅 비어 있었다. 왜 신은 네 기억을 지우지 않았을까. 이토록 작은 아이에게 왜 그토록 무거운 짐을 지워준 것일까. 지영은 목울대가 뻐근해졌다. 더 이상 모른 척할 수는 없었다.

"기환아, 정회마을에 가고 싶어?"

아이의 어깨가 움찔했다. 텅 비었던 눈에 천천히 생기가 돌기 시작했다. 아이가 보일 듯 말 듯 작게 고개를 끄덕였다. 지영은 아이의 어깨를 꼭 끌어안았다. 아들의 전생을 직면할 때가 되었음을 직감했다. 안전하고 확실한 이곳의 경계를 넘어 위태롭고 불확실한 저곳으로 가야 할 때였다. 어쩌면 다시 예전으로 돌아갈 수 없을지도 모른다. 많은 것이 달라질 수 있었다. 하지만 아이가 그것을 원하고 있었다. 팔에 와 닿는 바람의 감촉이 제법 찼다. 산 너머에서 진한 먹구름이 몰려오고 있었다.

생후 64개월 2주

석훈이 운전하는 차가 좁고 굽이진 2차선 도로를 느리게 달렸다. 뒤에서 바짝 붙어 쫓아오는 차가 신경질적으로 클랙슨을 울려댔다. 조수석에 앉은 지영은 초조했지만 석훈은 미동도 없었다. 뒤차는 몇 번이나 앞지르기를 시도하다 맞은편에서 오는 차량과 충돌하기 직전, 아슬아슬하게 차선으로 돌아가길 반복했다. 차를 잠시 멈춰 세울 만한 갓길도 없어 위험한 상황이었다. 들이박을 것처럼 뒤쫓던 차가 끝내 앞지르기를 하며 석훈을 향해 거친 욕설을 쏟아냈다. 그래도 분이 풀리지 않는지 자동차 후면 경광등을 한참 동안 번쩍였다.

사거리 신호등이 녹색에서 주황색으로 바뀌자 앞서 달리던 차는 속도를 높여 사라졌다. 정지선 앞에서 석훈이 급브레이크를 밟는 바람에 몸이 앞으로 크게 쏠렸다. 놀란 지영이 뒷좌석을 돌아보았지만, 아이는 멍하니 창밖만 내다보고 있었다. 지영이 걱정스럽게 말했다.

"사고 날 뻔했어. 비켜주기 어려우면 속도를 맞춰서 조금만 빨리 달리면 되잖아."

"나는 적정 속도로 달렸어. 그 차가 과속한 거야. 내가 왜 잘못하는 사람의 기준에 맞춰야 해?"

석훈의 말에 뾰족하게 가시가 돋아 있었다. 석훈은 규칙과 규정, 원칙에 엄격한 사람이었다. 법을 위반하거나 공동 규범을 지키지 않는 사람들을 지나칠 정도로 혐오했다. 결벽증에 가까운 태도였다. 석훈의 예민함을 잘 알고 있어 지영은 더 이상 따져 묻지 않았다.

석훈의 기준에 따르면 환생은 자연의 규칙, 순리에 어긋나는 일이었다. 질서정연한 세계가 태어난 아이로 인해 무너졌고, 석훈은 안간힘을 써서 무너진 세계를 떠받치고 있었다. 운전대를 붙잡고 있는 석훈의 손을 지영이 가만히 잡았다. 긴장감이 그대로 전해졌다. 지영은 아이만큼 석훈도 안쓰러웠다.

내비게이션이 목적지에 도착했음을 알렸다. 표지판도 하나 없어 어디부터가 마을의 시작인지 가늠하기가 어려웠다. 차 시동이 꺼지는 것과 동시에 뒷좌석에서 흡, 하고 숨을 들이마시는 소리가 들렸다. 아이가 유리창에 얼굴을 바짝 대고 빨려 들어갈 듯 풍경을 바라보고 있었다. 한 번도 본 적 없는 일그러진 표정이 여섯 살 아이의 얼굴에 떠올랐다 사라졌다.

룸미러로 그 모습을 지켜보던 남편의 팔에 소름이 돋는 것을 지영은 놓치지 않고 보았다. 얼른 차에서 내린 지영은 차 뒷문을 열어 시트 벨트를 풀어준 다음 아이를 안아 올렸다.

"무거워. 갓난아기도 아닌데 왜 습관을 그렇게 들여. 버릇 나빠지게."

버릇 나빠지게. 남편이 자주 하는 말이었다. 지영이 아이의 입에 밥을 떠 넣을 때, 칫솔질을 시켜줄 때, 잠옷을 갈아입혀줄 때 남편은 늘 그랬다. 하지만 지영은 오히려 아들이 여느 아이들처럼 버릇없기를 바랐다. 기환은 아이답지 않게 예의 발랐고 어른처럼 감정을 숨겼다.

무엇도 먼저 요청하는 법이 없는 아이에게 지영은 평범한 엄마 노릇을 하고 싶었다. 그게 진짜 엄마일 텐데, 그런 엄마가 되지 못한 것 같아 항상 불안했다. 하지만 자신의 간절한 마음을 설명하기가 어려웠다. 자신보다 더 큰 혼란에 빠져 있는 남편을 이해시킬 자신은 더욱 없었다.

품에서 내려온 아이가 지영의 손을 잡았다. 석훈이 앞장서 걷기 시작했고 모자가 그 뒤를 따랐다. 마을은 한눈에 보기에도 사람이 살지 않는 곳이라는 게 여실해 보였다. 관리되지 않은 논밭에는 잡초가 우거져 있고 띄엄띄엄 보이는 농가 주택들은 반쯤 허물어진 곳이 대부분이었다. 아이는 좌우를 빼놓지 않고 살펴보며 조심스럽게 걸었다. 걷다가 주춤하며 발걸음이 느려질 때도 있었지만 멈추지는 않았다. 목을 길게 빼고 먼 곳을 살필 때도 있었는데 어떤 신호를 보내거나 강한 반응을 보이는 건 아니었다.

아이보다 더 긴장한 것은 지영이었다. 손에 자꾸 힘이 들어갔다. 아이가 아픈지 손을 움직여 빼내려 했다. 미안. 지영은 아이의 머리를 쓰다듬으며 자꾸 움츠러드는 마음을 다스렸다.

10여 분 정도 걷다 보니 정자가 있는 공터에 단층 벽돌 건물 한 채가 덩그러니 서 있었다. 이번에는 아이의 작은 손에 잔뜩 힘이 들어갔다. 건물 입구에는 '정회마을회관'이라는 빛바랜 표지판이 걸려 있었다. 아이가 주춤대며 뒷걸음질 쳐 지영의 등 뒤로 숨었다. 마을을 찾은 뒤 보인 가장 강한 의사 표현이었다.

"괜찮아. 엄마 아빠랑 같이 있는데 뭐가 무서워."

지영이 무릎을 굽혀 아이와 눈을 맞췄다. 아이의 눈에 글썽글썽 눈물이 맺혀 있었다. 대체 무슨 기억이 떠오른 것일까. 사무친 추억 때문일까, 고통스러운 기억 때문일까. 지영은 아이를 달래며 정자에 가서 앉았다. 아이는 울음을 참는 눈치였다.

마을회관 주변을 돌며 구석구석 살펴보던 석훈이 정자로 다가와 지영의 곁에 앉았다. 그러다 뭔가 이상한지 고개를 갸웃했다.

"그런데 이 정자는 왜 이렇게 멀쩡해? 누가 다녀갔나?"

그러고 보니 이상했다. 팔각지붕을 얹은 정자는 오래되어 낡긴 했지만 망가져 있지는 않았다. 여기까지 오는 동안 보았던 폐가들이 쓰레기와 먼지, 거미줄로 뒤엉켜 있던 것과는 전혀 달랐다. 정자 바닥은 손에 묻어나는 먼지 하나 없이 깔끔하게 닦여 있었다.

뒤늦게 알아차린 지영이 기환을 안고 벌떡 일어섰다.

"여기 사람이 살지 않은 지 15년도 더 지났다 그러지 않았어? 분명히 인구소멸지구라고."

석훈에게 되묻는 지영의 목소리 끝이 떨렸다. 그의 말대로 분명 사람의 손을 탄 흔적이었다. 주거지를 등록하지 않은 채 이곳에 살고 있는 사람이라면 조심해야 했다. 숨어 살고 있다면 타인에게 자신의 존재가 노출되는 걸 원치 않을 테니까.

그게 아니라면 자신들을 쫓아온 사람이 있을지도 몰랐다. 여전히 지영 가족의 근황을 궁금해하는 사람들이 있었고, SNS에는 주기적으로 관련 글들이 올라왔다. 완전히 숨는 것은 불가능한 일이었다. 지영은 맥박이 빨라지고 호흡이 가빠졌다. 오래전에 경험했던 공황장애 증세와 비슷했다. 왜 이런 상황을 예상하지 못했을까. 안전한 집으로 빨리 돌아가고 싶었다. 어차피 특별한 목적을 가지고 온 것도 아니었다. 기환이 아무런 반응을 보이지 않는 이상 더 머물 이유도 없었다.

지영이 돌아가자는 말을 꺼내려는데, 마을회관의 문이 거친 마찰음을 내며 열렸다. 외마디 비명을 지르며 지영은 기환을 끌어당겨 안았다.

석훈이 벌떡 일어나 가족의 앞을 가로막고 섰다. 지영이 너무 놀라는 바람에 그도 긴장했는지 주먹을 꽉 쥐었다.

끼익, 힘겹게 열린 문 사이로 모습을 드러낸 건 허름한 옷차림의 여자였다. 얼핏 보기엔 나이를 짐작하기 어려운 외모였다. 적게는 이십대, 많게는 사십대로 보였다. 그녀 역시 정자의 낯선 이들을 보고 놀랐는지 그 자리에서 움직이질 않았다. 어느 한쪽도 먼저 말을 꺼내지 못했다.

서로 말이 없는 게 이상했는지 지영의 품에 싸여 있던 기환이 고개를 내밀어 여자를 쳐다보았다. 여자의 시선이 아이의 인중에 닿았다. 지영이 얼른 아이를 뒤로 숨겼지만 이미 늦었다.

인중 없는 아이를 본 사람들은 반응이 다들 비슷했다. 호기심이나 두려움과 같은 감정들이 자연스럽게 얼굴에 드러나기 마련이었다.

기환의 얼굴에서 분명 다른 걸 보았을 텐데 여자의 표정은 의외로 무심했다.

여자가 문을 완전히 열고 밖으로 나왔다. 한 손에는 채반이 들려 있었다. 여자의 동작이 자연스럽지 못하고 어딘가 어색했다. 한눈에 보일 정도로 양손이 떨리는 데다 걸음을 내디딜 때마다 쓰러질 듯 위태로웠다.

"여……기는 어……어떻게?"

여자가 먼저 입을 떼었다. 심하게 쇳소리가 나는 목소리에 발음도 명확지 않았다. 말을 꺼내는 것 자체가 버거워 보였다.

지영은 길게 한숨을 내쉬었다. 상대가 위험하지 않다는 판단이 들어 안도감을 느낀 것이다. 곧이어 약한 상대에게 안도감을 느꼈다는 사실에 수치심을 느꼈다. 지영이 대답을 하려는데, 석훈이 먼저 말을 꺼냈다.

"가족 여행 중인데 길을 잘못 든 것 같습니다."

어색한 거짓말이었다. 이상하다는 듯 고개를 갸웃하던 여자가 힘겹게 말을 이어갔다.

"여긴 사……람이 살지 않는 마을입니다."

"여기 사시는 거 아닙니까?"

경계심을 풀지 않고 석훈이 되물었다.

"저……저는 없는 사……람입니다."

더 이상 할 말이 없다는 듯 여자는 가족이 걸어왔던 반대 방향으로 몸을 돌렸다. 금방이라도 쓰러질 듯 위태롭게 걸음을 옮길 때마다 채반을 든 왼손이 심하게 흔들렸다.

석훈이 돌아가자며 재촉했지만 지영은 여자의 뒷모습에서 눈길을 거두지 못했다. 겨우 저것을 가지러 마을회관을 찾은 걸까. 도대체 채반이 왜 필요한 걸까. 사람도 살지 않는 마을에서 혼자.

"채반은 어디에 쓰시려고요?"

지영이 일부러 말을 걸자 석훈이 놀라 그만두라는 눈짓을 보냈다. 하지만 지영은 아랑곳하지 않았다. 또 한 번 같은 질문을 던졌다. 힘겹게 돌아서서 지영을 바라보는 여자의 얼굴에 희미한 웃음이 배어 있었다.

"사……상추 씨……씻으려고요."

힘겹게 말을 뱉어낸 여자는 몸을 돌려 다시 걷기 시작했다. 지영의 어깨를 감싸 안고 석훈은 어서 돌아가자며 서둘렀다. 지영은 아이의 손을 꼭 맞잡았다. 아이는 순순히 엄마를 따라 걷기 시작했다.

차까지 걸어오는 동안 가족은 아무 말도 없었다. 엄마의 손을 잡은 아이가 어깨 너머로 뒤를 돌아보았다. 아이의 눈에 가득 담긴 그리움을 부부는 눈치채지 못했다.

해가 지면서 함박눈이 내리기 시작했다. 첫눈이었다. 기온도 급격히 떨어져 숨을 내쉴 때마다 허연 입김이 새어 나왔다. 창밖으로 완연한 겨울밤의 풍경이 펼쳐졌다.

밤새 깊은 잠을 자지 못하고 뒤척이던 지영은 어둑한 거실로 나와 밤하늘만 오래도록 바라보았다. 낮에 정회마을에서 돌아온 아이는 제 방에 들어가 쓰러지듯 눕더니 이내 깊은 잠이 들었다. 저녁밥도 거르고 잠만 자는 게 걱정스러워 몇 번이나 깨웠지만 소용없었다. 석훈은 긴장한 탓일 거라며 대수롭지 않게 여겼다. 지영은 남편의 무심함이 서운했지만 표현하지는 않았다.

이곳에 온 뒤 처음 맞는 불면의 밤이었다. 새벽 6시, 해가 뜨려면 아직 한 시간은 더 있어야 했다. 지영은 어둠 속에 몸을 숨기고 아침 해를 기다렸다.

딸칵, 주방의 불이 환하게 켜졌다. 주방과 연결된 별채에서 숙식하며 가족의 아침과 저녁 식사를 챙겨주는 안 여사였다.

하동마을 토박이로 이 집의 살림을 챙긴 지 오래되었다고 소개받았지만, 정작 대화는 나눠본 적이 없었다. 지영은 주방에서 들려오는 소리에 귀를 기울였다. 달그락거리며 조리 도구를 꺼내는 소리와 냉장고 문을 여닫는 소리가 들려왔다. 문득 엄마가 생각났다. 규칙적인 리듬감을 가진 엄마의 도마질 소리를 듣고 있으면 불안에 널뛰던 마음이 조금씩 잦아들곤 했다. 어둠 속에 앉아 있던 지영은 자리에서 일어나 환한 주방으로 향했다.

"제가 방해가 안 되면 여기 좀 앉아 있어도 될까요?"

"아…… 그럼요."

갑작스러운 지영의 등장에 안 여사는 당황했지만 곧 평정심을 되찾았다. 세심하고 민첩한 동작으로 물을 끓여 허브차를 내어주었다.

안 여사는 이곳에서 잠시 머물다 떠나는 돈 많은 사람들의 복잡한 속사정을 수없이 봐왔다. 이런 때는 차나 내어주고 보고도 못 본 척, 듣고도 못 들은 척하는 것이 상책이었다. 괜히 아는 척을 했다가는 오히려 타박을 듣기 십상이었다.

그런데 젊고 아름다운 여자의 얼굴에 드리워진 수심이 지나치게 깊어 보였다. 오래전 TV 광고에서 많이 보던 얼굴인데 그때도 환하게 웃는 얼굴이 이상하게 슬퍼 보인다고 생각했다.

안 여사는 배고픈 사람을 보면 밥이라도 한 그릇 내어주고, 힘든 사람을 보면 손이라도 잡아줘야 직성이 풀리는 성격이었다. 넘치는 인정 탓에 결국 참지 못하고 안 여사가 지영에게 물었다.

"어디 불편하세요? 제가 뭐 도와드릴 일이 있을까요?"

지영은 안 여사의 말에 고개를 들었다. 누구에게든 위로받고 싶었던 차였다. 따뜻한 차에 다정한 한마디까지 얹어지자 지영은 울음이 터질 것만 같았다. 밤새 날카롭게 벼려져 있던 신경 하나가 툭 끊어지는 느낌이었다. 낯선 사람에 대한 경계심이 순간 사라졌다. 상대는 매일 자신들을 위해 정갈하고 맛깔스러운 밥상을 차려내는 사람이었다. 그동안 불편한 질문을 하거나 괜한 호기심을 보인 적도 없었다. 엄마처럼 자신의 가족을 돌봐준 사람이었다. 이런 사람은 위험할 리 없었다.

"여사님, 혹시 정회마을 아세요?"

"알죠. 알다마다. 옛날엔 거기도 참 살기 좋았는데……."

안 여사가 혀를 찼다. 하지만 지영은 혀 차는 소리보다 옛날이라는 단어에 마음이 휩쓸렸다. 살기 좋았던 옛 마을의 이야기를 듣고 싶었다. 어쩌면 아이는 전생에 그곳에서 행복했을 수도 있었다. 지영의 목소리에 초조한 감정이 묻어났다.

"옛날 언제요? 예전에 그 마을에 가보신 적 있으세요? 어떤 곳이었어요?"

옛이야기를 물으며 갑작스럽게 생기가 도는 지영의 모습을 보자 안 여사는 짚이는 데가 있었다. 인중 없는 아이의 전생이 정회마을과 관련되어 있을 것이라는 직감이었다. 처음부터 이상하긴 했다. 이곳은 어린아이를 둔 젊은 부부가 올 만한 곳이 아니었다. 더군다나 엄마는 유명 모델에 아이는 인중 없는 환생이라니, 뭔가 특별한 사연이 있겠구나 생각은 했지만 이런 것일 줄은 예상하지 못했다. 안 여사는 상대의 비밀을 손에 쥐었다는 생각에 짜릿한 쾌감을 느꼈다.

"왜 정회마을 대추가 유명했잖아요. 들어본 적 있지 않아요?"

"저는 잘 모르겠어요."

"젊은 분이어서 모르시나 보네. 거기가 땅이 기름져서 농사가 참 잘 됐어요. 물 맑은 계곡도 있어서 여름에는 알음알음 찾아오는 사람도 많았고. 뭐 대단히 잘사는 사람은 없었어도 다들 먹고 사는 데는 걱정이 없었어요. 그 덕분에 마을 인심도 좋고 사람들도 정이 많았어요. 진짜 살기 좋은 마을이었다니까……."

지영은 아이가 즐겨 그리는 풍경화들을 떠올렸다. 계절마다 색을 갈아입는 아름다운 숲과 풍요로운 논밭이 있는 마을, 맑은 물이 흐르는 계곡, 아이가 기억하는 전생의 고향은 분명 그런 곳이었다. 불안으로 단단하게 뭉쳐 있던 마음의 실타래가 풀리는 것 같았다.

지영은 워낙 걱정이 많은 편이었다. 결혼 전에도 일어나지 않은 일을 걱정하느라 밤잠을 설치곤 했다. 하지만 걱정했던 일이 현실로 닥친 적은 거의 없었다. 대부분이 기우였다. 석훈의 말대로 아이가 새벽마다 울부짖는 이유는 유아 야경증 때문일지도 몰랐다. 아이의 성장을 느긋이 기다려주지 못했던 건 아닐까. 지영은 공연히 남편과 아이에게 미안한 마음까지 들었다.

불안에서 벗어나자 노곤한 잠이 몰려왔다. 잠시 누웠다 일어나도 괜찮을 것 같았다. 남편이 일어나면 집으로 돌아가자고 해야지. 엄마도 많이 기다리고 있을 텐데. 송이도 밤마다 울며 기환을 기다리고 있을 터였다. 자신의 손길이 구석구석 닿은 아늑한 집을 떠올리자 지영의 마음이 그득해졌다. 막 일어나려는데 안 여사가 혼잣말처럼 중얼거렸다.

"그 여자만 아니었어도 마을이 그 꼴이 나진 않았을 텐데."

지영은 엉덩이를 뗐다가 도로 주저앉았다. 한순간에 잠이 달아났다. 여자라니, 설마……. 지영은 마을에서 만난 여자를 떠올렸다. 손을 떨며 위태롭게 걸어가던 여자의 뒷모습, 쇠를 긁는 것 같은 거친 목소리, 아이의 인중에 닿았던 시선이 생각났다. 물벼락을 맞은 듯 정신이 번쩍 들었다. 위험한 존재가 아닐 것이란 생각은 착각이었던 걸까. 지영이 다급하게 되물었다.

"그게 무슨 말씀이세요? 그 여자가 누군데요?"

"그게……."

안 여사가 몸을 낮추며 일부러 좌우를 돌아보았다. 엿듣는 사람이 없는지 살피는 몸짓이었다. 지나치게 연극적이었지만 효과가 있었다. 지영의 불안에 가속도가 붙었다. 두근거리는 심장박동 소리가 제 귀에 들리는 것만 같았다. 맥박이 지나치게 빨리 뛰어 이명까지 들리기 시작했다. 어쩌면 다음 이야기는 듣지 않는 것이 좋을지도 몰랐다. 하지만 미처 막지 못한 귓속으로 말들이 쏟아져 들어왔다.

"그 마을에 어떤 여자애 하나가 발라당 까져서는 고등학교 때 집을 나갔다가 3년 만에 돌아왔거든요. 근데 걔가 타지에서 무슨 일이 있었는지, 완전히 딴사람이 돼서 돌아온 거예요. 사람 구실도 못 할 정도로. 나중에 알고 보니까 몹쓸 전염병이 걸렸던 거지."

"전염병이요?"

불안과 두려움이 뒤섞인 지영의 눈빛을 보자 안 여사의 마음 깊은 곳에서 뭉근한 기쁨이 피어올랐다. 잊혀가는 옛이야기를 하려니 신바람이 났다. 돈 많은 사람들은 자기 얘기를 하는 것만 좋아했지 남의 얘기는 들을 줄을 몰랐다. 배부른 사람들 얘기가 얼마나 지루한지도 모르고. 진짜 희한하고 별난 일들은 이런 작은 마을에서 벌어지는 법이었다. 똑똑한 사람들은 먼 세상의 이야기만 해대며 다 아는 척했지만 그것들은 모두 뜬구름 같은 소리였다. 진짜 이야기는 땅에 딱 붙어 자랐다. 동네 아줌마들이 수군거리는 이야기, 시장에 가면 들려오는 이야기, 그런 게 진짜 세상이었다. 그런 면에서 자신의 앞에 앉아 있는, 온실 속 화초 같은 이 여자는 얼마나 무지한가. 조금 더 살아본 사람으로서 물정 모르는 여자에게 진짜 세상을 가르쳐줄 필요가 있었다. 안 여사는 아예 지영의 맞은편 의자를 꺼내고 앉아 본격적으로 이야기를 시작했다.

"고향을 떠났던 애가 금의환향은 못할망정 만신창이가 돼서 돌아오니까 얼마나 안쓰러워. 사지를 부들부들 떨면서 이상한 말을 막 뱉어내고. 눈에도 뭐가 씌었는지 앞이 안 보여서 막 손을 허공에다가 휘젓고. 사모님 혹시 접신한 사람 본 적 있어요? 그 애가 처음에 꼭 그랬대요. 진짜 귀신이 씌었던 거지. 암튼 처음에는 마을 사람들이 걱정돼서 먹을 것도 갖다주고 약도 갖다주고 그랬다니까요. 걔가 엄마 아빠 일찍 죽어버리고 할머니가 키운 애라서 짠했다 하더라고. 그 마을 사람들이 참 좋았어. 정도 많고. 인심 좋은 마을이라고 내가 아까 그랬잖아요. 그런데 이상한 일이 벌어진 거지. 그 집에 다녀온 사람들이 전부 아프기 시작한 거야. 처음에는 피부에 거뭇거뭇하게 뭐가 생겼다가 나중에는 배가 아프다면서 땅을 데굴데굴 구르기도 하고. 그러다가 어떤 사람은 실명하고, 어떤 사람은 피를 토하면서 죽고…….
그러니까 그게 전염되는 병이었던 거야. 걔가 입을 꾹 닫고 있으니까 아무도 몰랐던 거지. 그러면서 일이 년 사이에 그 마을 사람들 반이 죽어나갔잖아요. 그뿐인가! 개가 돌아온 뒤에 그 기름진 땅이 다 죽어버렸어. 농작물이 자라지를 못하고 다 죽어버리는 거야. 그러니 남은 사람들이라고 거기서 살 수가 있나. 다 떠나버렸지. 거기다가 중간에 큰불도 한 번 나고…….'

"아아아아악!"

언제부터 그곳에 있었던 걸까. 어둑한 거실 한가운데서 기환이 비명을 질렀다. 외마디의 비명도 발화라면, 이것이 두 번째 발화였다. 금방이라도 터질 것처럼 붉어진 얼굴로 소리를 지르던 기환은 발작하듯 숨을 몰아쉬며 쓰러졌다.

지영이 사색이 되어 기환을 안아 들었다. 방에서 석훈이 뛰쳐나오는 것과 동시에 집 안의 불이 환하게 켜졌다. 오래된 집에 기생하는 바퀴벌레 몇 마리가 재빠르게 구석으로 사라졌다.

"아이고, 어떡해. 어떡해."

가슴 앞에 두 손을 모아 쥔 안 여사가 발을 동동 구르며 기환의 가족을 지켜보았다. 아이는 거친 숨을 몰아쉬며 고통스러워했다. 아이의 입에서 '아파! 너무 아파!' 하는 고통스러운 목소리가 터져 나왔다. 아이의 선명한 말에 놀라 시선을 주고받던 젊은 부부가 아이를 끌어안았다. 엄마는 아이보다 더 고통스러워하며 울음을 삼켰다. 아빠가 아이를 안아 들고 방으로 들어갔다. 그 뒤를 엄마가 위태로운 걸음으로 쫓았다. 방문이 닫히자 문틈으로 숨죽인 울음소리가 새어나왔다.

안 여사가 한바탕 난리를 치른 거실을 정리하다 한숨을 쉬며 앞치마로 눈물을 찍어냈다. 새벽부터 이게 무슨 날벼락인가 싶었다. 눈을 까뒤집고 몸을 부들부들 떨던 어린아이의 모습이 눈에 선했다. 아침상을 더 신경 써야겠다는 생각이 들었다. 아이가 먹기 좋도록 전복죽을 끓이는 것이 좋을 것 같았다. 냉동실에 보관했던 최고급 전복을 꺼내 해동을 시키고 저장실에서 당근과 양파를 꺼내 다진 다음 쌀을 불리며 잠시 숨을 고르던 안 여사가 혀를 차며 낮은 목소리로 읊조렸다.

"저 아이, 그 마을에서 죽은 사람인가 보네. 어린 것이 불쌍해라. 돈이 많으면 뭐 해. 기억은 지울 수도 없는걸."

동이 트기 시작했다. 아무 일도 없었다는 듯 어제와 같은 일상이 시작되었다. 하지만 이른 새벽에 벌어진 소동은 한낮이 되기도 전에 이 집에서 일하는 모든 사람이 알게 되었다. 소문은 바퀴벌레처럼 조용히, 그러나 아주 빠르게 퍼져나갔다.

생후 64개월 3주

아침이 되자 하늘이 거짓말처럼 개었다. 며칠 동안 퍼붓듯 쏟아지던 눈이 짓궂은 농담처럼 여겨질 정도였다. 뉴스에서는 기상캐스터가 영상의 기온을 회복했다며 호들갑스럽게 소식을 전했다. 도무지 종잡을 수 없는 날씨였다. 현관 입구에 캐리어 세 개가 가지런히 놓였다. 언제든 떠날 준비를 마치고 난 지영은 초조하게 창밖을 내다봤다.

기환의 발작으로 혼비백산한 부부는 당장 서울로 돌아갈 준비를 했다. 하지만 밤새 내린 폭설에 기온까지 뚝 떨어지면서 계획에 차질이 생겼다. 마을이 고립된 것이다. 석훈은 면사무소에 연락해 제설작업을 요청했지만 기다리라는 말뿐이었다. 인적 드문 고급주택단지까지 신경 쓸 여력이 없다는 질타 어린 말투였다. 어쩔 도리가 없었다. 가족은 사흘을 꼬박 집 안에 갇혀 지내야 했다.

눈이 조금씩 잦아들자 석훈은 떠날 준비를 서둘렀다. 마을 입구부터 국도까지의 도로 제설작업이 끝났다는 소식도 들려왔다. 때마침 서울에서 처리해야 하는 급한 일정도 생긴 상황에 더 이상 이곳에 머물 이유는 없었다. 언제 다시 눈이 내려 고립될지도 모르니 서두르는 게 좋았다.

석훈은 조바심을 냈지만 지영은 머뭇댔다. 용기 내어 이곳까지 왔는데 이렇게 도망치듯 떠나고 싶지 않다는 마음이 남았다. 무엇보다 아이의 상태가 장거리 이동을 감당할 만큼 좋지가 않았다.

결국 석훈은 급한 일만 처리하는 대로 돌아오기로 하고 혼자 서울로 떠났다. 그때까지 지영은 아이의 컨디션을 살피며 나머지 정리를 하고, 석훈이 다시 내려오는 대로 이곳을 떠나기로 약속했다. 다행히 아이는 서서히 회복했고, 이제 떠날 일만 남았다.

그런데 지영은 이곳을 선뜻 떠나기가 망설여졌다. 정회마을에서 만난 여자의 모습이 좀처럼 머릿속에서 떨쳐지지가 않았다. 안 여사가 들려준 이야기 속의 그 여자와 동일인인지 확인하고 싶었다. 한 마을을 몰살시킨 여자, 귀신 씐 여자라기엔 웃음이 너무 맑았다. 아니 쓸쓸했다. 여자는 무슨 사연으로 모두가 떠난 마을에 홀로 남아 있는 것일까. 스스로를 없는 사람이라고 하던 여자에게 연민인지 호기심인지 알 수 없는 감정이 일었다.

지영은 기환의 방문을 열어보았다. 아이는 고른 숨을 내쉬며 깊은 잠에 빠져 있었다. 표정이 편안해 보였다. 낮에 악몽을 꾸는 일은 없으니 크게 걱정할 필요는 없었다. 두세 시간이면 충분했다. 아이가 깨기 전에 돌아오기만 하면 될 터였다.

지영은 안 여사에게 잠시 다녀올 곳이 있다며 아이를 부탁하고 집을 나섰다. 전원주택단지 입구에 미리 불러놓은 콜택시가 대기 중이었다. 정회마을에 가자는 지영의 말에 택시기사가 룸미러로 지영을 뚫어지게 쳐다보았다.

"정회마을? 거길 왜 가요?"

대답이 없자 못마땅한 표정의 기사는 다소 거친 운전으로 불편한 심경을 드러냈다. 목적지에 도착해 지영이 차에서 내리자 기사는 창밖으로 캭 침을 뱉고는 속도를 높여 떠났다.

지영은 기억을 더듬어 마을회관 방향으로 올라갔다.

눈이 녹으며 곳곳이 흙탕길로 변해 있었다. 발밑을 조심하며 걸은 탓인지 기억보다 길이 멀었다. 20여 분을 걸었는데도 마을회관이 나타나질 않자 덜컥 겁이 났다. 길을 잘못 들었다면 다시 돌아나가야 하는데, 지나온 방향을 가늠하기가 어려웠다. 허둥대는 지영의 시선에 멀리 사람의 모습이 보였다. 위태로운 걸음걸이가 꽂히듯 시야에 들어왔다. 분명 그 여자였다.

반가운 마음이 앞서 지영은 여자를 향해 다급히 달려갔다.

"저기요! 잠깐만요!"

그런데 여자의 모습이 점점 가까워질수록 뭔가 이상하다는 걸 느꼈다. 여자는 걷고 있는 것이 아니었다. 멈춰 선 채 온몸을 뒤틀며 발작하고 있었다. 여자가 바닥으로 쓰러지는 것을 보며 지영은 그 자리에 입을 막고 멈춰 섰다. 전염병! 반가움은 사라지고 오직 그 세 글자만이 지영의 머리를 지배했다. 지영은 주춤거리며 뒷걸음질 쳤다. 피를 토하며 죽어갔다는 마을 사람들이 떠올랐다. 고통스럽게 몸부림치는 여자를 보면서도 다가갈 수가 없었다. 그때 누군가 지영의 어깨를 세게 치고 앞으로 달려갔다.

"언니! 미연 언니!"

짧은 단발머리를 한 지영 또래의 여자였다.

여자는 손목에 감고 있던 손수건을 풀어 쓰러진 사람의 입에 물리고 셔츠 앞 단추와 바지 단추를 풀기 시작했다. 경동맥을 짚어 맥박을 확인하고는 동시에 발작하는 몸을 자신의 온몸으로 결박해 움직임을 제압했다. 망설임 없이 침착하고 숙련된 손길이었다.

효과가 있었는지 경련이 조금씩 잦아들기 시작했다. 가벼운 한숨을 내뱉던 젊은 여자가 이마를 닦아내며 지영을 올려다보았다. 매섭게 쏘아보는 눈빛이 다분히 공격적이라 지영은 한 걸음 더 주춤 물러섰다. 아니나 다를까 여자의 입에서 거침없는 말들이 쏟아져 나왔다.

"진짜 인간성 끝내주네! 사람이 쓰러졌는데 남의 집 불구경하듯 멀찍이 서서 구경만 하고. 도대체 양심은 어디다 팔아먹은 걸까? 아니다. 처음부터 그런 게 없을 수도 있겠네. 사람이라고 다 똑같은 사람은 아니니까!"

혼잣말처럼 내뱉었지만 분명 방관한 지영을 두고 한 말이었다. 일방적인 욕설이고 빈정거림이었다. 지영은 황당했다. 조금 억울하기까지 했다. 구경을 한 것이 아니라 두려웠을 뿐이었다. 하지만 무례한 사람에게 변명하듯 자신을 설명하고 싶지는 않았다. 마침 의식을 잃고 쓰러졌던 여자가 힘겹게 눈을 떴다.

젊은 여자가 다급한 목소리로 말을 이었다.

"언니 괜찮아? 나야, 나. 미도. 내가 따라 나왔으니 다행이지 큰일 날 뻔했잖아. 일어날 수 있겠어? 집에 가서 좀 눕자. 내가 주는 약은 계속 먹고 있는 거야?"

의식이 돌아온 여자가 희미하게 웃었다. 봄바람 같은 웃음이었다. 그제야 지영의 마음에 미안하고 부끄러운 감정이 일었다. 만약 무슨 일이 생겼다면 자신도 책임을 피할 수는 없었을 것이다.

두 사람에게서 멀찌감치 떨어져 있던 지영은 망설였다. 마음속에 혼잣말이 들끓었다.

'두 사람은 혹시 자매인가요. 그러고 보니 조금 닮은 것 같기도 하네요. 두 분은 이 마을에서 무슨 일이 있었는지 알고 있나요. 제 아이의 전생이 이곳과 관련 있는 것 같아요. 아이는 이곳을 그리워하는데 저는 사실 두렵습니다. 아이의 고향인 이곳에서 벌어졌다는 그 참혹한 일은 사실인가요.'

묻고 싶은 게 한두 가지가 아니었지만 차마 입이 떨어지지 않았다. 지영은 고개를 떨구고 발길을 돌렸다.

"다⋯⋯당신."

부축을 받아 일어선 여자가 쇳소리 나는 목소리로 지영을 불렀다.

"네?"

"이⋯⋯인중 없는 아이 엄⋯⋯마네요. 며⋯⋯며칠 전에 여기."

여자는 지영을 기억하고 있었다. 지영은 자신에게 건네는 말이 반가웠다. 모른 척하지 않은 것만으로도 고마웠다. 역시 좋은 사람인 것 같아. 조금 안심한 지영이 입을 떼려는 순간, 이번에도 말을 가로챈 것은 미도였다. 거칠고 저돌적인 말투였다.

"인중 없는 아이? 전생을 기억한다는 환생아를 말하는 거야? 아! 그러고 보니 나 당신 알 것 같아."

미도의 눈빛이 호기심으로 번뜩였다. 지영은 이런 눈빛을 너무 잘 알았다. 무례한 호기심을 숨기지 않고 다가오는 사람들, 친절을 가장해 등 뒤에 칼을 꽂는 사람들, 자신들에게 무엇이든 질문할 권리가 있다고 착각하는 사람들, 지영이 가장 경계하고 싫어하는 사람들이었다. 구역질이 날 것 같았다. 위험한 신호였다.

"암튼 세상이 미쳐 돌아간다니까. 연예인이면 당사자가 연예인이지, 연예인 자녀도 연예인이야? 남의 집 애한테 무슨 관심이 그렇게 들 많아? 연예인이 인증 없는 아이 낳은 게 뭐 그렇게 대단한 뉴스라고 그 난리를……. 그러니까 이런 사람들이 자기중심으로 세상이 돌아간다고 착각하는 거잖아. 미연 언니, 언니는 모르겠지만 몇 년 전에 엄청 시끄러웠어. 이 여자네 집안일로. 그런데 그렇게 유명하신 분이 이런 촌구석은 웬일이래? 뭐예요? 땅 사러 왔어요? 사람들이 절대 안 찾아올 것 같은 빈 땅이라도 알아보고 다니는 거예요?"

지영은 전혀 예상치 못했던 말이었다. 자신 앞에서 이런 감정을 드러내는 사람은 처음이었다. 무례한 것인지 지나치게 솔직한 것인지 판단하기 쉽지 않았다. 하지만 호의를 가장한 위선보다는 나았다.

지영은 불쾌한 감정을 서슴없이 드러내는 여자의 눈을 마주 보았다. 날카롭게 벼려진 칼처럼 공격적인 눈빛이었다. 하지만 나름의 각오를 하고 이곳에 찾아오지 않았던가. 지금 돌아서면 다시는 기회가 없을지도 몰랐다. 지영은 마른침을 삼키고 조심스럽게 말을 꺼냈다.

"이 마을의 사정을 좀 듣고 싶어서……."

"무슨 사정이요? 그리고 이런 촌구석 마을의 사정 같은 건 알아서 뭐 하려고요?"

지영이 말을 끝내기도 전에 뾰족한 질문이 부메랑처럼 되돌아왔다. 꼬투리를 잡고 싶어 안달이 난 사람처럼 보였다. 잠시 숨을 고른 지영은 천천히 말을 이어갔다.

"알고 계시는 것처럼 제 아이가 인증 없는 아이예요. 그런데 아이의 선생이 이 마을과 연관이 있는 것 같아요."

"왜 그렇게 생각해요? 이유가 뭐예요?"

"이 마을을 보여주는 TV 화면을 보고 '우리 집'이라고 했어요. 그 말이 아이의 첫 발화였고요."

세 사람 사이에 침묵이 흘렀다. 처음에 기환을 보고 그랬던 것처럼 이번에도 미연은 담담했지만, 미도는 조금 당황한 눈치였다. 감정이 그대로 얼굴에 드러났다. 커다란 눈이 더 커다래졌고 검은 눈동자가 심하게 흔들렸다. 입술을 잘근잘근 씹어대던 미도가 침묵을 깨고 말했다.

"그렇게 궁금하면 당신 아이한테 직접 물어봐요. 마을의 기억을 가지고 있다면 누구보다 그 애가 정확히 알겠지. 누구의 환생인지 진짜 궁금하네. 언제 기회가 닿으면 나도 그 애 좀 만나게 해줘요. 나야말로 이 마을 사람들한테 궁금한 게 진짜 많거든. 물어볼 게 많은데 잘 됐네. 그 애, 인증 없는 아이 좀 데려와봐요."

모진 말을 내뱉고 나서 미도는 차갑게 돌아섰다. 미도의 부축을 받던 미연이 안타까운 시선으로 돌아보았지만 그뿐이었다. 지영에게는 두 사람을 붙잡을 명분이 없었다. 저토록 매정하게 돌아서는 사람을 붙잡을 자신도 없었다. 아무 대책도 없이 충동적으로 이곳을 찾은 것이 실수였을까. 하지만 더 이상 고민하거나 머뭇댈 시간이 없었다. 석훈이 도착하기 전에 빨리 집으로 돌아가야 했다.

지영이 집으로 가기 위해 돌아서는데, 휴대폰 벨이 울렸다. 적막을 깨는 요란한 벨 소리에 미도가 짜증 난다는 표정을 지으며 지영을 돌아봤다.

대수롭지 않게 전화를 받던 지영의 얼굴이 급격히 어두워졌다. 두려움이 가득한 목소리로 지영이 휴대폰 건너편의 누군가에게 되물었다.

"그, 그게 무슨 말이에요? 아이가 사라졌다니?"

3장
악연

실종 1일 차

주방 창문으로 노란 저녁 햇살이 스며들었다. 굳게 커튼을 친 거실에는 한 줌 볕도 들지 않았다. 불도 켜지 않은 채 어둑한 거실 바닥에 주저앉아 지영은 꼼짝도 하지 않았다. 무릎 사이에 얼굴을 묻은 채 굳어버린 것 같았다. 거실 테이블에는 기환이 그림을 그리던 스케치북과 크레파스, 색연필 등이 어지럽게 놓여 있었다.

안 여사의 전화를 받고 나서 지영은 정회마을에서 어떻게 집으로 돌아왔는지 기억이 나질 않았다. 집에 들어서자 사색이 된 안 여사가 벌벌 떨며 상황을 설명했다.

지영이 나가고 얼마 지나지 않아 잠에서 깬 아이는 거실 창문 앞에 한참을 서 있다가 그림을 그리기 시작했다. 평소와 다르지 않은 모습이었다. 잠시 아이를 지켜보다 주방으로 들어갔고, 잠시 후 과일을 내어왔을 때 아이는 보이지 않았다. 그림 도구를 가지러 제 방에 갔거나 하다못해 화장실에 갔을 것이라 생각해 걱정은 하지 않았다. 그런데 한참이 지나도록 아이의 기척이 나질 않았고, 불길한 예감에 찾기 시작했을 때는 이미 집 안 어디에도 없었다. 순식간에 벌어진 일이었다.

지영은 안 여사의 말을 믿을 수가 없었다. 지독한 거짓말이거나 웃기지 않은 농담 같았다. 오래된 전원주택은 숨을 만한 구석이 많았다. 장난기가 발동한 아이가 숨바꼭질을 하고 있을지도 몰랐다. 지영은 기환의 이름을 부르며 구석구석을 찾아다녔다. 다락과 지하, 창고까지 샅샅이 뒤졌다. 하지만 아이의 흔적은 어디에서도 찾을 수 없었다. 마치 신기루처럼 사라진 것이다. 차라리 꿈이길 바라기도 했다. 지영은 무릎 사이에 얼굴을 묻고 꼼짝도 하지 않은 채 누군가 이 악몽에서 자신을 깨워주길 기다렸다.

창밖으로 자동차 급정거 소리가 들리더니 곧이어 석훈이 뛰어 들어왔다. 석훈은 거실로 들어서자마자 지영부터 찾았다. 힘없이 고개를 든 지영의 얼굴은 핏기가 사라져 하얗게 질려 있었다. 꿈이 아니었다. 악몽 같은 현실이었다. 모든 것이 자신의 탓이었다. 아픈 아이의 곁을 비운 것, 정회마을을 찾아간 것, 모두 돌이킬 수 없는 커다란 실수였다. 지영은 스스로를 용서할 수 없었다.

석훈은 그렇게 넋을 놓고 있는 지영의 표정을 본 적이 없어 가슴이 철렁 내려앉았다. 먼저 어깨를 흔들어 눈을 맞추고 나서 정신을 차리도록 했다. 그건 자신도 마찬가지였다. 정신을 바짝 차리지 않으면

둘 다 파도에 휩쓸려 갈 것이다.

지영을 안정시킨 후 석훈은 경비실을 찾아가 단지 입구를 감시하는 CCTV를 확인했다. 오후 1시 7분 지영이 집을 나서 택시를 타는 모습이, 1시 53분 한 여자와 손을 잡고 나가는 기환의 모습이 담겨 있었다. 발을 동동거리며 옆에서 함께 CCTV를 확인하던 안 여사가 외마디 소리를 지르며 주저앉았다. CCTV 화면 속, 기환의 손을 잡고 있는 여자는 안 여사가 아는 얼굴이었다.

집에서 허드렛일을 하는 정씨였다. 손이 필요할 때 부르면 찾아와 청소를 하거나 식자재 손질을 돕고 일당을 받아가는 여자였다. 눈이 녹으면서 정원과 현관 등 집 안 곳곳이 엉망이 되어 청소할 사람 몇몇을 불렀던 것이 정오의 일이었다. 거실에 놓인 화분을 옮기느라 집 안을 오가던 정씨가 그림 그리는 아이를 흘끔대었으나 대수롭지 않게 여겼다. 다만 평소 말도 없고 무표정하던 그녀의 얼굴에 잠깐 떠올랐던 표정이 꺼림칙하긴 했다. 기쁨과 슬픔, 환희와 절망이 뒤섞인 기이한 표정이었다. 안 여사의 예민한 촉이 뭔가에 닿았으나, 그것이 무엇인지 해석하기 어려웠다. 그런데 이제야 벼락처럼 떠오르는 것이 있었다.

"세상에! 내가 그걸 생각하지 못했네. 늙어 망령이 났나. 어떻게 그걸 까맣게 잊어버리고 있었을까!"

몇 년 전 정육점 사장이 앞치마에 손을 쓱쓱 문지르며 했던 이야기였다. 정회마을에 전염병이 돌 때 남편과 아들을 잃은 여자가 있는데,

날품팔이를 하며 지내고 있으니 일거리가 있으면 부르라고 했다. 생때같은 아들을 떠나보내고 죽지 못해 사는 여자는 아들의 환생만 기다리고 있다는 이야기도 지나가듯 덧붙였다. 때마침 서울에서 손님들이 온다고 해 손이 필요하던 참이었고, 그렇게 인연을 맺은 사람이 정씨였다.

안 여사는 낮에 기환을 바라보던 정씨의 기이한 표정이 그제야 이해가 됐다. 그것은 갓 새끼를 낳은 어미 살쾡이의 표정이었다. 살쾡이는 새끼를 뺏기느니 차라리 제 이빨로 물어 죽이는 독한 짐승이었다.

하지만 다그치는 석훈에게 모든 것을 말할 수는 없었다. 안 여사는 정씨가 정회마을 사람이라는 것과 아들의 환생을 기다린 듯하다는 것 정도만 모호하게 대답했다.

석훈이 짐승 같은 소리를 지르며 발로 바닥을 굴렀다. 슬픔이나 두려움 같은 감정 때문이 아니었다. 예기치 못한 상황, 무엇도 계획할 수 없는 현실에 대한 분노였다. 작은 아이 하나가 만들어내는 돌발적인 변수를 견딜 수가 없었다. 석훈이 계획한 미래는 아주 분명하고 구체적이었다. 아이가 그 미래를 싸구려 장난감처럼 구기고 찢고 패대기쳤다. 치미는 분노 속에서 석훈은 분명한 진실을 깨달았다. 자신은 아버지가 되고 싶지 않았다.

실종 2일 차

신고를 받은 경찰이 집으로 찾아왔다. 기환을 마지막으로 목격한 안 여사가 사건 당시의 상황을 진술했다. 아이 엄마의 외출과 잠에서 깨어 그림을 그리던 아이, 거실을 오가며 아이를 쳐다보던 정씨, 과일을 내어왔을 때 이미 사라진 아이 등에 대해 낱낱이 말했다. 아이가 정회마을에서 죽은 사람의 환생이라는 소문에 대해서 말할 때는 안 여사의 어깨가 조금 움츠러들었다. 하지만 경찰은 소문의 시작을 캐묻지는 않았다.

지영도 사건 발생 당일의 행적을 밝혀야 했다. 몇 가지 의례적인 질문을 던지던 경찰은 지영에게 왜 정회마을을 찾아갔는지 물었다. 지영은 명확하게 설명하지 못했다. 하필 그때 왜 그랬을까. 몇 번을 되물어도 대답할 수 없었다. 경찰은 이해한다며 넘겨짚는 눈치였지만 지영은 스스로를 용납할 수 없었다. 자신은 아이가 납치되도록 방조한 끔찍한 엄마였다.

경찰이 파악한 사건의 실체는 명백했다. 환생아 납치사건. 환생아가 태어났다는 소식이 들리면 그곳이 어디든 찾아가는 사람들이 있었다. 사랑하는 사람의 환생을 맹목적으로 기다리는 사람들, 혹은 그들의 간절한 바람을 이용하는 사람들이었다. 그들은 인중 없는 아이에게서 이미 죽은 사람의 흔적을 필사적으로 찾아내려고 했다. 그 과정에서 유괴, 납치 그리고 살인 등의 범행이 발생했다. 환생아 관련 범죄율은 점점 증가했고, 심각한 사회 문제가 되었다. 이번 사건 역시 자식의 환생을 기다렸던 엄마의 그릇된 모정으로 인한 범행임이 분명했다.

범인으로 지목된 정씨에 대한 수사가 시작되었고, 사건은 환생아 기억보존국에도 보고되었다. 가족의 당부로 수사는 조용히 진행되었으나, 불행의 냄새는 가릴수록 짙어지는 법이었다. 하동경찰서로 확인 전화가 빗발치듯 쏟아졌고, 잘 모른다는 애매한 답변은 의혹에 불을 지폈다.

채 몇 시간이 지나지 않아 하동마을 전원주택단지로 사람들이 몰려들었다. 카메라와 조명이 기환이 머물던 집을 둘러쌌다. 창마다 짙은 암막커튼이 쳐진 집은 막이 올라가기 전의 무대 세트처럼 보였다. 사람들은 곧 시작될 비극을 숨죽여 기다렸다.

길고양이가 날카로운 울음소리를 냈다. 달무리 진 밤하늘에서 눈발이 조금씩 흩날리기 시작했다. 무대의 막이 좀처럼 오르지 않자 사람들은 조바심을 드러냈다. 먹잇감을 찾는 사람들의 눈빛이 희번덕거렸다.

전원주택단지 앞에 차 한 대가 멈춰 섰다. 플래시가 쉴 새 없이 터졌다. 너무 울어 탈진한 정숙과 사돈을 부축한 원석이었다.

아들로부터 소식을 전해 들은 원석은 곧장 사부인인 정숙에게 연락했다. 언론을 통해 충격적인 방식으로 알기 전에 소식을 전해야 했다. 원석이 최대한 조심스럽게 어휘를 골라 쓰며 상황을 알렸으나, 정숙은 그 자리에서 혼절하고 말았다. 다행히 집에 일 봐주는 사람이 있어 큰일은 면했으나 하마터면 집안에 큰 악재가 겹칠 뻔했다. 안정을 취해야 한다는 주치의 조언에도 정숙은 딸에게 가겠다며 고집을 피웠다.

집으로 들어서자마자 정숙은 딸을 끌어안고 하염없이 울기만 했다. 얼굴에 핏기 하나 없는 지영은 바싹 마른 입술을 열 기운도 없어 보였다. 산송장 같은 딸의 모습을 보며 정숙은 애간장이 녹을 지경이었다. 정숙은 품에 안긴 딸의 등을 쓰다듬고 또 쓰다듬었다. 해줄 수 있는 것이 그것밖에 없었다.

원석은 거실에 있는 사람들에게 인사를 건넸다. 경찰 관계자가 5명, 환생아기억보존국 관계자가 2명이었다.

원석은 한 사람 한 사람의 손을 맞잡으며 손자를 꼭 찾아줄 것을 믿는다고 했다. 경찰은 최선을 다하겠다고 했지만, 환생아기억보존국 관계자들은 마뜩잖은 표정을 숨기지 않았다.

자신을 성 팀장이라 소개한 이가 나섰다. 환생아의 가족이 환생아기억보존국과 상의도 없이 전생과 관련된 곳에 찾아온 것이 유감이라고 했다. 원석의 짙은 눈썹이 꿈틀거렸다. 원석은 사생활 전부를 보고해야 할 의무는 법 조항 어디에도 없다며, 더군다나 지금 상황에서 적절치 않은 발언이라며 단호하게 사과를 요구했다. 주변을 둘러싼 공기가 한순간에 팽팽해졌다. 멈칫하던 성 팀장이 일을 키울 필요가 없다고 생각했는지 바로 사과했다.

곁에서 지켜보던 석훈은 새삼스럽게 감탄했다. 아버지는 언제 어디서든 상황을 통제하고 다스렸다. 누구도 쉽게 거역할 수 없는 위압감이 말과 몸짓에 배어 있었다. 석훈은 아버지의 등장만으로도 든든해졌고, 감당하기 힘든 책임감에서 조금 자유로워진 느낌이었다.

하지만 그와 동시에 자신의 부족함을 뼈아프게 실감했다. 분명히 위기 상황을 감지했고, 불길한 예감이 들었었다. 아버지였다면 무슨 수를 써서라도 가족과 함께 곧장 서울로 돌아갔을 것이다. 하지만 자신은 불안을 애써 회피했고, 타협했다. 석훈은 아들의 납치사건으로 벼랑 끝에 몰린 기분이었다. 절벽 아래로 떨어질 것만 같아 두려웠다. 누구에게도 내색할 수 없는 두려움이었다.

실종 3일 차

낮과 밤이 구분되지 않는 시간이 흘렀다. 지영은 아이가 실종된 이후로 등을 대고 눕지 못했고, 석훈은 쪽잠을 잘 때마다 악몽에 시달렸다. 정숙은 밥 대신 영양제를 억지로 삼켰다. 원석만이 흐트러짐 없는 자세로 가족들을 살폈다. 가족은 서로 시선이 맞닿으면 외면했다. 감당할 수 없는 두려움이 읽히기 때문이었다. 누구도 쉽사리 위로의 말을 꺼내지 못했다.

집 거실에는 임시수사본부가 마련되었고, 집 밖에는 여전히 많은 사람이 서성였다. 그들은 비극적인 결말을 함부로 예측했고, 거짓된 목소리로 희망을 기원했다. 지상의 불안을 부추기듯 검은 구름이 뒤덮인 하늘은 간헐적으로 눈을 토해냈다. 북쪽에서 불어오는 바람은 스산함을 더했다. 비극적인 소식이 전해져도 전혀 이상할 것 없는 우울한 겨울 날씨였다.

정오가 되자 집 안에 마련된 임시수사본부에서 브리핑을 시작했다. 납치범에 대한 수사 내용이었다. 하룻밤 사이 눈에 띄게 초췌해진 가족이 한자리에 모여 앉았다. 수시로 몸을 떨어대는 지영의 어깨를 석훈이 감싸 안았다. 정숙이 딸의 손을 꼭 쥐었고, 원석은 앉지도 못한 채 초조하게 거실을 서성였다.

CCTV에 찍힌 여자의 이름은 정금자. 나이 64세. 가족 없음. 거주지 불분명. 20년 전 남편과 아들이 연이어 죽자 정회마을을 떠났다가 3년 전부터 하동마을로 내려와 지내기 시작했다. 달세를 내는 여관 두세 곳을 옮겨 다니며 지냈고, 딱히 가깝게 지내는 이웃이나 지인도 없었던 것으로 확인되었다. 머물던 여관방에는 짐이 그대로 남아 있었다.

거실 벽면을 가득 채운 스크린에 정금자의 소지품을 찍은 사진이 떴다. 낡은 트렁크와 무채색의 옷 예닐곱 벌, 칫솔모가 다 벌어진 낡은 칫솔과 반쯤 닳은 비누, 전기 포트와 믹스커피, 컵라면이 전부였다. 삶에 어떤 기대나 희망도 없이 지낸 사람의 흔적이었다. 그런데 마지막 사진이 화면을 가득 채우자 지영이 입을 틀어막았다. 낡은 수첩을 펼쳐 찍은 사진이었다.

수첩에는 스누피를 그린 그림이 가득했다. 평소 기환이 즐겨 그리던 것이었다. 스누피 옆에 우드스탁이 나란히 그려진 것도 똑같았다.

유괴되기 전 기환이 스케치북에 그렸던 그림과 정금자의 수첩 속 그림이 나란히 한 화면에 떴다. 마치 한 사람이 그린 듯 똑같았다.

수첩은 스물셋에 숨진 정금자의 아들 것이었다. 수첩 맨 뒤에 아들의 이름이 적혀 있었다. 김정우. 수첩 속에 끼워져 있던 김정우의 고등학교 졸업사진이 화면을 가득 채웠다. 소년의 입 끝에 걸린 웃음이 맑았다. 지영은 입을 틀어막았지만 새어 나오는 울음을 막을 수 없었다.

흐느끼는 소리가 터져 나오자 경찰들은 서로 눈빛을 주고받았다. 누구도 입 밖으로 내뱉지 않았지만 이 사진들이 무엇을 말하고 있는지 모두가 알고 있었다. 정금자가 왜 기환을 납치했는지, 사진 속 그림들이 설명하고 있었다. 기환이 사라지기 직전, 그림을 그리고 있었다는 안 여사의 증언도 합리적 추론의 근거가 되었다. 20년 전 스물셋의 나이로 숨진 김정우가 기환으로 환생했을 가능성이었다.

지영은 심장을 조이는 두려운 예감에 휩싸였다. 어쩌면 아이는 납치된 것이 아니라 전생의 엄마에게 돌아간 것일지도 몰랐다. 그렇다면 CCTV 속 모습도 간단히 설명되는 셈이었다. 아이는 끌려가는 모습이 아니었다. 정금자의 손을 잡고 순순히 제 발로 걸어 나갔다. 지영이 상상했던 최악의 상황이었다.

거실의 불이 켜졌다. 경찰이 담담히 덧붙였다. 만약 정금자가 기환을 아들의 환생이라고 믿고 있다면 결코 해치지 않을 것이라는 말이었다. 여관방에 모든 짐을 두고 나선 것을 보면 계획범죄도 아니라고 했다. 어떤 준비도 없이 충동적으로 벌인 일이라면 멀리 떠나지 못했을 것이라는 판단이었다.

정숙은 고개를 끄덕이며 때 이른 감사 인사와 울음을 쏟아냈다. 원석은 경찰의 수사 진행 상황을 구체적으로 캐어물었고, 석훈은 지영을 안심시키며 다독였다. 하지만 지영에게는 그 어떤 말도 위로가 되지 않았다. 외줄 위에 선 듯 아찔한 어지러움만 느껴졌다. 욱, 헛구역질이 터져 나왔다. 화장실로 달려간 지영은 멀건 위액을 토해냈다. 변기를 붙잡고 쓰러진 지영은 그 자리에서 혼절하고 말았다.

실종 4일 차

전원주택단지 입구에서 진을 치고 있던 기자와 유튜버, 구경꾼들 사이에서 볼멘소리가 터져 나왔다. 굳게 닫힌 집 대문은 아무리 두드려도 열리지 않았다. 경찰 역시 사소한 정보 하나 허투루 흘리는 법이 없었다. 경찰에게 정보를 달라고 소리치는 목소리들은 더욱 거세졌고, 때아닌 소란에 마을 사람들도 피해를 겪어야 했다. 거주민들의 거친 항의를 전하는 경비원들은 피곤에 찌든 얼굴로 손사래만 쳤다.

낮에는 기온이 올라가 견딜 만했지만, 해가 지면 기온이 급격하게 떨어지는 것도 문제였다. 처음에는 싸락눈처럼 내리던 눈도 조금씩 굵어지고 있었다. 기상 예보는 믿을 수 없었지만 폭설 예보 앞에서 마냥 태연할 수는 없었다. 철수를 거론하는 사람들이 하나둘 나타나기 시작했다. 24시 뉴스 채널 기자 역시 카메라 기자와 철수를 의논하고 있었다. 그때 불쑥 두 사람 사이로 한 여자가 얼굴을 들이밀며 물었다.

"환생아의 전생에 대해서는 좀 밝혀진 게 있어요?"

"네? 아니요. 아직······ 근데 누구십니까?"

여자가 명함을 내밀었다. 직업환경의학과 전문의 고미도. 자신의 직함과 이름 전화번호만 적힌 아주 간소한 명함이었다. 여자의 직업과 질문의 상관관계를 짐작하기 어려웠다. 기자가 고개를 갸웃대며 되물었다.

"여기 전원주택단지에 사시는 분입니까?"

"아니요."

"그럼 한지영 씨 가족과 알고 지내는 사이예요?"

"아니요."

기자가 어이없다는 듯 한숨을 내쉬었다. 삼 일째 아무 소득 없는 뻗치기를 하느라 피곤해 죽겠는데 성가신 파리까지 꼬인 모양새였다. 온갖 세상사에 관심 많은 한가한 족속이 분명했다. 짜증이 묻어나는 표정으로 몸을 돌리는데 미도가 흘리듯 한마디를 던졌다.

"한지영 씨와 한 번 만나기는 했죠. 정회마을에서."

"방금 뭐라고 했어요? 정회마을요?"

"한지영 씨 말로는 아이가 정회마을을 '우리 집'이라고 했다던데. 정회마을 아시죠? 여기서 멀지 않은데."

기자의 직감이 파르르 신호를 보냈다. 유명한 셀럽 부부가 별다른 특징 없는 시골 마을에 온 것부터가 이상했다. 그런데 인증 없는 아들의 전생을 찾아온 것이라면 설명이 가능했다. 전생의 흔적을 짚어 가던 중 아이가 납치를 당한 것이라면 이야깃거리는 충분할 터였다. 기자가 다급하게 미도를 붙잡으려던 순간, 곁에 있던 남자가 끼어들 었다.

"선생님, 제 유튜브 구독자가 150만입니다. 언론사에서는 취재해 도 취재비도 안 줘요. 순 양아치 집단이라니까. 저는 정정당당하게 취 재비 지급하고 인터뷰하겠습니다. 저희랑 독점 인터뷰 하시죠."

남자가 미도의 팔에 매달리다시피 하며 간절하게 요청했다. 미도 가 짐짓 여유를 부리며 대답했다.

"취재비는 얼마나 주실 건데요? 사양하진 않겠지만, 독점은 별로네 요. 정회마을에 대해서 궁금한 게 있으면 누구든 연락 주세요."

남자의 팔을 가볍게 떨쳐내자 미도의 주위로 다른 사람들이 슬금 슬금 몰려들었다. 암막커튼이 쳐진 집을 향하던 카메라와 마이크가 모두 미도에게로 쏟아졌다. 파도가 출렁거리듯 한바탕 소동이 벌어 졌다. 악다구니와 몸싸움이 조금 진정될 때까지 미도는 기다렸다. 잠 시 후, 환한 조명을 받고 카메라 앞에 선 미도가 브리핑을 하듯 말하 기 시작했다.

20년 전에 벌어진 정회마을의 비극에 관한 이야기였다. 평소 누구 도 관심 갖지 않았던 이야기였다. 하지만 셀럽 부부의 환생아의 납치 사건과 연관이 있다는 생각에 모두가 미도의 이야기에 귀를 기울였 다. 미도는 절호의 기회를 놓치지 않았다.

실종 5일 차

아침 최저기온이 어제보다 10도나 더 떨어지면서 전국적으로 한파 주의보가 발령되었다. 새벽부터 함박눈이 쏟아져 세상을 하얗게 뒤덮었다. 단지 입구에 진을 쳤던 사람들이 썰물처럼 빠져나가 모처럼 고요한 아침이었다. 가족이 머무는 집의 암막커튼이 잠시 열렸다가 빠르게 닫혔다. 커튼 사이로 불빛이 새어 나왔다.

지영은 경찰이 찾을 때가 아니면 방에서 나오지 않았다. 석훈은 물론 엄마인 정숙도 가까이 오지 못하게 했다. 먹지도 자지도 않았다. 지영은 어둑한 방에서 휴대폰으로 같은 영상만 반복해 들여다봤다. 미도의 인터뷰 영상이었다.

"정회마을은 20여 년 전까지만 해도 50여 가구가 모여 살던 평온한 농촌마을이었습니다. 그런데 언제부터인가 마을 사람들이 원인을 알 수 없는 병을 앓기 시작했어요. 첫 증상은 검은 반점이 나타나는 피부병이었습니다. 처음에는 모두 대수롭지 않게 여겼죠. 얼마 지나지 않아 복통이 시작되면 멈추지 않았고, 더 진행되자 각혈이 터져 나왔습니다. 상황이 심상치 않다고 판단했지만, 도움을 요청할 곳이 마땅치 않았습니다. 보건소에서는 이유를 알 수 없다고만 했어요. 군청을 찾아가 민원을 제기하기도 했지만 아무 반응이 없었습니다. 몇몇 사람들은 서울의 큰 병원을 찾았지만 거기서도 뚜렷한 병명이 나오질 않았습니다. 결국 병을 앓던 마을 사람들은 하나둘 목숨을 잃기 시작해 결국 2년 만에 마을 인구는 절반으로 줄었습니다."

미도는 반응을 살피듯 자신을 에워싼 사람들을 둘러보았다. 그리고 다시 말을 이어가기 시작했다.

"그게 끝이냐고요? 아니요, 또 하나의 심각한 문제가 있었습니다. 대추 농사를 크게 지었던 정회마을에서 소출이 전혀 나질 않았던 거죠. 대추나무만이 아니었어요. 논밭의 농작물이 전혀 자라질 않았습니다. 땅에 기대 살았던 사람들은 마을을 떠날 수밖에 없었고 결국 정회마을은 15년 전 인구소멸지구로 지정되었습니다. 기환이라는 환생아의 전생이 이곳과 관련 있다고 들었어요. 정회마을의 이야기에도 관심을 기울여주세요. 아이의 무사 귀환을 바랍니다."

기가 막혔다. 하고 싶은 말을 다 해놓고는 아이의 무사 귀환을 바란다는 말 한마디만 끝에 붙였다. 누가 봐도 형식적이었다. 지영의 눈에 인터뷰에 열을 올린 미도는 어색한 연극을 하고 있었다. 슬프거나 비통한 감정은 연기할 줄 모르는 서툰 연기자였다.

지영은 미도의 얼굴을 정지화면으로 잡아놓고 뚫어지게 쳐다보았다. 도대체 이 여자는 왜 이런 연기를 하는 걸까. 며칠 전 처음 마주쳤을 때 자신에게 보였던 적의 가득한 눈빛이 떠올랐다. 아이에게 묻고 싶은 것이 많다고 했다. 혹시 이 모든 것이 이 여자의 자작극은 아닐까. 생각이 거기에 미치자 불같은 분노가 치밀었다. 여자의 머리채를 휘어잡고 침을 뱉어주고 싶었다.

하지만 분노는 부메랑처럼 되돌아왔다. 자신이 다시 정회마을을 찾지 않았다면 이 여자를 만날 일도 없었을 것이다. 만났더라도 어리석게 자신의 속내를 보이지 않았다면 여자는 아무것도 알지 못했을 것이다.

끝없는 가정법은 칼날이 되어 지영의 마음을 헤집어놓았다. 자책과 자학으로 만신창이가 된 지영은 또다시 미도의 인터뷰 영상을 플레이했다. 가짜 연기자가 자신의 목적을 위해 기환을 이용하고 있었다. 지영은 여자를 용서할 수 없었다. 만약 기환에게 무슨 일이 생긴다면, 이 여자 역시도 마땅한 벌을 받아야 했다. 실핏줄이 모두 터진 지영의 눈에 붉은 광기가 어렸다.

실종 6일 차

"지영아! 기환이 찾았어. 기환이 찾았다고, 지영아!"

방문을 두드리며 석훈이 소리치고 있었다. 겨우 벽 하나 너머인데, 아득히 먼 곳에서 들리는 소리 같았다. 어떤 현실감도 느껴지지 않았다. 겨우 자리에서 일어났지만 머리가 핑 돌아 몸이 크게 휘청거렸다. 지영이 떨리는 손으로 문손잡이를 돌렸다. 덜컥, 문이 열리자 석훈이 지영을 와락 끌어안았다. 지영이 석훈의 가슴을 밀어내며 눈빛으로 되물었다. 핏발 선 눈이 붉었다.

"그 여자가 나쁜 마음을 품었던 건 아닌가 봐. 경찰서에 곧 도착한다니까 우리도 지금 바로 출발해야 해."

지영은 남편의 말이 단번에 이해되지 않았다. 지난 5일 동안 거의 잠을 자지 못한 탓일까. 머릿속이 안개 낀 듯 멍하기만 했다. 여자가 나쁜 마음을 품지 않았다니. 나쁜 마음이라는 건 뭘까. 나쁜 마음을 품으면 어떻게 되는 걸까. 숨이 잘 쉬어지지 않았다. 지영은 가슴을 두드렸다.

"지영아! 정신 좀 차려봐. 기환이가 돌아온다니까! 우리 애가 지금 돌아오고 있다고!"

아이가 돌아온다. 내 아이가. 그제야 현실을 자각한 지영은 그 자리에 무너져 내렸다. 가슴 속 시뻘건 불덩이가 천천히 사그라들었다. 지영은 숯덩이가 된 가슴을 움켜쥐고 참았던 숨을 깊이 토해냈다.

가족은 하동경찰서 민원인 대기실에 둘러앉아 아이를 기다렸다. 취재진이 경찰서까지 따라붙었으나 입구에서 통제되었다. 지영은 불안을 감출 수가 없었다. 모아 쥔 두 손이 주체할 수 없이 떨렸다. 정숙이 딸의 손을 감싸며 다독였지만 미세한 경련은 좀처럼 진정되지 않았다. 석훈은 서성이며 반복적으로 한숨을 내쉬었고, 원석은 눈을 감고 벽에 등을 기대고 앉았다.

경찰서에 도착한 지 30분밖에 지나지 않았는데, 억겁의 시간이 지난 것만 같았다. 폭설로 길이 막히는 바람에 아이의 도착 시간이 늦어지고 있다고 했다. 하동경찰서장이 아이 발견 당시의 상황을 설명했다.

정금자와 기환은 하동마을 외곽의 빈집에서 발견되었다. 발견 당시 아이는 건강한 상태였지만, 정금자는 저체온증과 영양실조 증세를 보였다. 먹을거리가 바닥나고 기온이 떨어지자 정금자가 112에 전화를 걸어 자수했다. 경찰이 출동했을 때 집 문을 열어준 것은 아이였다.

지영은 경찰의 마지막 말을 계속 되뇌었다. 문을 열 수 있었다면, 아이 스스로 언제든 집 밖으로 나올 수 있었다는 말이었다. CCTV에 찍힌 화면에서도 아이는 정금자의 손을 잡고 있었다. 억지로 끌려가는 모습이 아니었다. 의지가 있었다면 집을 떠나지 않을 수도, 언제든 돌아올 수도 있는 상황이었다. 지영은 아이의 마음을 짐작하는 것이 두려웠다.

"기환아! 아이고 내 새끼!"

정숙의 오열이 무거운 공기를 깼다. 고개를 든 지영의 눈앞에 기환이 있었다. 집을 나설 때와 똑같은 모습이었다. 씻지 못해 더러워진 얼굴에서 눈빛만은 형형했다. 더 깊어진 눈으로 아이가 빤히 지영을 바라보았다. 지영은 무릎 꿇어 아이를 끌어안았다. 고약한 체취가 났지만 그마저도 감사했다. 아이가 두 팔로 지영의 등을 감싸 안았다.

지영이 아이의 머리를 쓰다듬으며 말했다.

"엄마 보고 싶었어?"

아이가 고개를 끄덕였다. 지영은 가슴이 뻐근해지고 목울대가 아팠다. 꾹 참았던 눈물이 쏟아졌다. 지영의 울음 속에 담긴 마음이 전해졌는지 아이의 눈에서도 굵은 눈물이 뚝뚝 떨어졌다. 지영은 깊은 안도감을 느꼈다. 내 품으로 아이가 돌아왔다. 더 바랄 것이 없었다.

"잠시 아이와 면담을 진행해도 괜찮을까요?"

재회의 기쁨은 오래가지 못했다. 대기실의 문을 열고 반갑지 않은 사람이 들어섰다. 환생아기억보존국 소속 성 팀장이었다.

곁에는 형사과장이 난감한 표정을 지으며 서 있었다. 형사과장이 머리를 긁적이며 말했다.

"정금자 씨 취조를 시작했는데, 자기 아이라는 주장만 계속 반복합니다. 물론 아닌 건 저희도 알죠. 다 아는데 저희가 환생아 유괴사건은 처음이라 이걸 어떻게……."

형사과장이 중언부언하자, 성 팀장이 말을 자르며 나섰다.

"사실관계를 빨리 확인하면 서로 편할 것 같아서요."

"그게 무슨 말씀입니까? 어떤 사실관계를 확인한다는 거죠?"

석훈이 자리에서 일어나 목소리를 높였다. 지영이 석훈의 팔을 지그시 잡았다. 그러고는 한 발 앞으로 나서며 선뜻 대답했다.

"그러세요. 그런데 저도 아이와 함께 있을게요."

형사과장이 쳐다보자, 성 팀장은 가벼운 고갯짓으로 동의한다는 뜻을 표시했다. 지영은 아이의 눈물 자국을 닦아주며 웃어 보였다. 아이의 눈동자에 지영의 얼굴이 가득 들어찼다.

카메라에 빨간 불이 들어왔다. 취조실 탁자 한쪽에는 지영과 기환, 다른 한쪽에는 성 팀장과 형사과장이 앉았다. 취조실 밖에서 이들을 바라보는 석훈은 손끝 거스러미를 집요하게 뜯었다. 그 모습을 걱정스럽게 지켜보던 정숙이 사위의 손을 잡아끌어 꼭 쥐었다. 원석은 피로한 표정이 역력했지만 흐트러짐 없는 자세로 창 너머를 지켜보았다.

"며칠 동안 같이 있던 아줌마 이름이 정금자야. 알아?"

형사과장의 물음에 아이가 고개를 끄덕였다. 형사과장은 성 팀장을 흘깃 쳐다보았다. 아무래도 신경이 쓰이는 눈치였다.

"정금자 씨 말로는 네가 정금자 씨 아들, 김정우의 이름을 부르니까 돌아봤다고 하던데, 맞아?"

이번에도 아이가 고개를 끄덕였다. 지영의 가슴에 또다시 불이 지펴졌다. 하지만 머릿속은 그 어느 때보다 차가웠다. 만약 그 여자가 전생의 엄마라면 양육권을 주장할 수 있는 것일까. 자칫 긴 싸움이 될지도 몰랐다. 형사과장의 질문이 이어졌다.

"정금자 씨가 같이 가자고 했더니 네가 자기 손을 잡았다고 하던데, 그것도 맞아?"

아이가 지영을 쳐다보았다. 검은 눈동자가 흔들리고 있었다. 외려 지영을 걱정하는 눈빛이었다. 지영은 아이의 머리를 쓰다듬었다. 괜찮다는 뜻이었다. 형사과장을 보며 기환은 고개를 끄덕였다.

기환의 반응에 형사과장이 머리를 긁적이며 혼잣말을 내뱉었다.

"뭐야, 그럼. 이렇게 자발적으로 나간 경우에도 미성년자약취유인죄가 성립되나?"

성 팀장이 김정우의 낡은 수첩과 기환의 스케치북을 탁자 위에 올려놓았다. 수첩과 스케치북에는 스누피 캐릭터 그림이 가득했다. 마치 한 사람이 그린 듯 똑같았다. 성 팀장이 물었다.

"이 만화를 본 적이 한 번도 없다고 알고 있는데. 그렇다면 전생의 기억이 맞는 거지?"

한참 동안 성 팀장의 얼굴만 쳐다보던 아이가 고개를 끄덕였다.

성 팀장이 수첩을 들어 그림을 가리켰다. 이번엔 지영을 향해 하는 말이었다.

"정금자 씨 아들이 생전에 이 만화 캐릭터를 무척 즐겨 그렸답니다. 아이가 정회마을 사람의 환생이라는 소문은 집 안에서 일하는 사람 전부에게 퍼져 있던 상황이었고요. 정금자 씨는 아마 때를 기다렸던 것 같습니다. 마침 아이가 그린 그림을 보고 확신을 하게 되었던 거고요. 이쯤 되면 한지영 씨도 짐작하시겠지만……."

더 이상 듣고 싶지 않았다. 지영은 마른침을 억지로 삼켰다. 아이의 손을 맞잡은 손에 땀이 흥건했다. 전생과 현생이 밀접하게 얽힐 경우 벌어졌던 사건 사고와 소송들이 머릿속을 헤집었다. 조금의 흔들림도 없는 낮은 목소리로 성 팀장이 아이에게 물었다.

"모두를 위해서라도 솔직하게 대답하면 좋겠어. 너는 정금자 씨의 아들, 김정우의 환생이니?"

아이의 얼굴에 그늘이 졌다. 어떤 감정을 애써 억누르는 표정이었다. 아이는 쉽게 대답하지 못했다. 하지만 지영은 아이의 망설임을 통해 이미 답변을 들은 기분이었다. 예상했던 일이었다. 다만 아이가 누구의 환생이든, 현생에서는 자신의 아들이라는 사실만은 변함이 없었다. 그것은 불변의 사실이었다. 자신은 누가 뭐라고 해도 기환의 엄마였다. 지영은 처분을 기다리는 사람처럼 눈을 질끈 감았다. 한참 동안 움직임이 없던 기환이 아주 천천히 고개를 가로저었다. 그리고 입을 열어 말했다.

"아니에요. 저는 김정우가 아니었어요."

너무나도 분명한 목소리였다. 지영이 번쩍 눈을 떠 아이를 바라보았다. 아이는 몹시 지쳐 보였다. 작고 가녀린 어깨가 미세하게 떨리고 있었다.

아이의 발화가 시작되고 20분이나 더 지나서야 취조실 문이 열렸다. 형사과장과 성 팀장은 아무 성과도 얻지 못한 채 방을 나섰다.

가족들이 달려 들어왔다. 석훈이 지영을 부축해 일으켰다. 더 많은 이야기가 궁금했던 원석과 정숙이 아이에게 말을 건넸지만 아이는 텅 빈 눈으로 먼 곳을 바라보았다.

아이의 입은 다시 굳게 닫혔다. 누구도 아이가 어느 곳에 있는지 알 수 없었다.

2부

코모도마뱀은
먹이를 놓치지 않는다

1장
묻다

오래된 건물들이 다닥다닥 붙은 좁은 골목길을 오토바이들이 곡예하듯이 내달렸다. 바쁘게 오가는 사람들 모두 뭔가에 쫓기는 모습이었다. 유치원 가방을 멘 아이가 엄마 손을 잡고 골목을 지나갔다. 오토바이 한 대가 빠르게 스쳐 지나면서 툭 부딪치는 바람에 아이의 몸이 휘청했다. 아이 엄마가 뒤돌아서 거친 욕설을 내뱉었다. 오토바이 운전자도 멀어지며 험한 욕설을 쏟아냈다. 주워 담지 못할 말들이 배설물처럼 골목에 쌓였다.

야구모자를 눌러쓰고 짙은 선글라스를 낀 채 같은 골목을 몇 번이나 오가던 지영은 한숨을 몰아쉬었다. 소규모 금속 가공업체가 밀집한 골목에서는 날카로운 기계음 소리가 쉼 없이 쏟아져 나왔다. 길바닥에는 아무렇게나 버려진 쓰레기가 곳곳에 가득했다. 오가는 사람은 많았지만 오랫동안 머무는 사람은 없었다. 지영 역시 이 공간을 빨리 벗어나고 싶었다.

오래된 벽돌 건물 앞에 멈춰 선 지영은 위를 올려다보았다. 4층 창문에 '직 · 업 · 병 · 산 · 재 · 상 · 담'이라는 글자가 투박하게 붙어 있었다. 지영은 손에 든 명함을 다시 확인했다.

직업환경의학과 전문의 고미도.

명함 속 주소는 분명 이곳을 가리키고 있었다. 하지만 지영이 아는 의사 중 이런 열악한 환경에서 일하는 사람은 없었다. 혹시 이것도 고미도라는 여자의 어설픈 연기는 아닐까. 의심은 좀처럼 사라지지 않았다.

하동마을에서 모든 상황이 수습된 후, 안 여사가 이 명함을 내밀었다. 정회마을에 갔다가 아이가 사라졌다는 전화를 받고 혼절한 지영을 집까지 데려온 사람이 남기고 간 것이라고 했다. 그제야 지영은 당시의 상황이 어렴풋이 떠올랐다. 정신 차리라며 소리치던 미도의 모습, 전화기를 건네주던 미도의 손이 단편적으로 생각났다.

안 여사의 말에 따르면, 집에 도착한 후에도 미도는 오랫동안 지영의 상태를 지켜보았다고 했다. 맥박과 숨소리가 안정되는 것을 확인한 뒤, 혹시라도 급하게 의사가 필요하면 부르라며 명함을 남겨놓고는 떠났다고 했다.

미도를 증오하고 의심했던 지영은 혼란스러웠다. 정회마을에서 만났던 표독스러운 그 여자와 인터뷰를 하던 여자 그리고 자신을 도와준 여자가 같은 사람 같지가 않았다. 서울로 돌아온 뒤 내도록 집에서 두문불출하던 지영이 첫 외출지로 이곳을 찾아온 것도 그 때문이 었다. 미도라는 사람의 정체를 알고 싶었다.

크게 숨을 들이마시고 건물에 들어선 지영은 유난히 폭 좁은 계단을 오르기 시작했다.

"야, 이 새끼! 너 내가 가만 안 둬! 끝까지 쫓아간다!"

사무실 문을 열자마자 지영이 맞닥뜨린 것은 육두문자가 뒤섞인 미도의 욕설이었다. 칼날 같은 비속어가 공기 중에 마구 튀었다.

미도의 곁에서 팔짱을 낀 채 심각하게 대화를 듣던 남자가 지영을 발견하고는 잰걸음으로 다가왔다.

"상담하러 오신 거면 조금 기다리셔야 할 것 같은데. 이쪽에 잠깐 앉아 계세요."

가운데가 푹 꺼진 낡은 소파로 지영을 안내한 남자는 묻지도 않은 말들을 쏟아냈다.

"지금 워낙에 심각한 상황이거든요. 휴대폰 부품공장에서 일하던 외국인 노동자가 일을 시작한 지 석 달 만에 걷지를 못하게 됐어요. 일하는 동안 두통도 심하고 구토하는 일도 자주 있었는데, 그냥 참았나 봐요. 그 왜, 참는 게 익숙한 사람들 있잖아요. 그러다가 다리에 힘이 풀려서 주저앉고 숟가락도 못 들 정도로 이상 증세가 나타나니까 그제야 주변에 알린 거예요. 외국인 노동자를 지원하는 교회에서 저희 쪽으로 의뢰가 들어온 게 엊그제거든요. 얘기를 들어보니 공장에서 사용한 유기용제 중독이 의심되는데, 공장에서 작업현장 공개를 꺼리고 있어서 지금 코모도가 완전 빡친 상태예요."

"코모도요?"

지영의 물음에 남자의 얼굴 가득 장난스러운 웃음이 떠올랐다.

"아! 코모도는 저 친구 별명이요. 코모도왕도마뱀 아시죠? 코뿔소도 물어서 쓰러뜨린다는 거대한 도마뱀 말이에요. 침에 강한 독이 있어서 상대를 물고 나면 온몸에 독이 퍼져 죽을 때까지 주변을 맴돌면서 기다린다잖아요. 내셔널지오그래픽 채널에 종종 나오는데 본 적 없으세요? 암튼 저 친구 이름은 고미도인데, 성격이 워낙 지랄 맞아서 이 바닥에서는 코모도라고 불러요. 사실 제가 지은 건데, 잘 어울리죠? 제가 작명 센스가 이렇게 뛰어납니다."

남자가 고개를 젖히며 목젖이 보이도록 크게 웃었다. 전화기 너머로 상대와 싸우느라 흥분한 미도가 매서운 눈길로 남자를 노려보았다. 지영과 미도를 번갈아 보며 눈치를 살피던 남자가 웃음을 멈추고는 대놓고 여러 번 헛기침을 했다.

한참 후에야 거친 욕설을 저주처럼 내뱉으며 미도가 통화를 끝냈다. 지쳐 보이는 미도에게 남자가 턱으로 지영을 가리켰다. 한눈에 알아보지 못해 갸웃하던 미도는 지영이 모자와 선글라스를 벗자 눈을 초롱초롱 빛냈다. 재미난 놀잇감 혹은 맛있는 먹잇감을 발견한 짐승의 눈빛이었다.

그제야 남자도 지영을 알아보았는지 떨리는 손으로 명함을 건넸다.

"어쩐지 분위기가 남다르시더라고요. 모델 한지영 씨 맞으시죠? 진짜 미인이시네요. 아, 저는 이승윤이라고 합니다. 여기 사무국장을 맡고 있고요. 혹시 가시기 전에 사인 한 장 부탁드려도 될까요? 너무 실례인가요? 제가 실수한 거면 사인 같은 건 안 해주셔도 괜찮습니다. 진짜 괜찮습니다. 이렇게 얼굴을 마주하고 있는 것만 해도 가문의 영광입니다."

횡설수설하는 승윤을 보고 미도가 한심하다는 듯이 혀를 차며 지영의 맞은편에 앉았다.

미도는 아무 말도 하지 않고 지영을 빤히 쳐다보기만 했다. 무슨 말이든 먼저 꺼내보라는 눈빛이었다.

지영이 조심스럽게 말을 꺼냈다.

"지난번에는 감사했습니다. 그 말씀 드리고 싶어서 왔어요."

미도가 다리를 꼬며 몸을 등받이로 한껏 기댔다. 무례하고 거만한 자세였다. 곁에서 안절부절못하던 승윤이 미도를 툭툭 쳤다. 성가신 파리를 쫓듯 손을 휘휘 내저으며 미도는 다시 지영에게로 몸을 기울였다. 더 할 말이 있으면 어디 한번 해보라는 무언의 압박이었다. 지영이 머릿속으로 단어를 고르는 사이, 무거운 침묵을 참지 못한 승윤이 먼저 수다를 떨기 시작했다.

"코모도, 아니 미도한테 얘기를 듣긴 했는데 많이 놀라셨죠. 아이는 괜찮습니까? 그분 사정도 딱하지만 아무리 그래도 어떻게 아이를 납치할 생각을 했을까요. 집착이 그래서 무서운 거라니까요. 어쨌든 무사히 돌아와서 진짜 다행······."

"너 그 입 좀 닥쳐줄래!"

참다못한 미도가 승윤의 말을 가로막았다. 두 여자 사이에서 눈치를 보던 승윤은 헉, 숨을 들이켜며 뒤로 물러섰다. 다시 무거운 침묵이 이어졌다. 사무실에 팽팽한 긴장감이 가득했다. 결국 미도의 의도대로 지영이 먼저 말을 꺼냈다.

"인터뷰하시는 영상도 봤어요. 정회마을에 대해서 하고 싶은 말이 많은 것 같던데······. 그렇게까지 하는 특별한 이유가 있는 건가요?"

미도가 한마디로 대답했다.

"우리 집."

지영의 미간이 잔뜩 구겨졌다. 여자는 분명 기환의 첫 발화를 흉내 내며 자신을 떠보고 있었다. 진정성 있는 대화를 하려는 마음이 없는 것이다. 작은 호의에 기대를 품은 것이 실수였던 것일까. 지영은 자리를 박차고 일어서려 했다. 그때 미도가 다음 말을 이어갔다.

"우리 집, 내 고향이라고요. 당신 아들, 인중 없는 그 아이처럼 말이죠. 그때 마을에서 만났던 미연 언니는 어린 시절에 같이 놀던 동네 이웃이고요."

미처 예상치 못했던 대답이었다. 그런데 정회마을 출신이라면서 지나치게 건강해 보이는 건 이상했다. 지영의 머릿속을 읽기라도 한 듯, 미도가 자신의 이야기를 담담하게 털어놓았다.

공부를 제법 한 덕분에 고등학교에 진학하면서 도시에 있는 기숙

학교로 진학을 했다는 말부터 꺼냈다. 그 이후 마을에서 벌어지는 일에 대해서는 전혀 알지 못했고, 뒤늦게 상황을 알고 고향을 찾아갔을 때는 이미 마을이 폐허가 된 뒤였다고. 마치 남의 이야기를 하듯 감정을 섞지 않고 말했다.

"공부만 했어요. 그런 일이 벌어지는데도 전혀 모르고 공부만 했어요."

그 말을 하고서야 미도의 커다란 눈에 짙은 그늘이 드리워졌다. 기환의 눈에서 자주 보던 그늘이었다. 지영은 어쩐지 자신이 미도에게 자꾸 신경이 쓰이던 이유를 알 것 같았다. 저 그늘 때문이었다. 지영의 마음이 조금 누그러지려는데, 미도가 갑자기 두 손을 짝 마주치며 소리쳤다.

"그러고 보니 나랑 그쪽이랑 엄청난 인연이 있었네. 내가 그걸 왜 잊어버리고 있었지? 세상에! 그쪽도 깜짝 놀랄걸요?"

뜬금없는 말이었다. 자라온 환경은 물론 직업도 전혀 달라 마주칠 일이 없었을 텐데, 무슨 인연 타령인가 싶었다. 미도가 비밀이라도 얘기하듯 낮은 목소리로 속삭였다.

"쥐뿔도 없는 내가 타지에서 공부를 계속할 수 있었던 게 그쪽 시아버지 덕분이거든. 고등학교부터 대학까지 원바이오 장학생이었어요. 장학증서 받을 때 몇 번 뵙기도 했는데, 기억하실지 모르겠네. 강원석 회장님께 감사하다는 인사 좀 전해주세요. 회장님은 좋으시겠어. 돈도 많아, 인품도 훌륭해, 모델 며느리에 환생아 손자까지 있어. 다 가졌네 다 가졌어."

조롱이 뒤섞인, 말뿐인 감사였다. 시아버지는 사회공헌에 남다른 뜻을 품고 실천하는 분이었다. 미도처럼 뒤틀린 사람이 함부로 입방 아 찧을 만한 분이 아니었다. 지영은 미도에게 잠깐이나마 호감을 품 었던 자신의 어리석음을 탓했다. 마음을 다잡은 지영이 단도직입적 으로 물었다.

"그런데 미연 언니라는 그분 때문에 마을에 전염병이 돌았다 는……."

지영의 말이 채 끝나기도 전에 미도가 자리에서 벌떡 일어났다. 의 자가 뒤로 밀리며 바닥을 긁는 기분 나쁜 소리를 냈다. 미도의 눈에서 불이 뿜어져 나오는 듯했다. 맹수의 눈빛이었다. 뒤에 다소곳이 서 있 던 승윤이 고개를 절레절레 저었다. 또 시작이구나, 하는 표정이었다.

"이번엔 또 누구야! 누가 자꾸 헛소리를 퍼뜨리는 거야 진짜! 내가 명예훼손으로 확 다 고소해버릴 거야. 내가 똑똑히 말해줄 테니까, 귓 구멍 활짝 열고 들어요. 미연 언니는 수은중독이에요."

"수은…… 중독이요?"

"중학교 졸업하고 돈 벌겠다고 찾아간 곳이 우리나라에서 마지막 으로 형광등을 만드는 곳이었는데, 거기서 수은 증기에 노출이 된 거 지. 무슨 병인지도 모르고 만신창이가 돼서 집에 돌아왔고, 제대로 치 료를 받지도 못해서 그 상태가 되어버린 거고. 내가 어떻게 아냐고? 내가 의사 되고 처음 실태조사 한 게 형광등 제조공장 철거 일을 하 던 노동자들의 수은중독 증세였거든. 딱 보는 순간 이거 미연 언니랑 똑같다는 걸 알았지. 아니나 달라? 미연 언니한테 물어보니까 고향에 돌아오기 전에 거기서 일했다고 하더라고. 그건 전염이 될 수가 없는 병이라니까! 내가 그렇게 설명을 해도, 다들 귓구멍이 막혀가지고 더럽게 못 알아듣는다니까!"

삿대질을 하는 손으로 당장 지영의 멱살이라도 잡을 기세였다. 더 자극하면 큰일이 벌어질 것 같았다. 지영은 기환의 실종 당시, 언론 앞에 선 미도의 인터뷰가 이제야 이해되었다. 아이와 같은 고향 사람이라면, 같은 아픔을 안고 있다면 그럴 수 있었다. 지독한 오해로 낙인찍힌 이웃을 변호하려는 마음도 충분히 이해할 수 있었다. 지영이 묻고 싶은 것은 그뿐이었다. 더 이상 얽히고 싶지는 않았다. 지영은 낡은 소파를 짚고 일어서며 말했다.

"바쁘신데 시간 내주셔서 감사합니다."

돌아서려는데 미도가 지영의 손목을 확 낚아채며 자신에게로 끌어당겼다. 갑작스러운 악력에 휘청대다 넘어질 뻔한 지영을 승윤이 달려와 붙잡아주었다. 미도가 지영의 얼굴에 바짝 들이밀고 서늘한 목소리로 말했다.

"당신 아들이 마을 사람들의 죽음과 관련해서 뭔가를 기억하고 있다면, 나한테도 알려주는 게 좋을 거예요. 만약 뭔가를 숨기려고 한다면 내가 가만있지 않을 거야. 똑똑히 알아둬요!"

지영이 아파하며 얼굴을 찡그리자 미도가 던지듯 손을 뗐다. 얼마나 세게 붙잡았는지 손목에 빨간 손자국이 남아 있었다. 미도는 인사도 없이 돌아섰다. 미안한 표정을 숨기지 못한 승윤이 지영을 문밖으로 안내했다. 미도가 지영의 뒤통수에 대고 소리쳤다.

"또 봅시다."

뒤따라 나온 승윤은 미도의 변호를 하느라 횡설수설했다. 마음은 그렇지 않은데 거친 말투 때문에 오해를 받는 경우가 종종 있다고 했다. 미안해서 어쩔 줄 몰라 하는 승윤과 인사하고 지영은 건물을 빠져나갔다.

골목을 벗어나며 지영은 한숨 같은 혼잣말을 내뱉었다.

"다시 볼 일은 없으면 좋겠네요."

골목 끝에 대기하고 있던 차를 타자마자 지영은 의자 깊숙이 몸을 묻었다. 긴장이 풀리자 감당하기 힘든 피로가 몰려들었다. 마치 두들겨 맞기라도 한 듯 온몸이 아프기까지 했다.

문득 승윤이라는 남자가 얘기한 코모도왕도마뱀의 이야기가 떠올랐다. 미도라는 사람이 내뿜는 독한 기운에 감염이라도 된 것일까. 코모도왕도마뱀에게 물린 코뿔소처럼 지영은 혼절하듯 모로 쓰러졌다.

뒷좌석에서 혼곤히 잠든 지영을 운전기사가 조심스럽게 흔들어 깨웠다. 꿈속에서 지영은 누군가를 향해 '그러면 안 되는 거잖아. 그러지 마 제발'이라며 애원하고 빌었다. 그림자 속에 가려진 상대의 얼굴이 드러나려는 순간, 지영은 현실로 돌아왔다. 불길한 꿈이었다. 좋지 않은 예감에 지영은 몸서리를 쳤다.

신경안정제 탓일까. 휘청거리며 차에서 내린 지영은 집으로 들어서자마자 2층 기환의 방부터 살폈다. 불이 켜져 있었다. 안도감이 몰려들자 그제야 기운이 돌아왔다. 빨리 아이를 품에 안고 부드러운 머리를 쓰다듬으며 눈을 맞추고 싶었다.

그때 정숙이 지영을 서재로 잡아끌었다. 난감한 기색이 역력했다. 무슨 일인지 말하지 않아도 짐작이 되었다. 환생아기억보존국의 상담이 있는 날이었다.

"상담 아직 안 끝났어? 시간도 너무 늦었는데 그만하자고 해보지. 기환이도 힘들 텐데……."

집으로 돌아온 이후, 아이의 상담은 일주일에 두 번으로 횟수를 늘려 진행되었다. 납치사건 당시 발화가 이뤄졌던 터라 다음 말이 이어질 것을 기대했기 때문이었다. 하지만 아이는 고집스럽게 침묵을 지켰다. 납치범이었던 정금자가 '환생아보호법'에 따라 법정 최고형을 구형받을 수 있다는 소식에 동요하는 모습을 보였지만, 그마저도 아주 잠깐이었다. 입을 굳게 닫은 아이 앞에서 상담사들은 힘겨워했고, 가족은 바늘방석에 앉은 듯 불편했다.

"그게 아니라, 누가 찾아왔는데 너무 딱해 보여서 집에 들어와서 기다리라고 했어."

"또? 엄마!"

머리가 지끈거렸다. 편두통이 심해질 기미가 보였다. 지영은 책상 서랍에서 진통제를 꺼내 서둘러 한 알을 삼켰다. 약에 의존하고 싶지 않지만 어쩔 도리가 없었다. 거실로 나가자 머리가 하얗게 센 나이 든 여자가 소파 아래 오도카니 앉아 있다 바닥을 짚으며 힘겹게 일어섰다. 엄마가 왜 문을 열어주었는지 짐작이 갔다. 차마 내칠 수가 없었을 것이다. 탁자 위에는 아이가 그림을 그리던 스케치북이 펼쳐져 있었다. 지영은 엄마의 무신경함과 대책 없는 연민에 짜증이 치밀었다.

"이렇게 찾아오면 안 되는 거 알고 계시죠? 환생아보호법에 따르면……."

지영이 말을 끝내기도 전에 여자가 눈앞에 뭔가를 들이밀었다. 낡은 사진 한 장이었다.

"이것 좀 보세요. 우리 남편 어릴 때 사진인데, 보세요. 이 댁 아이랑 너무 닮지 않았어요?"

사진 속에는 어디서나 흔히 볼 수 있는 평범한 아이가 환하게 웃고 있었다. 기환과 닮은 부분을 찾으려면 얼마든지 찾을 수 있었고, 그 반대도 마찬가지였다.

"우리 아들이 방송에 나온 이 댁 아이 사진을 보여주더라고요. 아빠 어릴 때 사진이랑 너무 닮았다고. 이렇게 찾아오면 안 되는 거 아는데, 그래도 혹시나 해서…… 이것 좀 봐요."

벌써 다섯 번째 정회마을 주민의 방문이었다. 모두 가족 중 누군가를 잃고 고향을 떠난 사람들이었다. 그들은 납치사건 당시 언론에 공개된 아이의 사진을 보고, 기환이 자신들이 아끼고 사랑했던 사람의 환생이라고 주장했다. 이유는 천차만별이었다. 눈이 닮아서, 코가 닮아서, 웃는 모습이 닮아서였다.

열일곱에 죽은 딸이 꿈에 나타나 자신의 환생을 알려줬다는 사람도 있었다. 세월이 흘러 아이는 그대로인데 엄마만 늙어 할머니가 되었다며 통곡하는 이를 지영은 쉽게 내칠 수가 없었다. 엄마에게 마지막 인사를 하지 못했다며 아이처럼 다리를 뻗대고 우는 중년의 남성도 있었다. 지영은 그 앞에서 함께 울었다.

하지만 기환을 만나고 싶다는 부탁만은 단호하게 거절했다. 그런데 의외로 대부분의 사람들은 그 거절을 선선히 받아들였다. 몇 번의 경험이 반복되면서 지영은 그들이 진짜 자신이 사랑하는 이의 환생을 믿고 찾아온 것이 아니라는 것을 알게 되었다. 그들은 가슴 깊이 숨겨왔던 이야기를 꺼내고 싶어 했다. 가족과 이웃의 죽음 앞에서 무기력했던 것을 용서받고 싶어 했다. 도망치듯 고향을 떠난 것에 대해서 이해받고 싶어 했다. 하지만 지영은 그 마음들을 헤아리는 것이 힘겨웠다. 자신의 몫이 아니라 여겼다.

앞에 앉은 늙은 여자의 처연한 눈빛을 마주하던 지영의 머릿속에 순간 떠오르는 것이 있었다. 지영은 주머니를 뒤져 명함을 찾았다. 미도의 명함이었다. 지영은 명함을 건네며 말했다.

"여기 찾아가보세요. 도와줄 수 있을지도 몰라요. 이분도 정회마을 주민이었대요."

자신이 할 수 있는 일은 여기까지였다. 지영은 자리에서 일어서 2층으로 올라가는 계단으로 향했다. 뒤에서 늙은 여자의 말소리가 들렸다.

"고미도, 그래 미도구나. 우리 마을에서 제일 똑똑했던 아이였는데, 살아 있었구나. 그 험한 일을 겪고도 살아남았어."

여자도 미도를 알고 있었다. 미도가 정회마을 출신이라고 한 것은 거짓이 아니었다. 그리고 공부를 제법 했다던 것도.

지영은 슬며시 웃다가 고개를 흔들며 정색했다. 괜한 호의를 가질 필요는 없었다. 더 이상은 정회마을 사람들에 대해 궁금해하거나 이해하려 애쓰고 싶지 않았다. 지영이 아이의 방문을 두드리자 사람의 기척에 예민하게 반응하는 송이가 가녀린 소리를 냈다. 방문을 열자 송이와 놀아주던 아이가 고개를 들어 지영을 쳐다보았다. 아이가 입을 벌려 소리 없이 활짝 웃었다.

2장

물다

골목길에 가로등이 하나둘 켜지기 시작했다.

아무렇게나 버려진 쓰레기 더미 사이로 길고양이들이 오가며 배고
픈 울음소리를 냈다. 구글맵을 보며 걷던 미도가 길고양이를 발견하
고 가방에서 소시지를 꺼내 들었다.

곁에서 지켜보던 승윤이 기가 막힌다는 듯 혀를 차며 투덜댔다.

"내가 아까부터 배고프다고, 저녁 먹고 움직이자고 할 때는 귓등으
로도 안 듣더니. 코모도 너는 내 말이 고양이 울음소리만도 못하지?"

"그렇게 부러우면 다음 생에는 고양이로 환생하든지."

미도가 시큰둥하게 대답하자 승윤이 입을 삐죽댔다. 소시지를 잘
라 길고양이에게 전부 던져주고 나서 미도는 다시 걷기 시작했다. 승
윤이 미도의 뒤통수를 노려보며 그 뒤를 따라 걸었다.

좁은 골목길 모퉁이를 돌아서자 낯선 향신료 냄새가 짙게 풍겼다.

허름한 다세대 주택 앞에 멈춰 선 미도는 열려 있는 철제 대문 안으로 성큼 들어섰다. 지하 1층에서 지상으로 난 작은 창문으로 노란빛이 새어 나왔다. 미도가 창문을 향해 큰 목소리로 말했다.

"타니사, 집에 있어요? 저 아까 통화했던 고미도예요."

창문 안으로 부산스러운 소리가 오가더니 계단 아래 현관문이 덜컹 열렸다. 미도와 승윤이 계단을 내려가자 어린 여자아이가 현관 앞에 오도카니 서 있었다. 새카만 눈이 흑진주처럼 반짝이는 아이였다. 아이의 어깨 너머로 벽에 느슨하게 기대어 앉은 여자의 모습이 보였다.

"엄마가 들어오시래요."

신발을 벗고 안으로 들어서며 미도가 물었다.

"몇 살이야? 이름은? 아줌마한테 알려줄 수 있어?"

"여덟 살이요. 제니. 한국 이름은 재인. 비슷하죠?"

아이가 말갛게 웃었다. 방 하나, 거실 하나인 집은 낡고 오래되었지만 깨끗하고 환했다. 곳곳에 세심한 손길이 닿아 있었다. 거실 벽에는 엄마와 딸이 함께 찍은 사진이 여러 장 붙어 있었다. 다정한 모녀의 모습이었다. 바닥에 놓인 스프 그릇을 보고 승윤이 아는 체를 했다.

"똠까카이 맞죠? 태국식 닭고기 스프."

여자가 희미하게 웃었다. 미도가 여자 앞에 앉고, 승윤이 아이의 머리를 쓰다듬으며 곁에 앉았다. 이주노동자로 한국에 온 지 십 년이 되었다는 여자는 한국어를 대충 알아듣기는 했어도 말하지는 못했다. 엄마를 대신해 아이가 통역 노릇을 했다.

미도가 먼저 여자의 몸을 살펴봤다. 팔다리에 힘이 없어 서지도 못할뿐더러 숟가락을 제대로 쥐지도 못했다. 당장 병원에 가서 정밀 검사를 해봐야 알겠지만 '다발성 말초신경병증'이 의심되었다.

아이가 전한 말에 따르면, 여자는 5개월 전부터 휴대폰 액정을 생산하는 공장에서 일했다. 마지막 검수 단계에서 투명한 약품을 헝겊에 묻혀 닦는 일이었다. 약품 냄새가 심했지만 회사에서는 마스크 하나 제공하지 않았다. 여자는 두통약을 먹으며 약 냄새를 견뎠다. 그런데 석 달 전부터 손발이 저릿하고 젓가락질하는 것이 힘들어졌다. 일이 힘들어서 그런 것이라고만 생각하며 버텼는데, 어느 날 아침 잠자리에서 일어서다 그 자리에 주저앉고 말았다. 다리에 힘이 전혀 들어가질 않았던 것이다.

그대로 자리보전을 하고 누운 것이 벌써 두 달째였다. 천진한 얼굴로 엄마의 말을 전하던 아이가 미도에게 되물었다.

"엄마는 맨날 힘들고 피곤하대요. 그러니까 좀 쉬면 괜찮아지는 거죠?"

미도는 대답 대신 아이의 머리를 쓰다듬었다. 하반신 마비가 의심된다고, 엄마는 어쩌면 다시는 걷지 못할지도 모른다고 차마 말할 수가 없었다. 직원이 이 지경이 되었는데도 작업장 문을 걸어 잠그고 회피하는 데만 급급한 사장이라는 놈의 면상을 후려갈기고 싶었다. 엊그제 사장이라는 작자와 통화를 하면서 속에서 일었던 불이 벌겋게 다시 일기 시작했다. 욕지기가 치밀었다. 마른침을 꿀꺽 삼키며 가라앉히려니 목울대가 뻐근하게 아팠다.

미도가 폭발 직전 상태라는 것을 눈치챈 승윤은 바닥에 놓인 스프 그릇을 얼른 들어 보였다. 그러고는 분위기를 전환하려는 듯 과장된 목소리로 물었다.

"제니, 이 스프는 누가 끓였어?"

"제가 끓였어요. 엄마가 가르쳐줬어요."

"우와! 사실 아저씨가 악덕 고용주 때문에 저녁밥을 못 먹었거든. 꼬르륵 소리 들리지?"

"악덕 고용주가 뭐예요?"

"음, 그러니까…… 그게 코모도왕도마뱀 비슷한 거야. 코모도왕도마뱀 알아?"

"아뇨. 몰라요."

"다음에 알려줄게. 암튼 그래서 아저씨가 지금 무지 배가 고프거든. 혹시 스프 남은 거 좀 있으면 먹어도 돼?"

"진짜요? 아저씨 태국 음식 먹을 줄 알아요?"

해맑은 얼굴로 자리에서 일어서는 아이에게 여자가 다급하게 무슨 말인가를 건넸다. 엄마와 몇 마디 주고받던 아이가 풀이 죽은 목소리로 말했다.

"엄마가 안 된대요. 저건 우리만 먹는 거래요."

아, 하며 승윤이 어색하게 웃었다. 어려운 형편이니 그럴 만도 했다. 두 달 동안 월급을 받지 못한 것도 알고 있었는데, 미리 헤아리지

못한 것이 실수였다. 승윤이 상황을 어떻게 수습해야 할지 몰라 허둥
대는데 미도가 아이를 불렀다. 목소리가 심상치 않았다.

"제니, 그게 무슨 말이야? 우리만 먹는 거라니?"

"고미도! 내가 실수한 거잖아. 아저씨가 주책이야. 미안해, 제니."

미도의 분노가 엉뚱한 곳으로 튈까 봐 승윤이 설레발을 쳤다. 가끔
씩 그럴 때가 있었다. 미도가 꼭지가 돌아 미쳐 날뛰면 애먼 주변 사
람들이 다쳤다. 알아서 피하고 조심해야 했다. 하지만 처음 보는 사
람들은 그걸 알 리가 없으니, 미도를 빨리 진정시켜야 했다. 그런데
미도는 그대로 물러날 생각이 없어 보였다. 뾰족한 말투로 다시 아이
에게 물었다.

"너 좀 가만히 있어봐. 우리만 먹는 거라니, 그게 무슨 말이야? 엄
마가 그렇게 말해?"

"고미도 너야말로 왜 그래! 나 배 안 고파. 그냥 농담 삼아 한번 해
본 말이야."

진정하라며 어깨를 짚는데 미도가 승윤의 손을 거칠게 떼어냈다.
미도는 아이를 뚫어지게 쳐다보며 또 한 번 말했다.

"제니, 엄마가 진짜 그렇게 말했어?"

미도의 눈빛에 주눅 든 아이가 떨리는 목소리로 대답했다.

"엄마가…… 저거 먹으면 안 된대요. 우리도 먹으면 안 되는 건데,
지금은 어쩔 수 없다고."

끝내 아이가 훌쩍거리더니 울음을 터뜨렸다. 승윤이 아이를 다독

였지만 좀처럼 진정이 되질 않았다. 아이 엄마의 얼굴도 처참하게 일그러졌다. 같이 울고 싶은 표정이었다.

몰아붙이던 미도는 외려 차분해지고 있었다.

"타니사, 이 스프 왜 먹으면 안 돼요? 혹시 두 사람 피부병도 저 음식 먹고 나서부터예요? 맞아요?"

놀란 승윤이 아이부터 살폈다. 긴 소매에 가려지지 않은 손목과 손등에 좁쌀 같은 돌기가 눈에 띄었다. 소매를 걷어 올리자 아이의 팔 전체에 검고 작은 돌기가 뒤덮여 있었다.

아이가 얼른 소매를 내렸다. 자세히 보니 옷으로 가려지지 않은 목 뒤에도 돌기가 가득했다. 아이 엄마 역시 마찬가지였다. 미처 알아보지 못한 것이 이상할 지경이었다. 미도가 다시 물었다.

"타니사, 이 스프 뭐예요? 제니, 여기에 뭐 넣었어? 혼내려는 거 아니야. 도와주려는 거야. 그러니까 솔직히 말해야 해."

겨우 울음을 그친 아이가 엄마에게 시선을 돌렸다. 두 팔에 몸을 의지한 타니사는 체념한 표정으로 고개를 끄덕였다.

제니가 냉장고에서 덩어리 하나를 꺼내왔다. 반쯤 남아 있는 가공육이었다. 밀봉 팩에는 낯선 태국어가 적혀 있었다. 엄마의 목소리를 귀 기울여 듣던 아이가 전한 내용은 이랬다.

고향 친구가 가져다준 음식이었다. 한국에 들어올 때 몰래 챙겨 온 비상식품으로 몇 년을 두어도 상하지 않는 가공육이었다. 고향에서 아주 싸게 유통되는 단백질 덩어리인데, 생고기를 사기 힘든 가난한 사람들이 주로 사 먹었다. 단 하나, 구워 먹거나 튀겨 먹는 것은 괜찮지만 물에 불리거나 끓여 먹으면 안 되는 음식이었다. 그런데 생활비가 부족해 먹을 것이 마땅치 않다 보니 궁여지책으로 스프로 끓여 먹었다.

이야기를 들어보니 모녀는 무려 보름 동안이나 스프만 먹으며 견디고 있었다. 말없이 듣기만 하던 미도는 가공육이 담긴 밀봉 팩을 가방에 집어넣었다. 그리고 치킨 두 마리를 주문한 뒤 제니에게 급한 대로 쓰라며 10만 원을 건네주었다. 다시 찾아오겠다는 약속을 하고 두 사람은 집을 나섰다.

우선 타니사의 병을 진단하고 치료할 병원부터 찾아봐야 했다. 산재 판정을 받기 어려울 수도 있었다. 피부병도 치료가 필요할 텐데 도와줄 수 있는 병원이……. 여기까지 생각이 닿자 미도는 한숨이 절로 났다. 겨우 두 달 일을 하지 못했다고 끼니조차 챙기지 못하는 가정 형편이 이해되지 않았다. 책임지지 못할 것이라면 아이를 낳지 말았어야지. 현재의 상황에 대한 안타까움과는 별개로 무책임한 엄마라는 생각을 떨쳐내기 힘들었다.

승윤은 미도의 곁을 따라 걸으며 여기저기 소식부터 전했다. 후원자를 모으는 것이 쉽지는 않겠지만 그래도 손을 뻗으면 마주 잡는 사람은 어디든 있기 마련이었다. 비판적이고 비관적인 미도와 달리 승윤은 긍정적이고 낙천적이었다. 두 사람이 오랜 시간 함께 일을 할 수 있었던 것은 서로 달라서 보완할 수 있기 때문이었다. 큰길까지

나온 뒤에야 승윤이 미도에게 물었다.

"제니 인중 봤어? 아직은 좀 티가 나지?"

느닷없이 인중이라니. 이건 또 무슨 소리인가. 미도는 승윤의 말을 얼른 이해하지 못했다.

"무슨 말이야, 그게?"

"제니, 환생아잖아. 이주노동자지원센터 강 쌤한테 못 들었어?"

미도는 처음 듣는 말이었다. 놀라서 눈을 동그랗게 뜬 미도의 반응에 신이 났는지 승윤이 시시콜콜 이야기를 풀었다. 이럴 때면 승윤은 천생 입담 좋은 이야기꾼이었다.

제니는 인중 없는 아이였다. 하지만 그보다 먼저 이주노동자의 아이였고, 미혼모의 아이였다. 세상은 모녀에게 호의적이지 않았다. 사람들은 앞에서는 손가락질하고 뒤에서는 수군댔다. 하지만 타니사는 아이를 포기하지 않았고, 몇몇 선한 사람들의 도움을 받아 아이를 키우며 생계를 꾸릴 수 있었다. 아이는 순한 데다 방긋방긋 웃기도 잘해 더할 나위 없이 사랑스러웠다. 엄마인 타니사는 아이가 전생에 많은 사랑을 받은 귀한 사람이었을 것이라 짐작했다.

세 돌이 지나고 제니가 첫 발화를 했다. 한국어도 태국어도 아니었다. 환생아기억보존국의 상담이 시작되었다. 그 과정에서 아이가 사용한 언어가 힌디어라는 것과 전생에 인도의 불가촉천민이었다는 것이 밝혀졌다. 길 위에서 구걸하며 지내다 열다섯이 조금 넘은 나이에 마을에 돌던 전염병에 감염돼 죽었고, 몹시 아팠지만 치료해줄 사람이 없었다고, 하시만 슬퍼할 사람도 없었기 때문에 괜찮다고 네 살 아이가 처연하게 고백했다. 어디에도 기록되지 못한 사람, 누구의 관심도 받지 못했던 삶이었다.

환생아기억보존국은 상담을 종료했다. 현재에 어떤 영향도 미치지 못할 전생은 그들에게 관심의 대상이 아니었다. 남은 것은 엄마인 타니사의 몫이었다. 타니사는 아이의 서러운 전생을 끌어안았다. 전생에 받지 못한 사랑까지 현생에서 모두 해줄 것이라 다짐했다. 그리고 아이의 첫 이가 빠지고 모든 기억이 사라지자 성형수술로 인중을 만들어주었다. 타니사가 한국에 와서 모은 돈 전부로도 부족해 빚까지 지며 감행한 일이었다. 누군가는 그런 것은 중요하지 않다고 했지만, 타니사에게는 중요한 일이었다. 평범하게 살기 위해 악착같이 애를 써야 하는 삶도 있었다.

"요즘 인중 성형술이 점점 발전하고 있다더니 정말 감쪽같긴 하더라. 그래도 나는 알고 봐서 그런지 티가 좀 나는 것 같던데, 너는 눈치채지 못했으니 성공한 거 맞네. 암튼 제니 인중을 만들어주느라 빚진 걸 아직 다 못 갚아서 그렇게 아파도 참고 일할 수밖에 없었다고 하니…… 너무 우울하지 않냐. 딸이 평범하게 사는 게 유일한 소원인 엄마한테 왜 저런 일이 생겼을까. 이런 게 옛날 어른들이 말하는 팔자인 건가. 난 잘 모르겠다. 어렵다 어려워."

미도는 늘 품고 있던 생각이지만, 인중 없는 아이들을 세상으로 보내는 신의 의중이 궁금했다. 아니, 신 같은 것이 있다면 멱살이라도

잡고 흔들고 싶었다. 왜 고통스러운 삶을 반복해 살게 하느냐고. 이
토록 어려운 시험에 들게 하는 이유가 무엇이냐고. 끝없는 환생의 굴
레에서 벗어날 수 없다면 어떻게 해야 하느냐고.

생각에 잠겨 말없이 걷는 미도를 승윤이 툭툭 건드렸다.

"그런데 고미도, 너 그 스프가 이상한 거 어떻게 알았어?"

승윤이 지나가듯 물었고 미도는 잠시 침묵했다. 그러다 평소와는
다른 침울한 목소리로 말했다.

"맡아본 적이 있어. 그 냄새."

"역시 코모도왕도마뱀! 한번 맛본 고기 냄새는 잊지 못하는 최상위
포식자!"

길가에 세워놓은 차에 주차위반 딱지가 붙어 있었다. 승윤은 이제
부터 벌어질 일이 지레 걱정돼 자라목이 되었다. 미도가 육두문자를
쏟아낼 것이 분명했기 때문이다. 그런데 의외로 잠잠했다. 평소의 미
도 같았으면 경찰서에 전화해 공용주차장 하나 없는 열악한 동네 환
경을 따지며 길길이 날뛰었을 텐데, 웬일인지 아무 말도 없이 운전석
에 앉았다. 그러고 보니 깐죽대는 승윤의 말에 아무 대꾸가 없는 것
도 이상했다.

조수석에 앉은 승윤이 고개를 갸웃거리며 미도를 쳐다보았다. 차
에 시동도 걸지 않고 멍하니 창밖을 내다보는 미도가 낯설었다. 분노
가 사라진 자리를 다른 감정이 가득 메우고 있는 것 같았다. 승윤은
가만히 기다려야 할 때임을 알았다. 두 사람은 한참 동안 그 자리에

머물렀다.

  아직 정오도 되지 않았는데, 또 시작이었다. 한시도 조용할 날이 없
는 동네였다. 창밖에서 사람들의 악다구니가 시작됐고, 잠시 후 사이
렌 소리가 들렸다. 경찰차가 도착하기도 전에 싸움판은 끝이 났다.
언제 그랬냐는 듯, 정적이 찾아왔다. 창밖을 내다보며 싸움 구경에
여념이 없던 승윤이 아쉬운 듯 입맛을 다셨다.

  "너무 싱겁게 끝났네. 예전 같으면 벌써 주먹이 날아가고 한바탕
난리가 났을 텐데. 오늘은 그냥 말다툼만 하다가 끝났네. 다들 나이
드니까 기력이 약해져서 그런가."

  노트북 모니터에 코를 들이박고 있던 미도가 고개도 들지 않고 대
꾸했다.

  "슈퍼 정씨 아저씨야? 누가 술 취해서 가게에서 행패라도 부린 거야?"

  승윤의 눈이 동그래지고 턱이 떨어졌다. 벌린 입을 일부러 손등으
로 닫으며 소리 내지 않고 '귀신'이라고 하는데, 미도와 눈이 딱 마주
쳤다. 미도의 입가에 삐딱한 웃음이 걸렸다.

  "내가 귀신이 아니라 입 벌리고 싸움 구경이나 하는 니 모습이 망
신이다."

  빈정거리는 미도의 말에 마음 상한 승윤이 참지 못하고 말을 뱉었다.

  "미도야, 네가 그래서 친구가 없는 거야. 말 좀 예쁘게. 응? 너 진짜
사회생활 그렇게 하면 안 된다. 좋은 말로 할 때 오빠 말 들어라, 응?"

"오빠는 무슨. 너 나보다 생일 다섯 달이나 늦잖아. 지능은 5년 정도 뒤떨어지고. 아니다. 15년인가? 대학에 간 게 기적이지. 너 기부금 내고 입학했지? 괜찮으니까 이제라도 솔직히 말해봐. 그게 뭐 부끄러운 일은 아니잖아."

혀끝으로 칼을 날리는 미도의 공격에 승윤은 뒷골이 당겼다. 도무지 말로는 이길 재간이 없었다. 대학 동아리부터 따지자면 이십 년 가까운 인연인데, 그 긴 세월 동안 단 한 번을 이겨본 적이 없었다. 함께 출자금을 낸 설립한 연구소 이름조차도 '고미도 직업환경의학연구소'라니. 문제는 이 모든 것이 승윤이 자처한 일이라는 것이었다. 늦었지만 이제라도 각자도생을 해야 하나. 목소리를 가다듬고 엄숙하게 한마디를 내뱉으려는데 미도가 다급하게 손짓을 했다.

"승윤아, 이리 좀 와봐! 이것 좀 봐. 얼른."

미도가 코를 박고 있던 모니터 화면에 영상 하나가 떠 있었다. 열대우림이 우거진 동남아시아 시골 마을로 보이는 곳이었다. 나무로 얼기설기 엮어 지은 집에서 여자들이 불을 지펴 밥을 짓고 있었다. 흙으로 대충 빚어 만든 화덕을 클로즈업한 장면을 정지시키며 미도가 흥분해서 말했다.

"보여? 이거 보여? 똑같잖아. 그치?"

화덕 옆에 타니사의 집에서 가져온 것과 똑같은 밀봉 팩이 놓여 있었다. 그렇다면 프라이팬에서 굽고 있는 것은 아마도 밀봉 팩에 담겨 있던 가공육일 터였다.

"방글라데시 빈민가를 찍은 촬영 영상이야. 전에 내가 보여준 적 있잖아. 쓰레기 산에서 쓸 만한 쓰레기를 주워서 사는 빈민가 아이들을 담은 다큐멘터리. 그 다큐멘터리를 찍은 사람이 네덜란드 감독인데 그 사람 개인 유튜브 채널에 이런 영상이 있더라고. 여기 설명도 적혀 있잖아. '실온에 두어도 결코 썩지 않는 가공육. 빈민가 아이들의 유일한 단백질 공급원' 맞지? 타니사 집에서 가져온 그거 맞지?"

승윤은 화면에 몰두한 미도를 흘깃거리며 새삼스럽게 감탄했다. 역시 코모도도마뱀다웠다. 타니사의 집을 다녀온 후 며칠 동안 컴퓨터에 코를 박고 있더니 흔적을 찾아낸 것이다.

얼마 전 미도는 친구가 일하는 대학 식품연구소에 가공육 분석을 의뢰했었다. 그런데 며칠 후 나온 결과는 어이가 없을 정도로 간단명료했다. 가공육의 주성분은 돼지고기이고, 돼지고기를 잘게 간 뒤 각종 합성첨가제를 넣어 만든 단백질 덩어리라는 것 외에는 특이할 점이 없다는 것이었다.

그럴 리가 없다며 항변해보았지만 소용없었다. 세계보건기구에서 가공육을 1급 발암물질로 발표했지만 여전히 광범위하게 소비되는 것이 현실인데, 뭐 특별할 것이 있겠냐는 것이 친구의 답변이었다.

의심을 해소하려면 제조업체를 파헤쳐보는 수밖에 없었다. 문제는 투명하게 유통되는 제품이 아니라는 점이었다. 포장지에 적힌 업체는 검색이 되지 않았다. 심지어 다양한 루트를 통해 물어본 대부분의 태국인들조차 이 가공육을 알지 못했다. 불법 혹은 음성적으로 유통되는 일종의 불량식품 비슷한 것이라고 추측하던 중, 단서가 될 만한 영상을 찾아낸 것이었다.

"저개발국가 빈민가에서만 유통되는 유통기한 없는 가공육…… 뭔가 느낌이 오지 않냐?"

미도가 눈을 번뜩이며 말했다. 먹이를 찾아낸 포식자의 눈빛이었다. 식품에 문제가 있을 것이라는 추측은 충분히 가능했다. 하지만 지금 중요한 것은 그게 아니었다. 승윤이 되물었다.

"그래, 너한테 어떤 느낌이 온 건지는 알겠는데 지금 시급한 문제는 따로 있잖아. 일단 타니사 씨 문제부터 해결해야지. 타니사 씨 병원에 입원하기 전에 어떻게든 설득해서 공장 사장도 만나고, 작업장 노동환경이 어떤지도 직접 확인하고, 비슷한 병을 앓고 있는 다른 사람들은 없는지도 알아봐야 하고 할 일이 얼마나 많은데 며칠째 그 고깃덩어리만 파고 있냐? 피부병 문제는 천천히 알아보자니까. 진짜 너답지 않게 왜 이래?"

승윤의 지적에 미도가 움찔했다. 뭔가 하고 싶은 말이 있는데 꾹 눌러 참는 눈치였다. 미도는 승윤에게 등을 돌리고 노트북 자판을 두드리는 것으로 대답을 대신했다. 더 이상의 대화는 거부한다는 뜻이었다. 미도가 저런 태도를 보이면 어떤 말도 통하지 않았다. 자신의 자리로 돌아올 때까지 기다리는 수밖에 없었다. 그때까지 일 처리는 승윤이 맡아야 했다. 지금까지 늘 그래왔던 것처럼.

코모도도마뱀의 이빨에 물리면 살아남는 짐승은 없었다. 독이 온몸에 퍼져 쓰러지는 순간, 주변을 맴돌던 코모도도마뱀에게 산 채로 살점을 뜯기길 각오해야 했다. 코모도도마뱀 미도가 독이 가득 든 침을 흘리며 입맛을 다시고 있었다. 먹잇감의 숨통을 끊어놓는 그 순간까지, 미도는 포기하지 않을 것이다.

3장
잇다

주어진 시간은 10분이었다.

접견 예약 시간까지는 아직 한 시간이나 남았다. 구치소 주차장에 세워놓은 차 안에서 미도는 숨을 골랐다. 설명할 수 없는 감정이 들끓었다. 납치범 정금자. 피의자 정금자. 인중 없는 아이 기환을 납치한 범인 정금자는 미도가 엄마처럼 따랐던 이웃집 아줌마였다.

"금자 아줌마……."

미도가 그리운 이름을 한숨처럼 내뱉었다.

작고 마른 몸피와 어울리지 않게 우렁찬 웃음소리를 가졌고, 음식하는 손이 커서 동네 사람들에게 '정 장군'이라고 불렸던 금자 아줌마. 커다란 쟁반을 든 금자 아줌마가 집 대문을 발로 뻥 차고 들어오면서 '미도야! 이것 좀 먹어봐라. 둘이 먹다 하나가 죽어도 모를 맛이다'라며 소리치던 모습이 떠올랐다.

마을 행사가 있을 때면 마을회관 주방을 꿰차고 앉아 진두지휘를 하던 금자 아줌마의 모습은 정말 장군 같았다. 손맛 좋고 인심 넉넉한 아줌마 주변에는 늘 사람들이 북적여 떠들썩했고 수다와 웃음이 떠나질 않았다.

정회마을에서 차로 두 시간 거리의 기숙학교로 진학하는 미도를 마지막까지 배웅해주었던 사람도 금자 아줌마였다. 미도를 안아주며 '미도야, 건강해라. 아줌마가 해주는 밥 먹고 싶으면 언제든 내려와' 하던 목소리가 아직도 생생했다. 미도의 주머니에 꼬깃꼬깃하게 구겨진 돈 몇만 원을 넣어주던 거칠고 따뜻한 손도 떠올랐다.

대학에 입학한 후, 마을에서 흉흉한 소문이 들려왔다. 하지만 대수롭지 않게 여겼다. 어렵게 진학한 의대 공부가 너무 힘든 데다, 장학금을 받으려면 최고 성적을 유지해야 했다. 술만 마시면 신세 한탄이 끊이지 않는 아버지와 그 앞에 죄인처럼 무릎 꿇고 앉은 오빠 곁으로 돌아가고 싶지 않았다. 미도가 꿈꾸는 미래가 고향에는 없었다. 그래서 이를 악물고 달렸다. 더 멀리 달아나고 싶어서 뒤돌아보지 않았다.

그런데 이렇게 돌아와 이런 모습으로 마주하게 될 줄이야. 어린 미도에게서 엄마의 빈자리를 채워주었던 사람, 마음속 그늘을 거둬주던 사람이 환생아 납치범이 되어 구치소에 갇혀 있었다. 잠을 깊이 자지 못해 푸석해진 얼굴을 쓸며 미도가 한숨을 내쉬었다. 미도는 마지막으로 크게 심호흡을 한 뒤 차에서 내렸다.

구치소 건물을 향해 걷는 미도의 그림자가 땅바닥에 길게 드리워졌다.

바깥은 봄기운이 움트고 있는데, 구치소 접견실은 아직 한겨울이었다. 팔에 소름이 돋을 정도로 한기가 감돌았다. 강화유리 앞에 앉은 미도는 두 손을 으스러지도록 꽉 움켜쥐었다. 무슨 말부터 꺼내는 것이 좋을까. 어떤 표정을 지어야 할까. 마음이 갈피를 잡지 못했다.

덜컹 문이 열리면서 파란색 수의를 입은 여자가 접견실에 들어왔다. 미도가 기억하는 것보다 훨씬 작고 왜소한 모습이었다. 정 장군이라 불렸던 금자 아줌마, 환생아 납치범 정금자가 미도를 보고 핼쑥한 얼굴에 희미한 미소를 띠었다.

"진짜 미도구나. 잘 지냈어? 밥은 잘 챙겨 먹고?"

얼마 전에 헤어진 사이처럼 금자 아줌마가 안부를 물었다. 목이 메었지만 미도는 속없는 사람처럼 환하게 웃었다. 목소리 톤도 한껏 높여 대답했다.

"아줌마, 나 기억하는구나. 못 알아볼 줄 알고 걱정했는데."

"접견 신청자 이름을 듣고 좀 놀라긴 했다. 그래도 얼굴이 그대로인데 뭘. 웃을 때 한쪽 뺨에만 보조개 생기는 것도 그대로고."

금자 아줌마 얼굴에 웃음이 자글자글 피었다. 지금 이런 상황이 실감 나지 않을 정도로 그늘 하나 없는 웃음이었다. 불행이 닥치기 전, 아줌마네 집에서는 언제나 웃음소리가 넘쳐흘렀다. 미도는 담 너머에서 들려오는 웃음소리에 종종 귀를 기울이곤 했다. 술 한 잔만 마시면 흥이 넘쳐 노랫가락을 뽑는 병춘 아저씨, 엄마 닭을 쫓는 병아리처럼 아줌마 뒤를 쫓아다니며 수다를 떠는 정우 오빠, 거기에 금자 아줌마의 호탕한 껄껄 소리가 어우러지면 가슴에 체기처럼 쌓여 있던 화가 쑥 내려가는 기분이었다.

만화가로 성공하면 최고급 스포츠카에 태워서 드라이브시켜주겠다던 정우 오빠의 장난기 가득한 얼굴이 눈앞에 나타났다 사라졌다. 생각이 거기에 미친 미도는 도저히 다음 말을 이을 수가 없었다. 사랑하는 가족을, 세상 전부를 잃은 금자 아줌마에게 무엇을 물을 수 있을까. 할 말을 잃은 미도는 그만 고개를 숙였다.

"미도야, 괜찮아. 아줌마는 괜찮아. 괜한 걱정시켜서 미안하다. 그래도 이렇게나마 우리 미도 얼굴 보니 아줌마는 좋다."

슬픔이 차오르던 마음이 한순간에 차갑게 식었다. 해결된 것은 아무것도 없는데 무엇이 괜찮고 미안하다는 걸까. 이런 상황에서 만나는 것이 어떻게 좋을 수 있을까. 미도는 너무 쉽게 포기하고 안주하는 고향 사람들을 이해할 수가 없었다. 거기에 자책까지 더해지면 답이 나오지 않았다. 마을에 남은 단 한 사람, 미연 언니도 자신의 잘못이 아니라는 것을 알면서도 자책했다. 미도가 당신 역시 피해자라며 아무리 설명을 해도 소용이 없었다.

금자 아줌마는 마을 사람들에게 어려운 일이 생기면 제일 먼저 발 벗고 나섰던 사람이었다. 돌부리에 걸려 넘어진 사람을 일으키고 치료해주던 사람이었다. 훌훌 털고 일어설 수 있도록 등을 다독이고 웃어주던 강한 사람이었다. 그런데 남편과 자식의 죽음 앞에서는 왜 그토록 무력했을까. 비탄에 잠겨 홀연히 마을을 떠난 뒤 폐인처럼 지내다가 그것만으로도 부족해 환생아를 납치하는 어리석은 일을 벌이다니. 다시 생각해도 기가 막혔다. 환생이라니…… 백번을 양보해 정우 오빠가 환생을 했다고 해서 무엇이 달라진다고. 과거는 되돌릴 수 없고, 인중 없는 아이는 서서히 기억을 잊을 터였다.

미도의 가슴 저 아래에서 꺼지지 않은 불씨가 화르륵 타올랐다. 그리움이나 슬픔 따위로는 가려지지 않는 분노였다. 현실을 직시해야 했다. 마을 사람들처럼 연민에 빠져 시간을 허비하거나 도망칠 수는 없었다. 미도는 고개를 들어 금자 아줌마의 눈을 똑바로 쳐다보았다.

"아줌마. 사실 물어볼 게 있어서 왔어요. 병춘 아저씨랑 정우 오빠랑 아프기 시작했을 때……."

"다 잊어버렸다. 미도야. 다 잊어버렸어."

좀 전과는 완전히 다른, 단호하고 냉정한 말투였다. 하지만 미도는 그녀의 입으로 들어야만 했다. 자신이 떠나 있던 시간에 고향에서 무슨 일이 있었는지 반드시 알아야만 했다. 미연 언니에게 전해 들은 이야기만으로는 퍼즐이 맞춰지지 않았다. 무엇보다 그 아이, 제니에게 나타난 증세는 미연 언니가 말했던 것과 똑같이 일치했다. 승윤은 그때 눈치채지 못했지만 미도는 아찔한 충격을 받았다. 어쩌면 같은 병일지도 몰랐기 때문이다. 미도는 물러서지 않았다.

"아줌마! 아저씨랑 오빠도 처음에는 피부병인 줄 알았어요? 피부에 좁쌀처럼 뭐가 막 나다가 나중에 검게 변했다던데, 맞아요? 그러다가 복통이 심해졌다면서요. 맞아요? 언제 그런 증상이 처음 나타났어요?"

증상을 하나씩 언급하자 금자 아줌마의 얼굴에서 웃음기가 싹 사라졌다. 미도를 바라보던 눈으로 멍하니 허공만 응시했다. 온기가 사라진 얼굴은 낯설었다. 정말 잊어버린 걸까. 기억하고 싶지 않아 모두 지워버린 걸까. 아줌마가 천천히 눈을 감았다. 미도는 오래전 그랬던 것처럼, 금자 아줌마가 화통한 목소리로 욕이라도 한바탕해주길 바랐다. 하지만 그녀는 바람이 다 빠져 쪼글쪼글해진 풍선 같았다. 아줌마를 가득 채웠던 따뜻한 기운은 어디로 날아가버린 걸까. 미도는 자신의 질문이 아무 소용이 없다는 것을 아프게 깨달았다.

"아줌마, 미안해요. 힘들게 하려던 건 아니었어요. 다음에 다시 올게요. 꼭 올게요."

미도가 얼굴을 한 번 쓸어내리고 자리에서 일어나려는데, 금자 아줌마가 번쩍 눈을 떴다. 눈에 이상한 빛이 번들거렸다. 텅 비어 있던 그녀의 내부에 알 수 없는 무언가가 가득 차서 넘쳐흐르는 것 같았다. 금자 아줌마가 갑자기 미도의 이야기로 과거를 소환했다.

"너 대학 합격했다고 아빠가 엄청 좋아하셨잖니. 너도 기억하지?"

당연히 기억했다. 합격자 발표가 나던 날 미도는 곧장 터미널로 향했다. 터미널에서 고속버스를 타고 고향으로 달려가는 내내 심장이 터질 것 같아 가슴에 손을 얹고 있어야 했다. 심장의 두근거림이 응원가처럼 귓가에 울렸다. 마음먹은 일은 무엇이든 해낼 수 있다는 자신감과 벅찬 희망이 가득했다.

하지만 집에 들어서는 순간 모든 것이 헛된 꿈이었다는 것을 깨달왔다. 마당에 굴러다니는 소주병과 지독한 누린내에 힘차게 뛰던 심장이 일순간에 얼어붙었다.

소주병을 정리하던 오빠가 미도를 보고 환하게 웃으며 달려왔고, 아버지가 방문을 열고 휘청거리며 나왔다. 미도가 합격 소식을 전했지만 아버지는 곧장 알아듣지 못하고 당장 마실 술부터 찾았다. 눈치를 살피던 오빠가 옆집에 소식을 알렸고, 얼마 지나지 않아 마을 사람들이 찾아왔다.

따뜻하고 다정한 축하 인사와 포옹이 오갔지만 미도의 얼어붙은 심장은 좀처럼 녹지 않았다.

그날, 미도는 자신이 발 딛고 선 곳이 어디인지 명확하게 깨달았다. 그곳은 몸부림칠수록 점점 더 깊이 빠져드는 더러운 진흙탕이었다. 죽을힘을 다해 한 발을 빼내었지만, 진흙탕을 빠져나갈 수는 없었다. 질식하지 않기 위해서는 거추장스러운 것들을 매몰차게 떨궈내야 했다. 손에 잡히는 것은 무엇이든 악착같이 붙잡고 일어서야 했다. 그것만이 더러운 진흙탕을 벗어나는 방법이었다.

금자 아줌마가 그날을 기억하냐고 묻고 있었다. 똑같은 고통을 선물하고 싶은 걸까. 미도의 마음속 버려진 칼이 위잉 신호를 보냈다. 위험했다. 가끔씩 저 칼은 미도의 의지를 배반하고 저 혼자만의 의지로 날뛸 때가 있었다. 금자 아줌마에게 미쳐 날뛰는 칼을 휘두르고 싶지 않았다. 미도는 꿀꺽 침을 삼킨 뒤 억지로 입꼬리를 올렸다. 미세한 경련이 일었다.

"당연히 기억하죠. 그날 저녁에 아줌마가 닭백숙 해주셨잖아요."

"역시 우리 미도는 기억력이 좋구나."

금자 아줌마가 고르지 못한 이를 드러내며 환하게 웃었다. 그러더니 이상한 열기로 가득한 눈빛을 번뜩이며 그날의 일을 묘사하기 시작했다. 머릿속에서 수십 번을 반복 재생해본 듯 상세한 묘사였다.

"그날 우리 집에 다 같이 둘러앉아서 저녁밥을 먹었는데, 정작 너는 몇 숟갈 먹지도 못했지. 아침에 먹은 게 체한 것 같다고 해서 손을 따준다고 했더니 말도 없이 집으로 가더구나. 좀 서운하긴 했어도 그러려니 했다. 그런데 그날 네 아버지가 던져준 닭 뼈가 목에 걸려서 우리 집에서 기르던 개 복실이가 죽었잖니. 불쌍한 우리 복실이. 몇 번 켁켁거리다가 쓰러지더니 그대로 숨이 넘어가면서 뻣뻣해지더구나. 어떻게 손을 쓸 시간도 없었어. 정을 많이 주고 키웠던 녀석이라 복실이 죽고 나서 내가 며칠을 앓아누웠어. 말을 안 했으니 넌 몰랐을 거다. 그런데 네 아버지는 남의 속도 모르고 기운이 펄펄 나서 날 아다니더구나. 내가 속으로 욕도 여러 번 했다. 그래도 네가 잘됐다니까 미운 마음은 금방 가라앉았어. 나뿐만 아니라 마을 사람들 모두 우리 마을에서 처음으로 의사가 났다고 얼마나 좋아했는지……."

겨우 개 한 마리 죽은 것을 가슴에 품고 있다가 뒤늦은 원망이라도 쏟아내려는 걸까. 아니면 마음을 쓰고 챙겨주었던 것에 대해 생색을 내고 싶은 걸까. 미도는 금자 아줌마가 도대체 무슨 이야기를 하려는 것인지, 자신에게 무엇을 원하는지 짐작조차 되지 않았다.

일찍 돌아가신 엄마, 폐인처럼 지내는 아빠를 대신해 정 많은 금자 아줌마가 어린 남매를 살뜰히 챙겨주었다는 것을 미도 역시 모르지 않았다. 하지만 지금 미도 앞에 앉아 있는 사람은 당시의 금자 아줌마가 아니었다. 이웃의 사정을 세심하게 살피고, 큰 목청으로 사람들을 불러 잔치를 벌이던 금자 아줌마는 가족의 죽음과 함께 사라졌다.

씁쓸한 마음을 감추지 못한 채 미도는 자리에서 일어나 마지막 인사를 건네려 했다. 그런데 금자 아줌마가 카랑한 목소리로 이야기를 이어갔다. 꼭 미도가 들으라고 하는 말은 아니었다. 정신이 반쯤 나간 사람의 혼잣말 같았다. 무대 위 배우의 독백 같기도 했다.

"불쌍한 우리 복실이가 죽어서 며칠을 누웠다가 일어났더니 마을 회관에서는 잔치가 한창이더구나. 나 정금자도 없이 말이야. 그런 일이 상상이 되니? 있을 수 없는 일이지. 네 아버지가 빚을 내서 잔칫상을 차렸다고 마을 사람들이 전해주더구나. 다들 진심으로 기뻐하고 좋아했어. 사람들 모두 흥에 겨워 떠들썩했지. 너는 곧장 떠나서 몰랐겠지만 너 떠난 뒤로도 잔치는 한 달 내도록 이어졌어. 한 달 내도록 회관 마당에 장작불로 지핀 가마솥이 식지를 않았어. 고깃국을 끓여서 밥도 먹고 국수도 삶아 먹고. 나는 복실이 때문인지 입맛이 싹 가셔서 물에 만 밥만 먹었지. 밥하기도 시들해서 애 아빠랑 정우한테 회관 가서 밥 먹고 오라고 등 떠밀 때가 많았어. 맞아. 미도야, 그때 그랬어."

일어섰던 미도는 그 자리에 다시 주저앉고 말았다. 머릿속으로 날카로운 금속성 울림이 퍼졌다. 흐릿했던 기억이 또렷해졌다. 금자 아줌마가 방언을 하듯 중얼중얼 말을 이어갔다.

"고깃국 냄새가 한 달 내내 가시질 않았어. 똑똑한 우리 미도 이야기를 하면서 마을 사람들이 모두 모여서 같이 밥을 먹었지. 우리 집 아저씨랑 정우도 말이다. 미도야, 너는 금방 떠나서 몰랐겠지만 우리는 그랬어."

미도의 머릿속에도 그날의 풍경이 선명하게 떠올랐다. 마을에 내려온 지 셋째 날, 미도는 짐을 꾸렸다. 모든 것이 지긋지긋해서 빨리 달아나고 싶었다. 마지막으로 마을회관을 찾아 마을 분들께 인사를 드릴 때, 정화마을회관 마당에서 끓고 있던 가마솥을 보았다. 오래도록 우려낸 구수한 고깃국 냄새가 회관 마당에 가득했다. 목이 늘어난 티셔츠를 입은 아버지는 불콰한 얼굴로 가마솥을 젓고 있었다. 셔츠 아래 드러난 팔과 목덜미가 앙상했다.

견딜 수 없는 짜증이 치밀었다. 밥 한 그릇 먹고 가라는 아버지의 손길을 뿌리치고 곧장 마을회관을 떠난 이유도 그 때문이었다. 기름진 냄새 탓인지 '그놈의 성질머리' 탓인지 빈속이 뒤집혔다. 마을회관이 보이지 않게 되었을 때 바닥에 쪼그려 앉아 한참 동안 위액을 게워냈었다. 그때 마을회관에서 맡았던 고깃국 냄새는 미도가 잊고 싶었던 아버지의 체취였다. 그리고 며칠 전 타니사네 집에서 맡았던 바로 그 냄새이기도 했다.

면접시간 종료를 알리는 타이머가 울렸다. 교도관이 다가와 정금자를 일으켜 세웠다. 오래된 기억을 헤집던 미도가 정신을 차리고 다급하게 물었다.

"아줌마! 그 고깃국 무슨 고기로 끓였는지 알아요?"

한 번 더 다그치듯 물었다.

"그 고기! 누가, 어디서 가져온 거예요? 아줌마! 금자 아줌마!"

멀뚱하게 쳐다보는 금자 아줌마는 미도의 물음을 전혀 이해하지 못한 표정이었다. 조금 전 달뜬 목소리로 숨도 쉬지 않고 말을 이어가던 모습은 온데간데없었다. 미도가 애타게 불러도 아줌마는 단 한 번도 뒤돌아보지 않고 접견실을 나갔다.

미도는 발을 구르며 발악하듯 거친 욕설을 쏟아냈다. 두 무릎이 자꾸만 꺾였지만 이를 악물고 버티고 섰다. 미도는 자신이 여전히 진흙탕 속을 허우적대고 있다는 걸 부인할 수 없었다. 거대한 힘이 자신을 짓누르고 있는 기분이었다. 하지만 이대로 진흙탕 속에 처박힐 수는 없었다.

미도는 고개를 빳빳이 세우고 다리에 힘을 주고 선 다음 크게 심호흡을 했다. 거스를 수 없는 힘 따위, 인정하고 싶지 않았다. 오래전 커다란 쟁반을 들고 대문을 박차고 들어왔던 금자 아줌마처럼, 미도도 있는 힘껏 접견실 문을 박차고 나갔다.

길가의 벚꽃나무가 환하게 꽃을 피웠다. 미도가 운전하는 차 위로 벚꽃이 춤추듯 날렸다. 2월에 이미 만개한 벚꽃이 새로울 것은 없었다. 다만 이상기후에도 악착같이 꽃을 피우고 씨를 뿌리는 생명들이 애처롭다 못해 징그러웠다. 미도는 와이퍼를 빠르게 작동시켜 차창 앞에 떨어진 꽃잎들을 거칠게 떼어냈다. 휴대폰 전화벨 소리가 울렸다. 예상대로 승윤이었다.

"미도야, 방금 타니사 씨 집에 도착했어. 성재병원으로 모셔 가려고."

"병원비 지급이 늦어질 수 있다는 것도 얘기가 된 거지?"

"그럼. 한두 번이냐. 근데 지금 그게 문제가 아니라……."

"그게 문제가 아니면 또 뭐!"

미도가 버럭 소리를 질렀다. 공장에서 위로금을 지급해 상황을 무마해버리거나 혹은 법대로 운운하며 협박했을 것이라는 생각이 번뜩 머릿속에 떠올랐다. 이 시점에 문제가 될 만한 일은 그런 것들이었다. 남들은 경험치가 쌓이면 여유가 생긴다는데, 미도는 악만 쌓였다.

"야! 왜 소리부터 질러? 네가 상상하는 그런 문제가 아니라 제니가 아파. 며칠 전부터 복통이 있었다고 하는데, 아팠다가 안 아팠다가 하는 상태가 계속 반복되나 봐. 그래도 병원에 가서 검사를 받아보는 게 좋겠지?"

모녀의 피부병을 목격하고 나서 막연히 예상했던 일이었다. 정회 마을 사람들의 초기 증세와 비슷했다. 피부에 좁쌀 같은 돌기가 생겼던 사람들은 어느 순간부터 복통을 호소했다. 그러다가 복통이 거짓 말처럼 사라져 그것참 희한한 일이라고, 미연 언니네 집을 찾아오던 이웃들은 웃으며 그런 이야기를 나눴다고 했다. 그래서 미연 언니 역시 별일 아닌 줄만 알았다고 했다. 그렇게 어리석고 미련했다며 자책을 했다.

"빨리 가봐. 병원비는 내가 어떻게든 마련해볼 테니까. 제니가 안 아프다고 해도 꼭 검사받게 해봐. 꼭!"

미도는 병원으로 가겠다는 말과 함께 전화를 끊었다. 운전대를 잡은 상태로 내비게이션 목적지를 설정하려니 쉽지 않았다. 갓길에 차를 세운 채 미도는 잠시 숨을 고르며 미연 언니가 들려주었던 이야기를 다시 떠올렸다. 수백 번을 복기해 직접 경험한 일처럼 느껴지는 일련의 사건들이었다.

해프닝으로 끝난 줄 알았던 상황이 급변한 것은 그로부터 두어 달 후였다. 복통을 호소했던 사람들에게 또 다른 증세가 나타났다. 좁쌀 같은 돌기가 났던 피부가 검은 반점으로 뒤덮인 것이었다. 마을 사람 중 몇몇이 병원을 찾았지만 의사들도 갸웃하기만 할 뿐 뚜렷한 진단을 내놓지 못했다. 그러던 중 피를 토하며 쓰러지는 사람들이 발생했고, 그때부터 상황은 빠르게 악화되었다.

가장 먼저 숨진 사람은 정회마을 이장님이었다. 집 밖 외출은 거의 하지 않던 미연은 이장님 댁에 조문하러 갔다가 마을 사람들에게 소금 벼락을 맞으며 쫓겨났고, 그제야 마을에 돌고 있는 전염병에 대한 소문을 듣게 되었다. 그 후 마을에는 곡소리가 이어졌고, 미연은 자신이 정말 전염병의 진원일지도 모른다는 죄책감에 짓눌려 고통스러워했다.

마을 사람들이 원인도 모른 채 급작스럽게 숨지고, 땅에서 농작물이 자라지 못하고, 뒷산에 큰불이 번지는 등 온갖 흉흉한 일들이 연이어 벌어졌다. 마을 사람들은 먹고 살길을 찾아 모두 떠났고, 미연은 그 모든 일을 끝까지 목격한 생존자가 되어 마을에 남았다.

당시의 상황을 들려주던 미연 언니는 마지막으로 미도가 도무지 믿기 어려운 말을 했다. 자신을 돌봐주었던 사람 중에 미도의 아버지가 있었다고.

감사하다는 말을 제대로 하지 못했는데 딸인 너에게라도 그 말을 전할 수 있어 다행이라고 했다. 단 한 번도 상상해보지 못한 일이었다. 뜻대로 되지 않는 세상을 원망하고, 신세 한탄으로 세월을 축내던 아버지가 누군가를 도와줄 수 있다는 생각은 꿈에서도 해본 적이 없었다. 대학 1학년 여름 방학 즈음, 아버지가 다시 일을 시작했다는 소식을 들었지만 남의 일처럼 무덤덤했다. 아버지에게 도움받을 것이라는 생각은 하지 않았으니까.

아버지를 떠올리자 숨이 턱 막혔다. 차창을 열고 환기를 시키며 목을 옥죄는 생각들을 떨쳐냈다.

당장 해야 할 일이 많았다. 서둘러야 했다. 미도가 시동을 켜고 차선으로 끼어들려는 순간, 메일 도착 알림이 울렸다.

대수롭지 않게 메일을 확인하던 미도가 다급하게 메일 발신자를 재확인했다. 스티브 나게예, 동남아시아의 빈민가를 찾아다니며 다큐멘터리를 제작하는 네덜란드 감독이었다. 미도가 보낸 메일에 대한 답장이었다.

한 번도 만나보지 못한 당신에게

당신의 메일을 받고 오랫동안 감사의 기도를 했습니다.
우리 모두 연결되어 있다는 것을 다시 한번 느낍니다.
저 역시 동남아시아의 빈민가에서 유통되는 정체 모를 단백질
덩어리를 의심해왔습니다. 그 단백질 덩어리를 먹고 원인 모를
통증과 질병에 고통받는 사람들을 목격했으니까요.
하지만 가난하고 소외된 이들의 고통에 관심을 갖는 이들은 아
무도 없었습니다. 불규칙하고 질 낮은 식사, 거친 노동, 열악한
환경에 노출된 이들이라면 당연히 겪게 되는 고통이라고 여기
는 것 같았습니다.
하지만 세상 그 누구도 당연히 고통받을 이유는 없습니다. 저는
그들이 부족한 단백질을 보충하기 위해 먹는 단백질 덩어리를
의심했고, 오랫동안 유통경로를 추적해왔습니다.
그리고 최근에야 생산지를 알게 되었습니다.
놀랍게도 그곳은 대한민국의 한 가공육 제조공장이었습니다. 당
신이 나에게 연락을 한 것이 운명이 아니라면 무엇으로 설명할
수 있을까요. 그 누구도 아닌 바로 당신이 이 문제의 마지막 퍼
즐을 맞출 수 있을 것이라는 확신이 듭니다. 제가 알아낸 공장의

이름과 주소를 보냅니다.

모든 진실이 드러나길 간절히 바랍니다.

우리는 언젠가 다시 만나게 될 것입니다.

온몸에 전율이 일었다. 미도는 이런 상황을 언젠가 한 번 맞닥뜨린 것 같은 기시감마저 느꼈다.

감독의 말처럼 이 모든 것이 운명처럼 예정되어 있었던 것일까. 미도는 내비게이션의 주소를 다시 입력했다. 타니사와 제니의 문제는 일단 승윤에게 맡기고 가공육 제조공장부터 찾아가야만 했다.

무엇을 어떻게 할지 계획이 선 것은 아니었다. 일단 찾아가서 부딪쳐보면 무엇이든 알게 될 것이라는 확신이 들었다. 핸들에 올린 손이 흥분으로 가볍게 떨렸다. 미도의 차가 빠르게 도로로 진입했다.

4장

되묻다

서울에서 멀어질수록 봄의 기운이 빠르게 지워졌다. 미도가 최고 속도로 차를 몰아 네 시간 만에 도착한 강원도 양북군에는 매서운 겨울바람이 몰아쳤다. 5시가 넘은 시각이었다. 해가 질 시각은 아니었지만 이미 어둑한 기운이 깃들고 있었다.

스티브 나게예 감독이 지목한 공장은 양북군청에서 멀지 않은 곳에 위치해 있었다. 미도는 편의점에 들어가 캔커피를 사며 공장에 대해 물었다. 아르바이트생이 손가락으로 가리킨 곳에 공장 건물이 보였다.

공장 설립 후에 마을에 별다른 일은 없었냐는 질문에 아르바이트생이 고개를 갸웃했다. 미도는 최대한 건조한 말투로 다시 질문했다.

"그러니까 공장에서 폐수나 매연이 나오거나…… 그래서 마을 사람들이 아프다거나 뭐 그런 일은 없었냐고요."

미도의 질문에 아르바이트생의 두 눈이 동그래졌다. 자기가 태어나기도 전부터 있었던 곳인데, 그런 일은 단 한 번도 들어본 적이 없다고 했다. 그것으로 충분하지 않다고 느꼈는지 공장에서 일하는 동네 사람들도 많고, 덕분에 지역경제가 활성화돼서 좋다는 말까지 덧붙였다. 외지인에 대한 경계심 가득한 시선이 끝까지 따라붙어, 편의점을 나서는 미도의 뒤통수가 따가울 지경이었다.

공장 건물은 마치 커다란 컨테이너처럼 보였다. 모른 채 찾아왔다면 대수롭지 않게 지나쳤을 만한 곳이었다. 미도는 공장에서 조금 떨어진 갓길에 차를 세우고 구조를 살폈다. 입구가 단 한 곳인데 경비실이 바로 앞에 있어 몰래 들어가는 것은 쉽지 않아 보였다. 승윤도 없는 상태에서 자칫 흥분해 일을 벌이면 그르치기 쉬웠다.

미도가 입술을 잘근잘근 깨물며 입구만 노려보고 있는데 공장에서 알람 소리가 울렸다. 휴대폰으로 시계를 확인하니 6시였다. 잠시 후, 공장 입구에서 사람들이 나오기 시작했다. 기회였다. 심장박동이 빨라지면서 동시에 머리가 획획 회전했다. 미도는 차에서 내려 친절한 웃음을 장착하고 사람들을 기다렸다.

가장 먼저 내려온 사람은 50대 중후반으로 보이는 여자였다. 종종걸음으로 뛰다시피 걷는 여자 앞에 미도가 불쑥 나타났다. 깜짝 놀란 여자는 잠시 머뭇대더니 그대로 스쳐 지나려 했다. 미도가 다급하게 여자의 팔을 붙잡았다.

"잠깐만요!"

"뭐예요? 나 지금 바빠요. 빨리 가서 저녁 차려야 되는데."

이대로 물러설 미도가 아니었다. 지갑에서 명함을 꺼내며 한껏 안타깝고 걱정스러운 표정을 지어 보였다.

"일 끝내자마자 또 집안일이네요. 충분히 쉬지도 못하고 많이 피곤하시겠어요, 어머니."

어머니라는 호칭에 한껏 애교를 담았다. 마음에 없는 소리를 하는 것은 미도에게 어려운 일이 아니었다. 다정한 말투가 통했는지, 여자의 눈빛이 한결 부드러워졌다.

"피곤해도 어떡해. 사람 사는 게 다 그렇지 뭐. 근데 바쁜 사람은 왜 붙잡고 그래. 뭔데, 빨리 말해봐요."

"여기 장수식품에서 일하시죠? 혹시 어디 아픈 데는 없으세요? 저 의사예요. 일하다가 병들거나 다치면 진단하고 산재 판정하는 의사요."

의심스러운 표정으로 명함을 받아든 여자가 갸웃하며 혼잣말처럼 내뱉었다.

"요즘 의사들은 직접 환자를 찾아다니고 그래요? 그렇게 장사가 안 돼?"

"저희가 하는 일이 그래요. 가만히 앉아서 환자만 보는 의사가 아니라 직접 일터를 찾아다니는 경우도 많거든요. 어머니, 얼마 전에 여기 일하시는 분 중에 아파서 퇴사한 분 있죠? 이게 일하는 곳의 환경 때문일 수도 있어서 조사가 좀 필요하거든요. 혹시 또 아픈 분이 있으면 도와드려야 하니까."

여자가 잠시 생각해보더니 대답했다.

"글쎄 난 잘 모르겠는데, 누구예요? 몸 아프다고 퇴사한 사람이? 여기서 일하는 사람은 내가 다 아는데?"

아쉽게도 미도의 잔꾀가 통하지 않았다. 하지만 당장 떠오른 것이 이 방법밖에는 없었다. 계속해서 사람들을 만나다 보면 언젠가 아픈 사람 한 명쯤은 연락을 해올 것이라고 생각했다. 그렇게 접촉면을 늘려가며 정보를 수집할 작정이었다. 몸으로 부딪쳐 시행착오를 겪으면서 길을 찾는 방법은 미도가 가장 잘하는 방식이기도 했다.

"개인정보라서 알려드리기는 힘들고요. 혹시 일하시다가 어디 아프거나 다치거나 하시면 꼭 저한테 연락 주세요. 상담은 무료예요, 무료. 돈 받는 거 아니니까 맘 편히 연락 주세요."

여자가 제법 관심을 보이며 고개를 끄덕였다. 좋은 일 한다며 손을 맞잡고 다독이기까지 했다. 그 뒤로 공장 문을 나선 사람들이 나타날 때마다 미도는 같은 말을 반복하며 접근했다. 끝까지 의심을 거두지 않는 사람들도 있었지만 대부분은 미도의 명함을 별 거부감 없이 받았다.

미도가 나눠준 명함은 모두 34장, 직원의 수로 봤을 때 큰 규모의 공장은 아닌 듯했다. 미도가 만난 사람들 대부분 가공육을 포장, 검수하고 라벨을 붙이는, 단순하고 반복적인 업무를 한다고 했다. 일터의 환경에 대해서 특별히 불만을 토로하는 사람은 없었다. 대신 해외 수출로 국익을 창출한다는 장광설을 늘어놓는 사람은 더러 있었다.

하지만 어느 나라에 수출하는지, 왜 내수용 상품은 없는지와 같은 질문에 명확한 답을 내놓는 사람은 없었다.

어느새 사위가 깜깜해졌다. 미도는 아침부터 지금까지 한 끼도 먹지 않았다는 것을 깨달았다. 아까 편의점에서 사 먹은 캔커피 하나가 전부였다. 휴대폰에는 승윤에게 온 부재중 전화와 문자 메시지가 가득했다.

문자 내용을 살펴보니 간단한 상황 보고였다. 타니사 씨의 입원 수속이 별 탈 없이 진행되었다는 것과 제니의 건강 검진을 의뢰했다는 내용이었다. 답장을 할까 잠시 망설이던 미도는 일단 허기부터 해결하기로 했다.

읍내 대부분의 식당이 이미 문을 닫은 뒤였다. 치킨집과 고깃집이 영업 중이긴 했지만 텅 비어 뒤틀린 속에 기름진 음식이 들어가면 탈이 날 것 같았다. 천천히 차를 몰며 마땅한 밥집을 물색하다가 허름한 국수 가게를 발견했다.

미도는 차를 세워두고 구수한 멸치 국물 냄새를 들이마시며 가게 안으로 들어섰다. 손님은 남자 한 명밖에 없었다. 그는 국수가 아닌 잘 차려진 저녁밥을 먹고 있었다. 아마도 식당의 단골손님이거나 가족일 것이라 짐작했다.

미도는 잔치국수를 주문한 뒤 휴대폰 메모장을 열어 해야 할 일을 정리하기 시작했다.

잠시 후 주방에서 머리가 하얗게 센 할머니가 국수를 내어왔다. 맹렬한 허기가 몰려와 허겁지겁 수저를 찾던 미도는 건너편 테이블에서 밥을 먹던 남자와 눈이 마주쳤다.

남자가 미도를 위아래로 훑어보며 살폈다. 마뜩잖은 시선이었지만 대수롭지 않게 넘기려는데, 남자가 자리에서 일어나 성큼성큼 다가왔다.

본능적으로 방어를 해야 할 것 같아 미도는 의자를 뒤로 빼며 자리에서 일어서려고 했다. 하지만 남자는 미도보다 빨랐다. 바로 앞까지 다가온 남자가 손을 불쑥 내밀었다.

"너, 맞지? 미도. 고영배 씨 딸 고미도! 맞네, 맞아. 엄마, 이리 좀 나와보세요. 미도가 왔어요."

명치를 세게 얻어맞은 기분이었다. 국수를 한 젓가락 삼키기라도 했다면 체했을 것이 분명했다. 이곳에서 아버지의 이름을 듣게 될 줄은 상상도 하지 못했다. 논리적이고 상식적인 선에서 지금의 상황을 이해하기가 쉽지 않았다. 미도가 정신을 차릴 새도 없이 더 놀라운 일이 벌어졌다. 주방 차양을 열고 나온 할머니가 다짜고짜 미도를 끌어안은 것이다. 방어를 하거나 밀어낼 새도 없었다. 엉덩이를 쭉 빼고 엉거주춤한 자세로 선 미도의 등을 두드리며 할머니가 말했다.

"언젠가는 만나게 될 거라고 생각했는데, 생각보다 빨리 찾아왔구나. 정회마을에서 제일 똑똑한 우리 미도. 의사가 됐다는 얘기는 들었다. 아버지가 널 보면 얼마나 좋아했을까."

미도의 마음 깊숙한 곳에 갈고리가 걸려 있었다. 나이 많은 여자가 갈고리를 당기고 있었다. 가장 여린 마음 한 자락이 찢어질 것 같았다. 통증이 느껴졌다. 갈고리를 당기는 여자의 손을 떼어내야 했다. 정신을 차린 미도는 얼른 여자를 밀어냈다. 이들이 아버지의 이름을 부르며 자신을 환영하는 이유가 무엇인지부터 확인해야 했다.

작은 탁자에 세 사람이 둘러앉았다.

반가워하는 두 사람과 달리 미도는 이들이 누구인지 알지 못해 혼란스러웠다. 정회마을 사람들인 것 같긴 했지만 섣불리 예단할 수 없었다.

남자가 주머니에서 미도의 명함을 꺼내 탁자 위에 올려놓았다. 공장 앞에서 마주쳤던 34명 중 한 명이었던 모양이었다. 그제야 조금 상황이 이해되려는데, 여자 역시도 미도의 명함을 꺼내 탁자 위에 올려놓았다. 디자인이 달랐다. 작년에 제작한 명함이었다.

물음표가 가득한 미도의 표정을 살피며 여자가 말하기 시작했다.

"정회마을에서 살 때 마을회관 옆에 있던 빨간 지붕 집 생각 안 나? 너희 아빠가 우리 집에 자주 왔었는데. 아빠 찾는다며 너도 종종 찾아왔고. 그때가 아마 너 중학교 다닐 무렵이었던 것 같은데……."

오래된 형광등처럼 깜박대던 머릿속이 탁 소리를 내며 환하게 밝아졌다. 아버지의 친구이자 직장 동료이기도 했던 유성 아저씨의 얼굴이 떠올랐다. 아주 오래전의 일이었다. 아버지가 폐인처럼 지내기 전의 일, 직장을 다니며 번듯한 가장 노릇을 할 때였다.

　그 시절 아버지가 밤늦게까지 집에 들어오지 않으면 미도는 제일 먼저 유성 아저씨네 집으로 찾아가곤 했다. 어김없이 아버지는 유성 아저씨와 주거니 받거니 술을 마시고 있었고, 심통이 잔뜩 난 미도는 문밖에 서서 발만 동동거렸다. 집 안으로는 절대 들어가지 않았다. 빨리 집으로 돌아가자는 시위였다. 미도에게 들어오라 손짓하던 아줌마의 얼굴이 떠올랐다. 미도의 맞은편에 앉은 나이 많은 여자의 얼굴에서 주름과 흰머리를 지우자 그 아줌마가 보였다.

　"유성 아줌마…… 맞죠?"

　여자가 환하게 웃으며 옆자리에 앉은 아들을 쳐다보았다.

　"너 나이도 어린 게 오빠 이름을 함부로 막 불러도 되냐? 유성 오빠네 아줌마라고 해야지. 너 어릴 때도 콩알만 한 게 오빠를 별명 지어 부르고 하더니."

　그렇다면 저 남자는…… 생각과 동시에 웃음이 났다. 동네 아이들이 모두 함께 어울려 놀던 시절, 아이들 사이에서 대장 노릇을 했던 홍당무 오빠. 왜 그렇게 불렀는지 그 이유는 잊은 지 오래였다. 남자의 주름 가득한 눈가에 장난기가 자글자글했다. 미도의 목소리가 한껏 높아졌다.

　"홍당무 오빠? 왜 이렇게 늙었어! 못 알아봤잖아!"

　머리에 새치가 듬성듬성한 남자는 목젖을 보이며 크게 웃었다.

　"그 별명 진짜 오랜만에 들어본다. 그래 내가 홍당무다, 요 꼬맹아!"

반가운 마음에 어린 시절의 추억을 나누는 것도 잠시, 미도는 어떻게 된 일인지 되물었다. 자신이 그 시절의 미도인 것을 어떻게 알았고, 장수식품에서는 언제부터 일을 했던 것이며, 아줌마는 왜 자신의 예전 명함을 갖고 있는 것인지 궁금한 것이 너무 많았다. 급한 마음에 와르륵 질문을 쏟아내는 미도를 홍당무 오빠가 진정시켰다.

"성격 급한 건 여전하네. 아까 퇴근하면서 네 명함을 받았을 때만 해도 너인 줄은 상상도 못 했지. 그냥 좀 수상한 사람이라고 생각했어. 사기꾼이 아닐까 의심도 했고. 그런데 식당에 와서 명함을 버리려고 하는데 문득 이상한 생각이 나더라. 그래서 엄마한테 물어봤지. 예전에 우리 마을에 고미도라는 애가 있지 않았냐고. 근데 엄마가 가방에서 네 명함을 꺼내는 거야. 그렇지 않아도 연락을 한번 할까 했다면서. 진짜 신기하지 않냐?"

미도의 시선이 유성 아줌마에게 돌아갔다. 잠시 침묵하던 아줌마가 결심한 듯, 차분한 목소리로 이야기를 이어갔다.

"그 아이 집에 갔었어. 정우 엄마가 아들의 환생이라 믿었던, 그래서 그 일이 벌어졌던…… 인중 없는 아이의 집을 찾아갔었어. 아이 이름이 기환이라고 했던가."

미도가 마른침을 삼켰다. 이런 벽지까지 와서 그 아이에 대한 이야기를 듣게 될 줄은 몰랐다. 인중 없는 아이의 가족에게 무슨 업신여김을 당하려고 그곳까지 찾아간 것일까. 납치사건 때문에 정회마을 사람들이라면 진저리를 칠 텐데…….

"그래, 나도 안다. 그런데 꼭 한번 만나고 싶었어. 그 인증 없는 아이가 진짜 정회마을 사람이 환생한 것이라면, 유성 아빠의 환생일 수도 있잖니. 한번 그런 생각이 드니까 꼭 만나야겠더라. 아니면 미쳐버릴 것 같았어. 살아 돌아온 사람을 환대하지는 못해도 적어도 인사는 해야 하지 않겠니. 그래서 찾아갔는데…….."

"그래서 만났어요? 인증 없는 그 아이?"

"아니, 못 만났어. 아이 엄마가 못 만나게 하더구나. 예상은 했었어. 나라도 그랬을 거야. 그런데 거기까지 찾아간 것만으로도 가슴을 짓누르던 돌덩이가 좀 가벼워진 것 같더라. 뭐라 설명하긴 힘든데, 살아가다 보면 만날 사람은 다시 만날 것이라는 생각이 들었다고 해야하나. 진짜 유성 아빠가 환생하면 날 찾아오겠거니 그런 생각이 들었어. 그렇게 그 집에서 나오려는데 아이 엄마가 네 명함을 주더구나. 필요하면 찾아가보라고. 근데 막상 연락을 하려니 네가 반길지도 모르겠고……. 너 역시도 인연이라면 언젠간 만나겠거니 하고 가지고만 있었는데, 이렇게 찾아온 거야."

미도는 나지막이 한숨을 내쉬었다. 유성 아줌마는 찾아왔단 표현을 썼다. 찾아오려고 했던 게 아닌데 상대는 올 사람이 왔다고 생각하는 것이다. 신기한 인연이란 생각이 들었다. 하지만 죽은 가족의 환생을 기다리는 정회마을 사람들의 심경을 도무지 이해할 수 없었다. 죽음은 끝이어야 했다. 만에 하나 환생을 한다 한들, 그들은 예전과 같은 사람이 아니었다. 살아남은 사람은 그 몫을 다해 살면 될 터였다. 환생을 기대하는 것은 어리석은 회한이고 미련이었다. 그런데 아줌마의 이야기는 거기서 끝이 아니었다.

"그런데 미도야, 인중 없는 아이가 애들 아빠일지도 모른다고 생각한 건 막연한 기대 때문만은 아니었어. 정우 엄마한테 들은 말이 있어서 그래."

"금자 아줌마요?"

"그래, 면회하러 갔을 때 정우 엄마가 그러더구나. 인중 없는 아이, 기환이라는 아이의 그림 중에 정수사료공장 마크가 있었다고. 우리 마을 사람 중 여럿이 그곳에서 일했었어. 네 아버지 고영배 씨도 그랬고, 우리 남편도 정수사료공장에 다녔어. 혹시 기억나니?"

빠르게 돌아가던 미도의 머리가 일순 정지하며 눈앞이 까매졌다. 얼굴을 숨긴 놈에게 망치로 머리를 세게 얻어맞은 기분이었다. 그놈은 지금 팔짱을 끼고 미도의 모습을 지켜보고 있었다. 신 혹은 운명, 아니면 재수 없는 어떤 이름을 갖다 붙이면 딱 좋을 만한 놈이었다.

미도의 아버지는 트럭 운전기사였다. 물려받은 땅 한 평 없던 아버지에게 트럭은 전 재산이었다. 그 트럭으로 할 수 있는 일은 무엇이든 닥치는 대로 했다. 이삿짐을 나르기도 했고 가축을 나르기도 했고 사람을 실어 나르기도 했다. 때로는 어린 남매를 태우고 학교를 오가기도 했다. 아버지의 트럭에는 늘 무엇인가 실려 있었다.

아버지가 고정적인 일자리를 구한 것은 미도가 중학교에 입학할 무렵이었다. 유성 아저씨의 소개라고 했다. 다만 거리가 멀어 주중에는 회사에서 숙식을 해야 한다고 했다. 미도는 상관없었다. 아버지가 있어도 어차피 혼자 해야 하는 일들이 많았다. 하지만 마음 약한 오빠는 조금 눈물을 보였다. 덩치 큰 남자의 눈물을 미도는 그때 처음 보았다.

첫 출근을 앞두고 회사 마크가 새겨진 작업복을 받아온 아버지 얼굴에서는 좀처럼 웃음이 가시질 않았다. 처음 느껴보는 소속감 때문이었을까. 작업복은 아버지의 자부심이었다. 주말이면 깨끗하게 빨아 햇볕이 잘 드는 마당에 걸어놓았고, 출근 전날이면 빳빳하게 풀을 먹여 다리곤 했다.

덕분에 미도 역시 작업복 가슴에 새겨져 있던 J와 S가 결합된 마크를 아직도 기억하고 있었다. 정수사료공장의 마크였다. 그런데 이 기억의 파편 속에 인증 없는 그 아이, 기환이라는 아이가 느닷없이 끼어들었다. 도대체 이건 무엇을 의미하는 걸까.

하루 동안 너무 많은 정보가 입력되어 소화불량에 걸릴 지경이었다. 속이 뒤집히면서 좀 전에 위장으로 집어넣었던 국수 가락이 모두 쏟아져 나올 것 같았다. 시커멓게 어두워진 미도의 안색을 걱정스럽게 살피며 홍당무 오빠가 조심스럽게 다음 말을 이어갔다.

"미도야, 너도 그래서 여기 온 거 아냐? 너희 아버지 때문에?"

이건 또 무슨 말일까. 속이 뒤집혀 인상을 쓸 수밖에 없는 미도의 얼굴이 더 험악하게 구겨졌다. 누군가 배 속 장기들을 비틀어 짜는 것 같았다. 이곳을 찾아온 건 정체불명의 고깃덩어리 때문이었다. 미도는 답을 찾기 위해 온 것이지 질문을 받기 위해 온 것이 아니었다. 미도의 안색을 살피던 홍당무 오빠가 생각지도 못한 말을 뱉었다.

"장수식품의 전신이 정수사료공장이잖아. 몰랐어? 진짜 몰랐나 보네. 정회마을에서 여기까지 매일 오가는 게 힘들어서 주말에만 집에 오셨었잖아. 그건 기억나? 그런데 정수사료공장 경영이 어려워지면서 한동안 폐업을 했었어. 그 뒤 3년쯤 있다가 식품가공업체로 인가를 받아서 다시 문을 열었고. 퇴직했던 사람들은 대부분 다시 복직해서 너희 아버지랑 우리 아버지도 돌아가시기 전까지 여기서 일하셨어. 그 병 때문에, 얼마 일하지는 못하셨지만…… 나는 아버지가 돌아가신 후에 회사에서 배려해줘서 여기서 일하게 된 거고."

어머니와 함께 마을을 떠나 이곳에 정착한 이유도 그 때문이라고. 다시는 정회마을을 떠올리고 싶지 않았는데, 금자 아줌마의 납치사건이 벌어졌다며 홍당무 오빠는 혀를 찼다.

더군다나 인중 없는 아이가 돌아가신 아버지가 일했던 회사를 기억하고 있었다. 아버지의 환생일지도 모르는 일이었다. 홍당무 오빠는 일련의 상황들을 설명하며 계속해서 미도에게 동의를 구했다. 너라도 그랬을 거야. 너도 그렇지? 너도 그래서 여기 온 거잖아.

미도는 출구가 보이지 않는 미로를 헤매는 기분이 들었다. 미로 곳곳에 잘게 쪼개진 퍼즐 조각이 뿔뿔이 흩어져 있었다. 미도는 이 퍼즐을 모두 맞추었을 때 어떤 그림이 나타날지 덜컥 겁이 났다. 어쩌면 여기서 그만두는 것이 좋을지도 모른다는 생각이 처음으로 머릿속에 떠올랐다.

홍당무 오빠가 냅킨을 꺼내더니 그림을 그려보았다. 영어 이니셜 J 와 S가 결합한 그림, 알지 못하는 사람이 쉽게 따라 그리거나 우연히 그릴 수 있는 그림은 분명 아니었다. 그림이 그려진 냅킨을 미도에게 쥐여주며 홍당무 오빠가 간절한 목소리로 말했다.

"미도야, 네가 그 아이를 만나봐. 너라면 분명히 뭔가를 알아낼 수 있을 거야. 우리 아버지의 환생이 아니어도 괜찮아. 누구의 환생이면 어때. 그 시절에 죽은 정회마을 사람이 환생했다는 것만으로도 위로 가 될 것 같아. 그냥 그런 기분이 들어. 나는 가끔 사무치게 억울하다, 미도야. 내가 뭘 잘못했다고 고향을 그렇게 도망치듯 떠나야 했을까. 우리 아버지는 왜 그렇게 갑자기 돌아가셔야 했을까. 너무 억울하고 원통해. 죽은 사람이라도 붙잡고 묻고 싶어. 누구의 환생인지는 몰라 도, 그 아이한테도 뭐든 물어보고 싶어. 넌 안 그래?"

미도의 손을 꼬옥 쥐며 아줌마도 고개를 끄덕였다. 두 눈에 간절함 이 가득했다. 미도는 자신의 감정에 무엇이라고 이름 붙여야 할지 알 수가 없었다. 억울함인지 분노인지 슬픔인지 혹은 그조차도 아닌 다 른 무엇인지 혼란스러웠다.

미도는 홍당무 오빠에게 자신이 이곳을 찾아온 진짜 이유를 밝혔 다. 저개발국가의 빈민들 사이에 유통되는 정체불명의 가공육을 생 산하는 곳을 찾아왔다는 이야기와 오래전 정회마을에서 맡아본 적 있는 고깃국 냄새에 대해 설명했다.

어쩌면 두 개의 사건이 연결되어 있을지도 모른다는 미도의 말에 홍당무 오빠는 당황한 기색이 역력했다. 흔들리던 홍당무 오빠의 시선은 이내 차분해졌다. 홍당무 오빠는 할 수 있는 일이 있다면 돕겠다며 미도를 마주 보았다.

새카만 어둠이 내려앉았지만 미도는 다시 차에 올랐다. 지체할 시간이 없었다. 차창 너머로 유성 아줌마와 홍당무 오빠에게 눈인사를 건넨 미도는 빠르게 어둠 속으로 들어섰다.

두 줄기 빛에 의지해 어둠 속을 헤쳐나가며 미도는 제 안에 들끓는 감정을 바라보았다. 두 사람을 만난 여운은 쉬이 가라앉지 않았다. 시간이 지날수록 그 감정들은 어지럽게 뒤섞여 미도를 흔들었다. 미도는 가족과 고향에 대한 자신의 감정을 솔직하게 마주하는 것이 두려웠다.

다만 확실한 한 가지는 여기저기 흩어져 있는 퍼즐 조각들을 그 아이의 도움 없이는 온전히 맞추기 어렵다는 사실이었다.

미도는 지금까지 알게 된 사실들을 정리해보았다.

첫째. 타니사와 제니에게 피부병과 복통 증세가 나타났다.

둘째. 저개발국가의 빈민들 사이에 정체불명의 가공육이 유통되고 있다.

셋째. 한국에 가공육을 생산해 수출하는 식품회사가 있다.

넷째. 식품회사의 전신이었던 사료공장에 아버지를 포함한 마을 사람들이 근무했다.

　다섯째. 환생아가 그 사료공장의 마크를 기억하고 있다.

　모든 이야기의 끝에 그 아이가 있었다. 인중 없는 아이는 분명 가장 중요한 퍼즐 조각을 쥐고 있었다. 손에 쥔 냅킨을 버려야 할지 말아야 할지 고민하던 미도는 결국 결심했다. 그 아이를 만나기로.

　기환이라는 이름의 인중 없는 그 아이, 정회마을에서 죽은 사람 중한 명이 분명한 그 아이를 만나야만 했다.

5장

흔들다

식탁 위에 차려놓은 김치찌개에서 김이 모락모락 오른다. 냄새를 맡아보니 금자 아줌마네 묵은지로 끓인 김치찌개다.

싱크대 개수대에 밥그릇 두 개가 담겨 있는 것을 보니 아버지와 오빠는 이미 나간 모양이다. 싱크대 옆 쪽문을 열고 뒷마당으로 나간다. 오빠가 빨아놓은 운동화가 개수대 옆에 나란히 놓여 있다. 여긴 빛이 안 들어서 잘 안 마른다니까…….

혼잣말을 하다 마을 뒷산으로 향하는 길로 들어선다. 계곡물 흐르는 소리, 나뭇가지를 흔드는 바람 소리, 새소리에 마음이 느긋해진다. 길이 나지 않은 산길을 자박자박 오르다 잠시 멈춰 선다.

미도야, 미도야, 등 뒤에서 누군가 애타게 부른다. 누구지? 고개를 돌리자 눈앞에서 믿기 어려운 광경이 벌어지고 있다. 마을이 불에 타고 있다. 아니 정확히는 집에서 불길이 치솟고 있다. 두려움이 휘몰아

친다. 발을 동동 구르다 무작정 마을회관으로 달리기 시작한다. 마을
사람들에게 도움을 요청해야 한다. 마을회관으로 달려가는 내도록
울음이 멈추질 않는다. 손등으로 눈물을 닦으며 미친 듯 달리지만 어
찌 된 일인지 마을회관이 나타나질 않는다. 잘못된 방향으로 들어선
것일까.

잠시 멈춰 서서 숨을 고르는데 코 속에 진한 고깃국 냄새가 파고
든다. 냄새를 따라 걷기 시작한다. 작은 돌담이 있는 골목 끝에 커다
란 가마솥에 놓여 있다. 펄펄 끓는 가마솥 앞에 푸른색 작업복을 입
은 아버지가 서 있다. 입을 한껏 벌려 소리를 지르려는데 소리가 나
질 않는다. 누군가 목을 틀어쥔 듯 숨이 막힌다. 발걸음도 더 이상 앞
으로 나가질 않는다.

아버지, 아버지, 아빠!

두 다리가 결박된 듯 제자리에서 악을 쓰며 누구도 들리지 않는 소
리를 지르다 번쩍 눈을 뜬다.

차 안이었다. 차창 밖으로 푸르스름하게 날이 밝아오고 있었다. 룸
미러를 보며 미도는 눈물 자국부터 지웠다. 반쯤 남은 생수를 한 번
에 들이켜고 마른세수를 한 뒤 차 밖으로 나왔다. 미도는 크게 기지
개를 켜며 기환의 집을 보았다. 거실 창에는 짙은 커튼이 쳐 있었다.
당장 달려가 문을 두드리고 싶었지만 마음을 다잡았다. 적절한 때를
기다려야 했다.

어젯밤 미도는 차를 몰아 서울로, 정확히는 기환의 집 앞으로 찾아왔다. 집 주소는 유성 아줌마가 알려주었다. 목적이 명확한 이상 머뭇댈 이유는 없었다. 집 앞에 도착한 시간은 새벽 5시, 잠시 눈을 붙인다고 생각했는데 깜박 잠이 들었던 모양이었다.

꿈의 여운이 남아 가슴 한쪽이 뻐근했다. 정회마을 가장 안쪽에 있던 단층집, 부엌과 연결된 뒷마당으로 나가면 마을 뒷산으로 곧장 올라갈 수 있었던 집의 풍경이 생생했다.

꿈을 털어버리듯 미도는 머리를 마구 헝클어뜨린 다음 다시 손으로 빗질을 했다. 감상에 젖을 때가 아니었다.

운전석에서 쪽잠을 잔 탓에 어깨며 등허리 아프지 않은 곳이 없었다. 차를 지지대 삼아 팔을 뻗고 스트레칭을 하는데 누군가 미도의 어깨를 툭툭 쳤다. 트레이닝복 차림의 남자였다. 미도는 상대가 누구인지 한눈에 알아보았다. 모델 한지영의 남편이자 인증 없는 아이의 아버지, 강석훈이었다. 새벽 운동을 하고 온 것인지 이마에 땀방울이 맺혀 있었다.

"여기 주차하시면 안 됩니다. 그리고 아까도 차 안에서 주무시고 계시던데……. 이 동네에 무슨 볼일이라도 있습니까? 목적지가 어디세요?"

눈빛에 경계심이 가득했다. 날카로운 인상을 보니 쉽게 문을 열어줄 것 같진 않았다. 이럴 때는 어설픈 거짓말보다 정면 돌파가 최선이었다. 미도는 억지웃음을 띠고 최대한 친절한 목소리로 대답했다.

"죄송합니다. 주차할 곳이 마땅치 않아서요. 그런데 한지영 씨 남편분 맞으시죠?"

지영의 이름이 나오자 남자의 얼굴이 더욱 굳어졌다. 그 모습을 놓치지 않고 미도가 재빨리 다음 말을 이어갔다.

"얼마 전에 한지영 씨가 제 사무실에 찾아왔었어요. 지난번에 감사했다는 인사를 하려고 먼 길을 찾아오셨더라고요. 얘기는 들으셨죠?"

석훈은 질문으로 끝맺음을 하는 여자의 말투가 묘하게 거슬렸다. 아내는 어디에 다녀왔다는 이야기를 한 적이 없었다. 더군다나 감사 인사라니, 전혀 알지 못하는 일이었다. 납치사건 이후 아내에게서 미묘한 변화가 엿보였는데, 생판 모르는 남으로부터 이런 이야기까지 들으려니 불쾌했다. 석훈은 뭉근하게 끓어오르는 짜증을 억누르며 대답했다.

"제가 요즘 바빠서요. 그런데 누구시죠?"

미도는 자신이 기환의 납치사건 당일 쓰러진 지영을 집까지 데려다준 사람임을 밝혔다. 그제야 석훈이 뭔가가 떠오른 듯 아! 감탄사를 내뱉었다. 그날 지영의 휴대폰으로 자신에게 전화를 걸어 집 주소를 물어보고 기저질환 유무 등을 묻던 사람이 바로 이 여자구나 싶었다. 의사가 지영을 집까지 데려다주고, 한참 동안 상태를 지켜본 뒤에 떠났다는 이야기도 안 여사에게 들어 알고 있었다. 시퍼렇게 날 서 있던 마음이 한순간에 누그러졌다. 지영이 감사 인사를 하려고 찾아간 것도 충분히 이해가 되었다.

"그날 저랑 통화하셨죠? 감사합니다. 진작 인사를 드렸어야 했는데 경황이 없어서⋯⋯. 죄송합니다."

"별말씀을요. 괜찮습니다. 인사받으려고 한 일도 아닌데요 뭐."

"그런데 저희 집에는 무슨 일로⋯⋯ 그것도 이렇게 새벽같이."

"제가 곧 공항으로 가야 하거든요. 해외 출장 때문에. 그런데 지난번에 오셨을 때 말씀 못 드린 게 있어서 가는 길에 잠시 들렀어요."

거짓말이 술술 흘러나왔다. 일단 환심은 얻었으니 의심의 촉을 세울 것 같지는 않았다. 의사라는 신분 덕분에 미도는 남자에게 안전한 사람으로 손쉽게 분류되었을 것이다. 세상 한파에 시달리지 않아 순진하거나 어리석은 사람들이 그렇듯.

아니나 다를까, 남자는 순한 양처럼 부드러워졌다.

"죄송한데 저한테 얘기해주시면 안 될까요. 지금 이 시간이 아내한테는 한밤중이거든요. 아무리 깨워도 일어나질 못해요. 밤에 쉽게 잠들질 못하는 데다가 저혈압까지 있어서요."

걱정스러운 표정으로 아내의 상황을 전하는 남자에게서 아까와는 사뭇 다른 분위기가 느껴졌다. 순정을 믿는 순박한 소년의 모습이 얼핏 스쳐 지나갔다. 남자의 약점을 간파한 미도는 더 대담하게 나섰다.

"중요한 이야기라서 제가 직접 전했으면 하는데요. 생명과 직결된 문제기도 하고요."

예상대로 남자는 몹시 당황하는 모습을 보였다. 미도는 상대를 관찰하며 느긋하게 기다렸다. 잠시 생각에 잠겨 있던 석훈은 결국 미도를 집으로 안내했다.

대문을 열자 조경이 잘되어 있는 아담한 정원이 나타났다. 정원을 지나 현관문을 열자 바닥에 앉아 있던 페르시안 고양이가 미도의 다리를 감싸며 울음소리를 냈다. 주방에서 나이 든 여자가 고개를 내밀었고, 석훈과 나지막이 이야기를 나눴다. 어디에도 지영이나 인중 없는 아이의 모습은 보이지 않았다.

석훈은 미도에게 잠시 기다려달라는 말을 남기고 복도 끝 방으로 사라졌다. 소파에 앉은 미도의 무릎 위로 고양이가 펄쩍 뛰어올라 가르릉가르릉 기분 좋은 소리를 냈다.

2층과 연결된 계단에서 인기척이 났다. 고개를 든 미도의 시선에 어린아이의 실루엣이 들어왔다. 어둑한 탓에 아이의 얼굴은 보이지 않았지만 직감으로 인중 없는 아이임을 알 수 있었다. 아이는 계단 중간쯤에 멈춰 선 채 더 이상 내려오지 않았다. 고양이가 미도의 무릎에서 폴짝 뛰어내리더니 여유 있는 걸음으로 계단을 오르기 시작했다. 아이가 서 있는 곳에 이르자 고양이는 울음소리를 내며 발 주변을 맴돌았다. 잠시 머뭇대던 아이는 계단을 천천히 내려오기 시작했다. 인중 없는 아이의 얼굴이 서서히 드러났다.

환생아를 처음 마주한 터라 미도는 어쩔 수 없이 긴장했지만, 아이의 태도는 무심했다. 미도는 아이의 움직임을 조용히 눈으로 좇았다.

잠옷 차림의 아이는 익숙하게 고양이 밥과 물을 챙겼다.

고양이가 발아래 눕자 아이는 부드러운 손길로 오랫동안 고양이를 쓰다듬었다. 따뜻하고 평화로운 교감이 두 생명체 사이에 오가는 게 느껴졌다.

한참을 쪼그려 앉았던 아이가 일어서더니 커튼 뒤로 들어가 사라졌다. 거실 창을 통해 정원으로 나간 모양이었다. 문틈으로 선선한 바람이 들어와 커튼이 펄럭였다.

망설이던 미도는 자리에서 일어나 아이가 사라진 방향으로 다가갔다. 커튼을 젖히자 창 너머로 아이의 모습이 보였다. 아이는 조그만 그릇에 물과 사료를 담고 있었다. 집 마당으로 길고양이들이 찾아오나 보다, 짐작했다.

고양이들을 챙기는 것은 아마도 인증 없는 아이의 규칙적인 아침 일상인 듯했다. 할 일을 끝냈는지 열린 문틈으로 쏙 들어온 아이가 미도를 무심하게 지나쳤다. 아이가 다시 계단을 오르려 했다. 이대로 기회를 놓칠 수는 없었다.

"기환아! 네가 기환이 맞지?"

계단 첫 번째 칸에 한 발을 올린 채로 아이가 뒤돌아보았다. 표정을 읽을 수가 없었다.

"나도 정회마을 사람이야. 거기서 태어나서 열여섯까지 살았어."

아이는 물끄러미 미도를 보더니 아무 말도 못 들었다는 듯 다시 계단을 올랐다. 미도가 다급하게 외쳤다.

"난 네가 누구의 환생인지를 물어보려는 게 아니야. 그런 거 하나도 안 궁금해. 정말이야."

다섯 번째 칸을 오르던 아이가 그 자리에 멈춰 섰다. 고개를 돌리진 않았지만 미도의 목소리에 귀를 기울이고 있다는 게 분명하게 느껴졌다.

미도가 다음 말을 하려는데 복도 끝에서 방문이 열리고 지영과 석훈이 걸어 나왔다. 지영은 미도의 시선 끝에 기환이 있는 것을 보고는 달려와 아이부터 감싸 안았다. 갈라진 목소리로 지영이 소리쳤다.

"당신 뭐예요? 우리 집에는 왜 왔어요?"

생각지 못한 전개에 당황한 것은 석훈이었다. 갑작스러운 방문이긴 하지만 큰 도움을 주었던 사람인데, 정작 아내는 반가운 기색이 전혀 없었다. 어쩌면 너무 일찍 깨운 탓에 예민한 것일지도 몰랐다.

"지영아, 너 도와주셨던 분이잖아. 지난번에 기환이……."

"나도 알아. 근데 이 시간에 저 사람이 왜 우리 집에 있냐는 말이야."

"너한테 할 말이 있다고, 중요한 일이라고 해서 내가 들어오시라고 한 거야."

부부의 실랑이에는 관심이 없었다. 애초부터 그들의 말을 들으려고 했던 것은 아니었다. 인증 없는 아이 기환에게 시선을 고정한 채로 미도가 말했다.

"어떤 애가 아파. 정체불명의 고깃덩어리를 끓여 먹었는데, 처음에는 피부병이 생겼고 지금은 복통을 호소하고 있어."

미도의 말을 이해하지 못한 지영과 석훈이 의아한 시선을 주고받는 사이, 미도가 다음 말을 덧붙였다.

"정회마을 사람들처럼."

감전이라도 된 것처럼 기환이 몸을 떨었다. 가장 먼저 기환의 상태를 눈치챈 지영이 아이를 끌어안고 2층으로 올라가려 했다. 하지만 아이는 그 자리에서 조금도 움직이려 하지 않았다. 오히려 다음 말을 기다리는 듯 고개를 돌려 미도를 돌아보았다.

그제야 미도의 속내를 파악한 석훈의 얼굴이 험악하게 일그러졌다. 정회마을 사람들의 이야기는 더 이상 듣고 싶지도, 알고 싶지도 않았다. 석훈이 미도의 팔을 잡아끌었다.

"지금 뭐 하자는 겁니까! 생명과 직결된 문제라더니…… 나가세요. 당장 나가시라고요! 좋은 말로 할 때 안 나가면 경찰에 신고하겠습니다."

석훈에게 한쪽 팔을 붙잡힌 채 버티고 선 미도가 소리쳤다.

"생명과 직결된 문제 맞아요! 기환아, 그 고깃덩어리를 생산하는 회사는 장수식품이라는 곳인데, 예전에 정수사료공장이었던 곳이 이름만 바뀐 거야. 거기, 너도 아는 곳이지. 그렇지?"

아이의 작은 몸이 크게 휘청거렸다. 놀란 지영이 아이를 안아 들었고, 석훈은 집 밖으로 내보내려고 미도의 두 팔을 잡아끌었다. 미도는 다리에 힘을 주고 버텼지만 상대의 완력을 당할 수는 없었다.

그렇다고 이대로 끌려 나가서는 안 되었다. 확신이 들었다. 아이의 반응을 보면 분명 뭔가 알고 있는 것이 분명했다. 미도가 있는 힘껏 석훈을 밀쳤다.

갑작스러운 반응에 석훈이 휘청대는 사이 미도는 계단을 뛰어올랐다. 아이를 안은 지영이 방문을 열고 들어가려 하고 있었다. 미도가 악을 썼다.

"그 아이도 정회마을 사람처럼 죽게 만들 거야? 너 뭔가 알고 있잖아!"

지영이 기겁을 하며 아이의 귀를 틀어막았다. 계단 아래서 쫓아온 석훈이 욕설을 하며 미도의 팔을 잡아끌었다. 악에 받친 석훈의 힘을 이번엔 당해낼 재간이 없었다.

미도가 무기력하게 계단 아래로 끌려 내려가는데, 아이가 자신의 귀를 막고 있는 엄마의 손을 떼었다. 지영이 아이를 쳐다보았고, 아이는 눈빛으로 마음을 전했다.

엄마의 품에서 내려온 아이가 석훈에게 끌려가다시피 하는 미도를 향해 계단을 내려갔다. 석훈이 아이의 뒤에 황망한 얼굴로 서 있는 지영을 보았다. 지영은 어쩔 수 없다는 표정을 지어 보였다. 석훈이 미도를 붙잡은 손을 놓고, 미도는 무릎을 꿇어 계단 위에 서 있는 아이와 시선을 맞췄다. 인중 없는 아이가 입을 벌렸다. 그리고 말했다.

"정수사료공장에서 만든 사료가 시작이었어."

딱 거기까지 말한 뒤 아이는 입을 닫았다. 모두가 놀란 것도 잠시, 미도가 아이의 두 어깨를 잡고 흔들며 되물었다.

"더 자세히! 전부 다 정확히 말하라고! 네가 기억하고 있는 거 전부 다 말해! 너 누구야? 뭘 기억하고 있는 거야?"

지영이 다가와 미도의 손을 거칠게 뿌리쳤다. 아이를 안은 지영은 뒤도 돌아보지 않고 방으로 들어갔고, 미도는 석훈에게 끌려 집 밖으로 쫓겨났다.

석훈이 대문 밖으로 멱살을 잡고 끌고 나와 미도를 바닥으로 내동댕이쳤다. 그의 입에서 거친 말들이 터져 나왔다.

"그 마을 사람들 모두 정상은 아닌 거 알고 있었지만, 정말 지독해. 한 번만 더 이런 식으로 우리 가족한테 접근하면 나도 더 이상은 가만있지 않을 거야."

미도는 석훈의 시선을 피하지 않았다. 호전적인 말과는 달리 남자의 눈빛에는 두려움이 가득했다. 이 상황에서 도망치고 싶어 하는 것이 느껴졌다.

미도는 주저앉은 채 뒤돌아서 집으로 돌아가는 남자의 뒷모습을 노려보았다. 건장한 체격을 가졌지만 초라하기 이를 데 없는 뒷모습이었다.

차에 타기 전, 미도는 기환의 집을 다시 한번 올려다보았다. 2층 창문에 쳐진 커튼이 잠시 젖혀지는가 싶더니 황급히 다시 내려졌다.

차에 올라탄 미도는 셔츠 앞주머니에 넣어두었던 휴대폰을 꺼내 카메라 녹화 버튼을 껐다. 자동차 시동을 거는 미도의 입가에 삐딱한 웃음이 걸렸다. 울음도 웃음도 아닌 기괴한 소리가 미도의 목구멍에서 비어져 나왔다. 미도는 자신이 흉측한 괴물이라는 생각을 하며 가속페달을 힘껏 밟았다.

며칠 후, 유튜브 채널에 동영상 하나가 올라왔다. 어린 여자아이가 배를 움켜쥐고 몸부림치는 모습이었다.

아이의 피부에는 좁쌀 같은 돌기가 가득했다. 곧이어 밀봉 포장된 육가공 식품이 클로즈업되었다. '아이가 보름 동안 스프로 끓여 먹은 고기, 한국에서 생산돼 동남아시아로 수출되는 육가공 식품'이라는 자막이 떴다. 화면이 바뀌어 휴대폰 카메라로 촬영한 거친 영상이 이어졌다. 영상 속에서 여자의 목소리가 튀어나왔다.

"어떤 애가 아파. 정체불명의 고깃덩어리를 끓여 먹었는데, 처음에는 피부병이 생겼고 지금은 복통을 호소하고 있어. 정회마을 사람들처럼. …… 그 고깃덩어리를 생산하는 회사는 장수식품이라는 곳인데, 예전에 정수사료공장이었던 곳이 이름만 바뀐 거야. 거기, 너도 아는 곳이지. 그렇지?"

카메라가 향한 곳에 얼굴이 모자이크된 여자가 한 아이를 끌어안고 있었다. 곧이어 카메라가 거칠게 흔들렸다.

잠시 후 아이가 카메라를 향해 뚜벅뚜벅 걸어온 뒤 말했다. 카메라에 찍힌 부분은 아이의 코부터 가슴까지, 덕분에 인중 없는 아이의 특징이 선명히 드러났다.

"정수사료공장에서 만든 사료가 시작이었어."

어떤 설명도 덧붙이지 않은 채 1분 30초의 짧은 영상은 끝이 났다. 영상에 대한 별다른 부연 설명도 없었다. 하지만 환생아의 전생 발화 영상이라는 타이틀이 붙은 영상은 빠르게 퍼졌다. 사람들은 '정회마을', '인증 없는 아이'를 근거로 아이를 안고 있는 여자가 모델 한지영이라는 것을 밝혀냈다. 결혼과 동시에 TV에서 사라진 인기 모델의 사생활에 관심이 쏟아졌다. 납치사건이 벌어진 당시에도 지영의 모습은 철저하게 가려졌던 터라 영상에 대한 반응은 폭발적이었다.

석 달 전에 벌어졌던 기환의 납치사건 또한 재조명되었다. 정회마을의 비극을 알리는 기사들이 링크되었고 '장수식품'과 '정수사료공장'에 대해 캐내는 사람들도 나타나기 시작했다. 오래전 벌어졌던 사료 파동 관련 기사가 SNS를 통해 빠르게 퍼져나갔다.

23년 전 전국의 돼지 축산농가에서 구제역이 의심되는 사례가 나타났다. 돼지의 입 안과 발굽에 물집이 생겼고, 얼마 지나지 않아 걷거나 일어나지 못하는 증세를 보였다. 전염병은 빠르게 확산돼 300만 마리의 돼지가 생매장되었다. 그런데 적절한 피해보상을 요구하는 축산농가를 중심으로 한 가지 의혹이 불거졌다. 전염병이 발생한 축산농가 모두 정수사료공장의 사료를 이용했다는 것이었다.

뒤늦게 조사가 이뤄졌지만 농림축산식품부에서는 연관성을 찾지 못했다. 상황은 일단락되었고, 사건은 서서히 잊혔다. 축산농가의 신뢰를 잃고 폐업을 했던 정수사료공장이 몇 년 후 장수식품으로 인가를 받아 영업을 시작한 사실은 아무도 알지 못했다.

다양한 가설과 추측이 난무하기 시작했다. 하지만 사람들의 관심은 지난번과 마찬가지로 정회마을과 정수사료공장보다는 인증 없는 아이를 출산한 셀럽 부부에게로 향했다. 기환 가족의 일상은 또 한 번 무너졌다.

기환은 전생에 커다란 죄를 짓거나 발설하기 힘든 무거운 비밀을 안고 있는 아이로 낙인찍혔다. 아이는 길고양이들을 챙기러 마당 밖으로조차 나가지 못했고, 지영은 수시로 과잉호흡과 발작을 보이며 쇠약해졌다. 석훈은 얼굴 없는 다수는 물론 얼굴을 또렷이 기억하는 단 한 명, 미도를 향한 분노도 다스리기가 힘들었다.

환생아기억보존국에는 비상이 걸렸다. 환생아의 발화를 개인이 공개하는 것은 현행법상 불법이었다. 환생아의 발화 내용은 국가 차원에서 관리하는 정보였다. 자칫 잘못된 정보로 사회불안이 야기될 수도 있기 때문에 철저하게 관리하고 있던 상황에서 이런 일이 터진 것이었다.

환생아기억보존국 윤태석 국장이 긴급 기자회견을 열었다. 이번 사태를 촉발한 사람은 물론 확산시킨 사람들에게 엄중한 처벌이 이뤄질 것이라고 경고했다. 그동안 인증 없는 아이로 인해 발생한 수많은 사건, 사고에서는 단 한 번도 보이지 않았던 강경한 태도였다. 그만큼 정부에서도 이번 사태를 중대한 사안으로 보고 있다는 것이었다.

정부의 대처는 위협적인 경고에서 그치지 않았다. 환생아기억보존국은 기환의 이야기를 기사화하지 못하도록 엄격한 보도 가이드라인을 지시했고, SNS에서 확인되지 않은 정보를 유통하는 개인들을 고소하는 등 적극적인 대응에 나섰다.

본격적인 경찰 수사가 시작되었고, 정보통신망법과 환생아보호법 위반 등의 혐의로 미도는 검찰의 수사대상에 올랐다.

불을 모두 꺼놓은 기환의 집 거실에서 텔레비전만 번쩍였다. 소파에 앉은 지영은 두 무릎을 끌어안고 손톱을 잘근잘근 씹으며 뉴스에 집중했다. 석훈은 아직 사무실에서 돌아오지 않았고, 아이는 2층 제 방에 있었다. 정숙이 걱정스럽게 오가며 딸의 상태를 살피다 손자가 있는 방으로 올라갔다.

며칠째 제대로 자지 못해 붉어진 두 눈으로 뉴스를 지켜보던 지영이 자세를 고쳐 앉았다.

오토바이들이 분주하게 오가는 좁은 골목길을 끼고 있는 4층 건물을 카메라가 비췄다. '직·업·병·산·재·상·담'이라는 글자가 보였다. 건물에서 상자를 든 사람들이 내려오는 모습 위로 고미도 직업환경의학연구소에 대한 압수수색이 시작되었다는 기자의 리포트가 흘러나왔다.

곧이어 경찰과 기자들에게 둘러싸인 고미도의 모습도 나왔다. 모자를 깊게 눌러썼지만, 지영은 미도를 한눈에 알아보았다. 미도는 전혀 당황한 기색이 없었다. 어깨를 굽히거나 고개를 숙이지도 않았다. 입가에 희미한 미소까지 머금고 있었다.

지영은 거실 테이블에 있던 컵을 텔레비전을 향해 있는 힘껏 던졌다. 컵은 화면에 닿지도 않고 바닥으로 떨어져 산산조각이 났다.

소리에 놀란 정숙과 기환이 2층에서 달려 내려왔다. 상황을 파악한 정숙은 조용히 컵을 치우기 시작했다.

지영이 기환에게 힘없이 손짓했다. 기환이 곁에 다가와 앉자, 지영이 아이의 작은 어깨에 머리를 기댔다. 지영의 고르지 못한 숨소리를 들으며 기환은 텔레비전 화면에 시선을 주었다. 화면 속 미도는 곧게 허리를 편 채 카메라를 향해 서 있었다.

기환은 질끈 눈을 감았다. 감은 눈에 굵은 눈물이 맺혔다.

3부

잊고 싶은 기억

1장
절박 혹은 절망

완연한 봄이 되었지만 숲은 처참할 정도로 헐벗었다. 이상기후로 인한 자연생태계의 변화는 오래전부터 나타났지만 올봄의 변화는 과학자들조차 해석하지 못했다.

지역마다 식물의 생태반응이 제멋대로였다. 벌써부터 한여름처럼 짙게 녹음이 우거지는 곳이 있는가 하면 어떤 곳은 한겨울처럼 헐벗은 채 봄을 맞았다. 누군가는 생존을 모색하는 자연의 절박함이라고 해석했고, 누군가는 생존을 포기한 자연의 절망이라고 해석했다. 그것이 어느 것이든 위험한 징후임은 분명했다. 이곳은 후자의 경우였다. 일조량이 충분한데도 나무들은 싹을 틔우지 않았고 꽃도 피지 않았다.

숲속으로 난 길을 걸어가면서 원석은 저도 모르게 쓸쓸하다는 말을 내뱉었다. 그러고는 헛헛한 웃음을 지었다. 요즘 원석은 자신이 늙어간다는 사실을 예민하게 느꼈다. 혼잣말이 는 것도 노화의 증거였다. 노화는 몸이 아닌 마음에서 먼저 시작되었다. 마음의 결이 예전과 분명 달랐다. 자주 쓸쓸해졌고, 이유 없이 슬퍼졌다. 감정보다는 이성을 절대 우선시하며 살아온 원석에게는 난감한 증세였다. 최첨단 의료기술도 이 문제 앞에서는 무용지물이었다. 시간이 원석의 마음을 자근자근 밟아 무르게 만드는 것 같았다.

상념에 빠져 걷는 원석의 앞에 거대한 글라스타워가 나타났다. 유리 외벽에 반사되는 햇빛이 눈 부셔 똑바로 쳐다보기가 어려웠다. 환생아기억보존국이었다.

오늘 여기서 윤태석 국장과의 미팅이 약속되어 있었다. 윤 국장의 바쁜 일정 탓에 힘들게 잡은 미팅이었다. 모두에게 공평하다는 사람들의 착각과 달리 시간은 철저히 힘 있는 자의 것이었다. 원석은 힘의 균형이 무너진 것을 쓸쓸해하며 건물 앞에 섰다. 보이지 않았던 입구의 문이 열렸고, 원석은 미끄러지듯 건물 안으로 사라졌다.

"손자를 외국에 보내면 어떨까 하는데, 기억이 사라질 때까지만이라도 말이지."

원석이 단도직입적으로 말을 꺼냈다. 그 정도는 가능할 거라고 믿고 요구하는 태도였다.

윤태석은 미간을 잔뜩 구겼다. 용건이 이거였던 모양이었다. 오랜만에 만나 반가웠던 마음도 잠시, 금세 피로가 밀려왔다. 오랜 인연을 생각해 서로의 관계를 냉정하게 매듭짓지 못한 것이 문제였다.

"어렵다고 말씀드리지 않았습니까. 법에 저촉된다고요. 환생아들은 기억이 사라질 때까지 의무적으로 국내에 거주해야 합니다. 강 회장님도 아시지 않습니까."

윤태석의 목소리에 짜증이 묻어났다. 이미 전화상으로도 몇 번이나 같은 말을 반복했던 터였다.

"그런데 윤 부장도 아시다시피……."

"국장입니다. 국장 직함 단 지 3년쨉니다."

"아, 그래요. 윤 국장도 아시다시피……."

전화로 읊었던 것과 똑같은 내용이었다. 윤태석은 눈앞의 강 회장이 자신이 오랫동안 알고 지낸 그 사람인지 의구심이 들었다. 누구보다 이성적이고 냉철했던 사람이었는데, 나이가 드니 판단력을 잃어버린 모양이었다. 생명 연장의 꿈을 실현하는 세계적인 바이오기업의 CEO도 시간 앞에서는 속수무책이라니, 한편으로는 안쓰럽기까지 했다.

생각해보면 강원석이 그토록 사랑하는 가족들은 모두 시간 앞에서 무기력했다. 며느리는 유명 모델이었던 시절에 얽매여 현재를 살지 못하고, 손자는 전생의 기억에서 헤어나질 못해 고통스러워했다. 아들은 순간을 포착하는 사진작가라던가. 그건 또 얼마나 헛된 욕망인가. 거기까지 생각이 미치자 윤태석은 픽, 웃음이 났다. 노인네의 푸념은 이 정도 들어주었으면 충분했다.

"회장님, 환생아의 기억은 국가 재산입니다. 그래서 모든 기억이 사라지기 전까지는 국내에 거주하도록 법적으로 의무조항을 만든 거고요. 알고 계시지 않습니까."

"그런데 우리 손자의 경우는 납치가 된 적도 있고, 더군다나 지난번 동영상 건은 우리 두 사람 입장에서도……."

윤태석의 눈썹이 꿈틀거렸다. 분간도 못 하고 여차하면 선을 넘을 태세였다. 더 이상은 참아주기 힘들었다. 윤태석은 자신의 지위와 권한을 원석에게 좀 더 명확하게 보여줄 필요성을 느꼈다.

"환생아가 납치되는 사건이 드물지 않다는 건 아시지 않습니까. 그만큼 환생아들의 기억이 중요하게 관리되어야 하는 거고요. 제가 다음 일정이 있어서 먼저 일어나야겠습니다. 바쁘실 텐데 이렇게 멀리까지 직접 찾아주신 점 다시 한번 감사드립니다."

윤태석이 자리에서 튕겨 오르듯 일어나 뒤도 돌아보지 않고 회의실을 나섰다.

자신은 시간을 다스리고 기억을 관리하는 사람이었다. 과거를 딛고 미래를 맞이하는 일이 자신의 손에 달려 있었다. 사사로운 인연에 허비할 시간이 없었다. 과거를 뒤돌아보기에는 앞으로 해야 할 일이 너무 많았다.

윤태석의 비서가 원석에게 다가와 출구를 안내하겠다며 앞장섰다. 하지만 원석은 일어날 수가 없었다. 책상 아래 가려진 두 손이 제어할 수 없을 정도로 떨렸다. 모멸감이 온몸을 휘감았다. 제까짓 놈이,

기껏해야 별 볼 일 없는 소도시 군수였던 놈이. 빌빌거리며 고개 숙이고 손을 벌리던 놈이 감히 누구 앞에서. 원석은 떨리는 두 손을 맞잡고, 이를 악문 채 고개를 숙였다.

원석에게 다가가 부축을 해주려던 비서가 움찔하며 물러섰다. 고개를 든 원석의 눈에 핏발이 가득 서 있었다. 살기를 품은 분노가 뿜어져 나왔다. 비서의 손을 밀어내고 원석은 자리에서 일어나 방을 나섰다.

과거의 관계로 얽힌 타인을 믿는 게 아니었다. 오직 믿을 사람은 자신의 유전자가 전달된 자식뿐이라는 것을 모르는 바가 아니었는데, 마음이 약해진 탓에 허튼짓을 벌인 것이다. 원석은 가족 외의 누구도 믿어서는 안 된다는 사실을 곱씹으며 헐벗은 숲을 빠져나갔다.

석훈은 모니터 화면에 시선을 두고 있었지만 좀처럼 집중이 되질 않았다. 초점이 자꾸 엇나갔다. 희뿌연 안개가 낀 것처럼 머리가 몽롱했다. 머리를 세차게 흔들어보았지만 소용이 없었다. 아침부터 지금까지 마신 커피만 일곱 잔, 하지만 각성 효과는 전혀 없었다.

마감이 내일인데 이런 상태가 지속되면 큰일이었다. 이번 건까지 만족시키지 못하면 편집장에게서 계약을 해지하자는 말이 나올 수도 있었다. 작품 의뢰가 점점 줄고 있는 상태에서 패션잡지 계약까지 해지되면 타격이 클 터였다.

이게 전부 그 여자 때문이었다. 고미도라는 여자가 다녀가고 나서 집은 쑥대밭이 되었다. 가장 큰 피해자는 아내 지영이었다. 아들 걱정에 아내는 제대로 먹지도 잠을 자지도 못해 점점 피폐해졌다. 집 밖에서 나는 작은 기척에도 기겁을 하고 놀랐고, 사람에 대한 경계심은 극도로 높아졌다.

감시당하고 있다는 피해의식이 깊어져 휴대폰은 물론 CCTV, 카메라 같은 렌즈를 가진 기기를 두려워하고 혐오했다. 카메라를 매개로 한 부부의 대화는 더 이상 불가능했다. 두 사람의 관계가 예전으로 돌아갈 수 없으리라는 절망이 석훈을 지배했다. 아들이 태어나면서 시작된 불행의 소용돌이는 블랙홀이 되어 모든 것을 집어삼키고 있었다.

이게 전부 그 여자 때문이었다. 정회마을 사람들 때문이다. 전생을 기억하는 아들 때문이다. 인증 없는 아이를 낳았기 때문이다. 석훈은 이 생각의 쳇바퀴를 벗어날 수가 없었다. 다만 쳇바퀴에 올라타 지칠 때까지 달리는 것이 그 누구도 아닌 자신이라는 것은 깨닫지 못했다. 석훈은 쳇바퀴를 멈추는 방법을 알지 못했다.

휴대폰 벨 소리가 울렸다. 낯선 번호였다. 잠시 망설이던 석훈은 결국 통화 버튼을 눌렀다. 중저음의 목소리를 가진 남자는 자신을 환생아기억보존국 관계자라고 소개했다.

아들과 관련된 일이라면 지긋지긋했다. B급 사진을 삭제하듯 어떤 시간을 지워버릴 수 있다면 얼마나 좋을까. 이런 상념에 빠져 무성의하게 전화를 받던 석훈은 감전된 것처럼 온몸을 떨었다. 남자가 모든

것을 원점으로 되돌릴 수 있는 방법에 대해 말하고 있었다. 석훈은
숨을 죽이고 전화기 너머 은밀한 목소리에 귀를 기울였다.

2장
악몽

언덕 위에서 한 남자가 웃으며 손을 흔들고 있다. 얼굴은 보이지 않지만 반가운 마음이 불쑥 치솟아 무작정 달려간다. 몇 걸음만 더 가면 누구인지 알 것 같은데, 갑자기 남자의 얼굴이 알아보기 힘들 정도로 흉측하게 일그러진다. 좀 더 가까이 다가가니 입에서 분수처럼 피가 솟구친다. 남자가 토해낸 피를 뒤집어쓴 채 온몸이 얼어붙은 것처럼 꼼짝도 하지 못한다.

남자가 온몸을 뒤틀며 고통스러워하지만 그저 지켜볼 수밖에 없다. 살려달라고 도와달라고 소리치고 싶지만 목소리가 나오질 않는다.

고개를 돌리자 여기저기 쓰러져 있는 사람들이 보인다. 검은 반점이 온몸을 뒤덮은 모습으로, 그들은 피를 토하면서도 손을 뻗어 도와달라고 한다. 끔찍한 광경에 몸서리가 나지만 눈조차 감기지 않는다. 감기지 않는 눈에서 짜디짠 눈물이 흐른다. 손을 들 수 없어 흐르는 눈물을 닦을 수도 없다.

고개를 마구 흔들고 다시 보니 사람들 모습이 보이질 않는다. 사람들이 몸부림치던 자리에서 시뻘건 불길이 솟아오르기 시작한다. 불길이 점점 거세어진다. 피해야 하는데, 도망쳐야 하는데 다리가 땅에 뿌리내린 듯 움직이지 않는다. 불길이 몸으로 옮겨 붙는다. 살이 타 들어가는 고통이 생생하지만 비명조차 지를 수 없다. 살이 타고 뼈가 녹아내린다.

아득히 먼 곳에서 누군가 절규하고 있다. 애타게 부르는 이름이 익숙하다. 누군가 자신의 이름을 부르며 울부짖고 있다. 아니다. 자신의 이름이 아니다. 분명 눈을 뜨고 있는데 시커먼 장막이 쳐진 듯, 눈앞이 깜깜하다. 대체 이곳은 어디일까.

"기환아! 기환아! 제발…… 기환아!"

지영이 아이를 품에 안고 울부짖었다.

뒤틀리는 몸을 결박하듯 끌어안은 지영의 품에서 아이의 발작이 서서히 잦아들기 시작했다.

한참 후에야 힘겹게 눈을 뜬 아이의 작은 몸이 축 늘어졌다. 지영은 아이의 가슴에 이마를 대고 흐느껴 울었다. 곁에서 어쩔 줄 몰라 하던 석훈이 겨우 손을 들어 아내의 어깨를 감쌌다.

과거의 기억 혹은 악몽에 시달리는 아이의 증세는 점점 더 심해졌다. 어둑한 새벽이면 어김없이 온몸을 뒤틀며 발작을 했고 소리 없는 비명을 질렀다.

지영은 아이의 곁에서 밤을 지새웠고, 발작이 시작되면 아이보다 더 고통스러워했다. 석훈은 아내를 쫓아 아이의 방을 찾았다가 끔찍한 상황을 목격했다. 더 이상 그의 입에서 유아 야경증이라는 단어는 나오지 않았다.

창문을 가린 커튼 사이로 푸르스름한 새벽빛이 새어 들었다. 송이가 골골골 소리를 내며 기환의 손에 제 머리를 비벼댔다. 아이는 조금도 반응하지 않았지만 송이는 계속해서 품을 파고들었다. 아주 먼 곳을 향했던 아이의 시선이 조금씩 돌아왔다.

잠시 후 아이가 송이의 머리를 가만히 쓰다듬었고, 지영은 깊은 안도의 한숨을 내쉬었다.

그것이 신호라도 되는 듯, 아이와 엄마는 서로를 마주 보며 희미하게 웃었다. 그 모습을 지켜보는 석훈은 참담한 기분을 곱씹었다. 모자의 인연으로 맺어진 두 사람의 관계는 틈 하나 없이 단단했다. 두 사람 사이에 자신의 자리는 없는 것 같았다. 견고하면서도 혼란스러운 현실. 그에게는 지금의 현실이 악몽이었다.

석훈은 지영에게 잠을 좀 자두라는 당부를 하고 트레이닝복 차림으로 집 밖에 나섰다. 새벽 공기를 마시며 달리면 정신이 좀 맑아졌다. 이런 상황에서 아버지라면 어떻게 했을까. 무엇을 어떻게 하는 것이 가족을 위한 최선일까. 이제는 스스로 답을 찾아야 할 때였다. 혼란을 극복하고 평범한 일상을 되찾는 일은 자신에게 달려 있었다.

석훈은 속도를 최대한으로 높여 달리기 시작했다. 숨이 턱 밑까지 차오르고 가슴이 터질 것 같았지만 개의치 않았다. 극한의 고통이 지나면 짜릿한 쾌감이 느껴졌다. 진즉에 아이에게 가르쳐야 했던 것은 이것일지도 몰랐다. 아직 늦지 않았다. 가쁘게 숨을 몰아쉬는 석훈의 얼굴이 기이하게 일그러졌다.

계단을 내려오면서 기환은 규칙적인 도마질 소리를 들었다. 주방에 서 있는 할머니의 뒷모습이 보였다. 기환이 다가가 치맛단을 당기자 할머니가 돌아보며 환하게 웃었다.

"조금만 기다려. 맛있는 밥 차려줄게. 아빠는 운동하러 나갔고, 엄마는 좀 전에 잠들었으니까 우리 둘이 오붓이 먹자."

오른손을 앞치마에 쓱쓱 문질러 닦은 할머니가 기환의 머리를 가만가만 쓰다듬어주었다. 말없이도 따뜻한 위로가 전해졌다. 기환의 마음이 순두부처럼 몽실몽실해졌다. 기환은 자신이 쓰다듬어주면 송이도 이런 마음을 느끼는지 궁금했다. 송이가 기환의 다리 사이를 오가며 야옹 울음소리를 냈다. 기환이 입 모양으로 야옹 소리를 흉내냈다. 그 모습을 보던 할머니가 미소를 머금고 말했다.

"우리 손주가 할머니, 하고 한 번만 불러주면 소원이 없겠네. 좀 더 크면 불러줄 거지?"

기환이 활짝 웃으며 고개를 끄덕였다. 한 번으로는 부족한 것 같아서 세 번 더 크게 끄덕였다. 언젠가는 그럴 수 있을 것 같았다.

사실 기환은 그 누구보다 간절히 말하고 싶었다. 다만 지금은 아니었다. 목을 쥐어틀어도 소리가 나오지 않았다. 차라리 그편이 나았다. 자신이 내뱉은 말은 꿈속의 불길처럼 활활 타올라 모든 것을 삼켜버릴지도 몰랐다. 삼킬 수만 있다면 배 속이 다 타버려도 삼키는 것이 더 낫다는 생각이었다. 고통스러운 생의 경험에서 나온 본능적인 선택이었다.

따뜻한 햇볕이 주방 창으로 쏟아졌다. 집 안에서 유일하게 암막커튼이 쳐지지 않은 곳, 덕분에 주방은 언제나 온기가 가득했다. 기환이 좋아하는 두부부침과 고사리나물을 사이에 두고 정숙과 기환이 마주 앉았다. 고요하고 평화로운 기운이 두 사람을 감쌌다.

기환은 작고 하얀 이로 음식을 오랫동안 꼭꼭 씹었다. 그 모습을 정숙은 흐뭇하게 바라보았다. 손자에 대한 애틋한 정은 날이 갈수록 깊어졌다. 모든 것을 주어도 아까울 것이 없었다. 정숙은 과거에서 온 아이, 전생을 기억하는 손자가 극진히 모셔야 할 손님처럼 느껴졌다. 자신에게 찾아온 작고 어린 손님은 생의 비밀이 담긴 중요한 서신을 품에 지니고 있을지도 몰랐다. 뭔가 전할 말이 있어 이곳까지 힘들게 찾아왔을지도 몰랐다. 험난한 여행길에 부르튼 손발을 깨끗이 씻겨주고, 맛있는 음식을 대접하는 것이 자신에게 주어진 역할이라는 생각이 들었다. 여기까지 생각이 미치자 웃음이 났다. 행복한 상상이었다. 정숙은 아이의 숟가락에 고사리나물을 올려주었다. 아이가 정숙을 마주 보며 활짝 웃었다.

기환이 마지막 숟가락을 뜰 때, 거친 숨소리를 내쉬며 석훈이 주방에 들어섰다. 격렬한 운동을 막 끝냈는지 얼굴이 땀범벅이었다. 공격적인 열기가 온몸에서 뿜어져 나왔다. 기환이 입으로 가져가려던 숟가락을 슬그머니 내려놓았다. 석훈은 아침상을 차리려는 정숙에게 괜찮다며 손사래를 치곤 기환에게 물었다.

"기환아, 오늘 아빠랑 밖에 놀러 가자. 날씨가 너무 좋아. 하늘이 예술이야!"

평소와 다르게 다정하게 말을 건네는 아빠의 모습이 아이는 낯설었다. 평소 잘 웃어주지도, 먼저 말을 건네는 법도 없던 아빠였다. 아빠와 함께 단둘이 시간을 보낸 적도 없었다. 아빠는 어렵고 불편하고 무서운 사람이었다. 어리둥절한 채 기환이 대답을 망설이는데, 정숙이 반색을 하며 좋아했다.

"그거 좋은 생각이네. 나도 애 바깥바람이라도 쐬어주고 싶은데 지영이가 너무 걱정을 하니까……. 기환아! 아빠랑 밖에 나가서 축구라도 하고 와, 응? 엄마 일어나면 할머니가 잘 얘기할게."

그렇잖아도 정숙은 어두운 집에서 종일 지내는 손자가 안쓰러워 마음이 아리던 차였다. 바깥에는 봄기운이 완연한데 아이는 꽃구경도, 사람 구경도 하지 못했다. 지은 죄도 없이 담장 안에 갇혀 지내는 아이가 애틋했지만, 딸의 걱정이 심해 내색하지 못했다. 부자간의 서먹한 관계도 내심 걱정이었다. 아이에게 냉랭하게 굴며 곁을 주지 않는 사위의 모습에 서운할 때가 한두 번이 아니었다. 혼자 고민을 쌓아가던 정숙은 때마침 사위가 건넨 한마디가 고맙고 반가웠다.

"멀리 갈 건 아니잖아. 집 근처에 있을 거지? 마스크로 가리면 사람들도 이상하게 쳐다보진 않을 거야. 기환아, 조금 답답해도 마스크 쓰고 나가, 응?"

선뜻 내키지는 않았지만, 기환은 시키는 대로 했다. 아빠를 따라가지 않으면 할머니가 실망할 것 같았다. 기환은 할머니가 입혀주는 대로 외출복으로 갈아입고 마스크를 착용했다. 할머니가 현관에서 따뜻하게 안아주었다. 재미있게 놀고 돌아오면 그때쯤 엄마도 깨어 있을 것이라고 했다. 엄마 걱정은 하지 말라는 뜻이었다. 긴장인지 설렘인지 알 수 없는 두근거림 때문에 심장이 터질 것 같았지만, 기환은 묵묵히 고개만 끄덕였다.

지난겨울 이후 집을 나서는 건 처음이었다. 기환은 집 밖을 나서자마자 하늘을 오래도록 올려다보았다. 새파란 하늘이 처음 보는 것처럼 생경했다. 아빠가 기환의 손을 마주 잡았다. 크고 단단한 손이었다. 높은 하늘에서 고개를 돌려 아빠를 바라보았다. 아빠는 지금껏 본 적 없는 환한 웃음을 짓고 있었다.

기환은 아빠의 손에 매달리다시피 하며 길을 걸었다. 손으로 전해지는 온기 덕분에 두려움은 씻은 듯이 사라졌다. 하루에도 몇 번씩 떠올라 마음을 힘들게 하던 이상한 기억과 불편한 느낌도 사라졌다.

우거진 나무들 사이로 햇빛이 반짝였다. 바람에 좋은 냄새가 묻어났다. 코를 쿵쿵대던 기환의 시선에 산책 중인 강아지가 들어왔다.

다가가서 쓰다듬고 싶었지만 강아지는 총총대며 바쁘게 세 갈 길만 갔다. 휴대폰에 코를 박고 있는 사람들이 무심하게 곁을 스쳐 지났다. 가로수 아래로는 솜털 같은 깃을 매단 민들레가 가득했다. 입으로 후 불어서 씨가 날아오르는 모습을 보고 싶었다.

기환은 아빠를 올려다보았다. 손을 맞잡은 아빠는 멈출 생각이 없어 보였다. 목적지가 분명한 발걸음이었다. 두근대던 마음이 무겁게 가라앉았다. 하지만 아빠의 기분을 망가뜨리고 싶지 않아 기환은 어른의 발걸음에 속도를 맞췄다.

큰 건물 앞에서 아빠가 우뚝 멈춰 섰다. 기환은 습관적으로 아빠의 기색을 살폈다. 집에서와 달리 어딘가 불편한 표정이었다. 걱정이 많은 것 같기도 했다. 멈춰 선 채로 잠시 생각에 잠겨 있던 아빠가 결심한 듯 건물 안으로 발걸음을 옮겼다. 기환을 당기는 손에 힘이 들어가 있었다. 어디에 가는 건지 궁금했지만 물어서는 안 될 것 같았다. 풍선처럼 부풀었던 마음에 피시식 바람 빠지는 소리가 들리는 듯했다.

비릿한 쇠 냄새가 흘러나오는 문 앞에 멈춰 섰다. 아빠가 기환을 돌아보며 말했다.

"기환아, 아빠랑 약속 하나 하자."

기환이 말간 눈으로 아빠를 쳐다보았다. 아빠는 '쫓기는 사람' 같았다. 그런 사람이 어떤 모습인지는 알 수 없지만 머릿속에 그런 말이 떠올랐다. 마주 잡은 손이 땀으로 끈적거렸다. 기환은 조금 슬퍼졌지만, 울지 않기 위해 입술을 앙다물었다.

"지금부터 하려는 일은 전부 다 너를 위해서야. 너랑 엄마를 위해서. 할 수 있지?"

무엇을 할 수 있어야 하는 걸까. 기환은 아빠의 질문을 이해하기 어려웠다. 하지만 아빠가 원하는 대답이 정해져 있다는 것은 알 수 있었다. 기환은 고개를 끄덕였다. 다짐하듯이 아빠도 고개를 끄덕였다.

문을 열고 들어가자 독특한 냄새가 코를 찔렀다. 동그래진 눈으로 주변을 둘러본 기환은 곧 이곳이 어디인지를 알 수 있었다. 누가 가르쳐주지 않아도 저절로 알게 되는 것들이 있었다. 기환에게는 그런 것이 많았다. 아빠가 기환을 데려온 곳은 치과였다.

일주일 전, 석훈 혼자 남은 사무실에 한 남자가 찾아왔다. 한 차례 통화를 했던 환생아기억보존국 윤태석 국장이었다.

텔레비전에서 몇 번 본 적은 있었지만 실제로 대면한 것은 처음이었다. 상대는 마치 오랫동안 알고 지낸 사람처럼 석훈을 대했다. 넥타이를 느슨하게 풀며 자리에 앉더니 윤태석 국장이 스스럼없이 말을 꺼냈다.

"석훈이라고 해야 하나, 석훈 씨라고 해야 하나. 우리 오래전에 몇 번 만난 적 있는데……. 그때 석훈 씨가 교복을 입고 있었으니까 아마 중학생이나 고등학생 그즈음이었을 것 같네. 우리 몇 번 식사도 같이 했었죠."

어렴풋이 기억이 날 것도 같았다. 아버지는 석훈을 데리고 다니길 좋아했다. 사석은 물론 공식적인 자리에도 데려가 사람들에게 인사를 시키곤 했다. 석훈은 아버지의 회사와 수많은 연회장을 놀이터처럼 드나들며 성장했다. 늘 바빴던 아버지가 아들과 보낼 수 있는 시간을 그런 식으로나마 챙겼다는 것은 성인이 되고 난 다음에야 알게 되었다. 덕분에 아버지의 일과 삶을 이해할 수 있어 석훈은 당시의 경험을 귀하게 생각했다.

석훈은 아버지가 환생아기억보존국 국장과의 친분에 대해서 그동안 한 번도 말한 적이 없다는 것이 의아했다. 어쩌면 서운하다는 것이 정확한 표현일지도 몰랐다. 하지만 아버지의 꼿꼿한 성정을 생각하면 이해하지 못할 바도 아니었다. 인맥을 따지거나 명망 있는 사람과의 친분을 내세우는 분이 아니었으니까. 가족 문제에 다른 사람을 끌어들이고 싶지 않았을 것이다.

석훈은 아버지와의 관계를 묻고 싶은 걸 애써 삼켰다. 그런데 윤태석 국장이 의외의 말을 꺼냈다.

"얼마 전에 아버님이 절 찾아왔습니다. 환생아인 손자 문제로 고민이 많으셨는지 아이를 당분간 해외로 보내는 것이 가능한지 물어보시더군요. 그런데 아시다시피 그건 현행법상 불가능하지 않습니까. 어떻게든 도와드리고 싶지만 불법을 묵인할 수는 없어서 힘들 것 같다고 말씀드렸는데……. 혹시 서운하게 느끼셨을까 봐 마음이 좋지 않았습니다. 아버님이 얘기하시던가요?"

당황스러웠다. 석훈은 아버지로부터 그와 비슷한 말조차 들어본 적이 없었다. 아버지는 누구보다 손자를 사랑하고 아끼는 분이었다. 그런데 아이를 외국으로 보낼 생각을 하셨다니, 도대체 왜? 더군다나 불법이라는 것을 뻔히 알면서도 방법을 알아보셨다니, 아버지답지 않은 행동이었다.

혹시 지영에게서 무슨 말을 들은 걸까. 손자의 일이라면 물불 가리지 않는 장모님이 부탁하신 걸까. 그것도 아니라면 가장으로서의 아들이 미덥지 못했던 것일까. 아들을 믿지 못해 당신 혼자 환생아기억보존국까지 찾아가 방법을 찾은 것일까. 석훈의 생각은 엉뚱한 곳으로 뻗쳐가기 시작했다.

"강 회장님이 찾아오시기 전에 제가 좀 더 신경을 썼어야 했는데……. 아이는 어떻습니까? 저도 계속 보고는 받고 있습니다만, 발화를 거부하는 것 외에 별다른 특이 사항은 없다고 알고 있는데……."

윤태석 국장은 할아버지보다는 아무래도 아버지가 아이의 상태를 더 정확히 알고 있을 거라 생각해 석훈을 찾아왔다고 했다. 석훈은 그 말 한마디가 고마웠다. 신뢰받고 있다는 생각이 들었고, 그에 대해 적절히 응답하고 싶었다. 아이에게 깊은 관심을 기울이고 있고 누구보다 걱정하고 있다는 것을 보여주고 싶었다. 심지어 상대는 환생아의 기억을 보존하고 관리하는 기관의 수장이 아니던가.

석훈은 새벽마다 소리 없이 울부짖으며 잠에서 깨는 아이의 상태를 상세하게 들려주었다. 몸이 어떻게 뒤틀리는지, 식은땀으로 잠옷

이 얼마나 젖는지, 검은 입을 벌린 채 초점이 맞지 않은 눈을 뜨는 모습이 어떤지를 마치 사진처럼 상세하게 묘사했다.

윤태석 국장은 심각한 표정으로 석훈의 이야기에 귀 기울였다. 상대가 진심으로 듣고 있다는 생각에 석훈의 말이 길어졌다. 석훈은 밤마다 잠 못 들고 아이 곁을 지키는 아내와 자신의 고통에 대해서도 털어놓았다. 인중 없는 아들로 인해 발생한 가정의 균열과 무기력한 자신의 심경에 대해서도 솔직히 고백했다. 아버지 앞에서는 한 번도 꺼내지 못했던 말들이었다.

윤태석 국장은 인중 없는 아이를 둔 대부분의 부모가 비슷한 혼란을 겪는다고 했다. 부모 상담도 함께 진행해야 했는데, 그 부분을 놓쳤다며 사과의 말도 전했다.

석훈은 윤태석 국장의 말에 위로받고 깊은 안도감을 느꼈다. 평범하지 않은 아들을 버거워하는 자신이 이상한 것이 아니었다. 감정이 격해진 석훈은 울컥하는 마음을 주체하기 힘들었다. 윤태석 국장은 석훈의 어깨를 다독이며 기다려주었다. 그리고 잠시 후, 조심스럽게 이야기를 꺼냈다.

"댁의 아이처럼 전생의 고통스러운 기억 때문에 힘겨워했던 환생 아들은 꾸준히 있었습니다. 혹시 기억하실지 모르겠습니다만, 전생에 자신을 살해한 범인을 잡았는데 물증도 없고 공소시효도 지나서 처벌하질 못했던 사건이 있었죠. 결국 그 아이는……."

석훈도 물론 기억하고 있었다. 결국 그 아이는 스무 살에 자살로 생을 마감했다. 사회적으로 큰 문제가 되었던 사건이었고, 환생아의 어머니는 환생아심리상담소를 설립해 지금도 활동을 하고 있었다. 이미 알고 있는 내용인데도, 석훈은 자신도 모르게 몸을 부르르 떨었다.

윤태석 국장이 말을 이어갔다.

"환생아의 부모와 함께 아이를 키운다는 마음으로 이 일을 하고 있는 저희 입장에서도 그런 사건이 벌어지면 큰 상처를 입습니다. 전생의 기억이라는 것이 현생에 좋지 않은 영향을 미칠 때 어떻게 해야 하는가에 대한 고민도 많고요."

석훈은 서늘한 긴장감에 정신이 번쩍 들었다. 전생의 기억 때문에 스스로 목숨을 끊은 환생아의 사례를 드는 것이 심상치 않았다. 도대체 무슨 이야기를 하려는 걸까. 석훈은 마른침을 삼키고 다음 말을 기다렸다.

하지만 윤태석 국장은 쉽게 입을 떼지 않았다. 다음 말을 꺼내도 될지 고민하는 모습이었다. 뭔가 하고 싶은 말씀이 있으신 것 같은데요, 석훈이 먼저 운을 떼자 윤태석 국장이 오해하지 말라는 단서를 붙인 후 말을 이어갔다.

"전생의 기억 때문에 고통스러워하는 아이를 위한 최선의 방법이 뭘까요? 환생아기억보존국 국장으로서 이런 말을 하는 것이 어떻게 들릴지 모르겠습니다만, 저는 기억을 지워주는 것이 최선일지도 모른다는 생각이 종종 듭니다."

석훈은 내심 탄성을 질렀다. 자신의 생각도 마찬가지였다. 지울 수만 있다면, 모든 것을 되돌릴 수만 있다면, 깨끗이 처음부터 다시 시작할 수만 있다면 얼마나 좋을까. 매일 기도하고 바랐던 한 가지가 그것이었다. 하지만 기억을 강제로 지울 방법은 없었다. 아이의 유치가 빠져 모든 기억이 사라질 때까지 기다리는 수밖에 없었다.

석훈의 생각을 읽기라도 한 듯 윤태석 국장이 환생아의 유치에 대해 언급했다.

"첫 유치가 흔들리다 자연스럽게 빠지면 환생아들의 전생에 대한 기억도 자연스럽게 사라지는 것은 분명한 사실입니다. 학계에 관련 논문이 수차례 발표되기도 했고요. 하지만 통계로 집계되지 않은 사례도 많습니다. 전생의 기억을 지우기 위해 강제 발치를 한 경우죠."

"강제 발치요? 그건 환생아보호법 위반이지 않습니까."

사실 석훈도 생각해보지 않았던 것은 아니었다. 새벽마다 소리 없는 비명을 지르며 깨는 아이를 볼 때마다, 아내가 아이를 끌어안고 우는 모습을 볼 때마다 아이 입 속의 저 작고 하얀 이를 모조리 뽑아버리고 싶다는 생각을 했다. 남에게 절대 들켜서는 안 될 위험한 생각이었다.

환생아기억보존국은 첫 상담에서 인증 없는 아이의 유치를 강제 발치할 경우, 아이가 뒤섞인 기억 속에서 평생 지낼 수도 있다며 경고했다. 그것으로 부족한지 강제 발치 후 부작용에 시달리는 아이의 영상까지 보여주었다. 영상 속 인증 없는 아이는 멍하니 침을 흘리며 앉아 있었다. 일종의 뇌사 상태와 비슷하다는 설명도 덧붙였다.

그런데 이런 것들을 누구보다 잘 아는 국장이 강제 발치를 입 밖에 내고 있었다. 석훈은 상대의 의중을 파악하지 못해 혼란스러웠다. 석훈은 떨리는 손을 숨긴 채, 상대의 다음 말을 기다렸다.

"위험한 일이라는 것은 누구보다 제가 잘 알고 있습니다. 아마 첫 상담에서 강제 발치를 한 아이의 사례를 영상으로 보기도 하셨을 겁니다. 사실 그보다 더 위험한 경우도 있었죠. 강제 발치 후 조현병과 정신분열에 시달리다가 자살로 생을 마감한 환생아도 있었으니까요. 하지만 사람들이 한 가지 모르고 있는 사실이 있습니다. 그게 뭔지 아십니까?"

윤태석 국장은 대답해보라는 듯 느긋한 자세로 의자에 등을 기대어 앉았다. 석훈은 조바심에 애가 닳았다. 상대가 의도한 대로 휘둘리고 있다는 생각이 들어 불쾌했지만 이대로 대화를 끝낼 수는 없었다. 끝을 알아야만 했다. 석훈이 답을 요구하자 윤태석 국장이 중요한 비밀을 말하듯 몸을 숙이며 속삭였다.

"가정환경에 따라 그 결과가 완전히 달랐다는 거죠. 어떤 이유에서든 강제로 발치하면 환생아가 혼란에 빠지는 것은 사실입니다. 하지만 안정된 환경에서 부모가 극진히 보살핀 아이들은 몇 년 내로 혼란에서 벗어나 여느 또래 아이들처럼 성장했습니다. 전생의 기억에 머물러 성장이 멈춰버린 아이들 대부분은 집안 형편이 어렵거나 가정 불화가 있었던 경우죠. 현생이 행복하지 않으니 전생에 머물러버리는 거죠. 이해가 되십니까?"

석훈은 알 것도, 모를 것도 같았다. 눈앞에 앉은 사람의 정체가 새삼스럽게 의심스러웠다. 하지만 상대는 여지를 주지 않았다.

"결국 부모하기 나름이라는 말입니다. 재력과 능력을 갖추고 있는 데다 부부 관계도 좋은 두 분이라면 누구보다 좋은 부모가 될 것을 믿어 의심치 않습니다. 그리고 오늘 말씀드린 정보는 대외비니 외부 발설은 자제 부탁드립니다. 부모 자격도 없는 사람들이 무분별하게 일을 벌일 수도 있으니까요."

윤태석 국장은 자리에서 일어나 석훈의 손을 맞잡았다. 평생 궂은 일은 해본 적 없는 희고 가느다란 손이었다. 석훈은 허리를 숙여 인사했다.

그가 떠나고 혼자 남은 석훈은 얼어붙은 듯 자리에 앉아 지금껏 나눈 이야기를 수없이 곱씹었다. 쉽게 선택할 수 있는 문제가 아니었다. 지영과 나눌 수 있는 고민도 아니었다. 결정하고 책임지는 것은 온전히 석훈 자신의 몫이었다. 아버지라는 이름이 갖는 책임감이 너무 무거웠다. 모두 다 포기하고 주저앉고 싶었다. 석훈은 머리를 쥐어뜯으며 있는 목이 쉬도록 소리를 질렀다. 좋은 부모 노릇 따위에는 관심 없었다. 다만 이 상황에서 벗어나고 싶었다. 간절한 바람은 그뿐이었다.

"기환아, 여기는 치과인데 아픈 이를 뽑거나 치료하는 곳이야. 처음 와보지?"

아빠가 어르는 말에 기환은 고개를 끄덕였다. 다정한 목소리로 말

을 걸어주어서 마음이 조금 놓였다. 낯선 환경과 낯선 사람들 때문에
가슴이 두근댔지만 괜찮았다. 할머니와 엄마, 송이가 보고 싶었지만
그것도 참을 수 있었다. 왠지 눈물이 날 것 같았지만 꾹 참았다.

"원래 6개월에 한 번씩 검사를 해야 하는데, 기환이 그동안 검사
한 번도 안 했잖아. 그래서 검사하려는 거야. 무서운 거 아니고 금방
끝나. 아빠가 옆에 계속 있을 거니까 걱정하지 마."

아빠가 마주 잡은 손에 힘을 주었다. 손이 으스러질 것처럼 아파
악, 입을 벌렸지만 마스크에 가려 있어서 아무도 알아차리질 못했다.

아빠가 누군가와 이야기를 나눴고, 낯선 남자가 기환에게 의자에
누워보라고 했다. 몸이 뒤로 젖혀졌고 얼굴 위로 조명이 쏟아졌다.

기환의 마스크를 벗긴 남자가 놀란 목소리로 아빠에게 화를 냈다.
두 사람 사이에 실랑이가 벌어졌다. 귀를 막고 싶었지만 참았다. 기
환은 아침에 먹었던 두부부침, 엄마의 따뜻한 눈길, 송이의 부드러운
털, 오는 길에 보았던 민들레 씨 같은 것들을 떠올렸다. 무슨 일이 벌
어질지는 몰라도 금방 끝날 것이라는 건 알고 있었다. 영원히 계속되
는 고통은 없었다. 참고 견디는 것은 익숙했다.

기환은 자신에게 벌어질 일을 담담하게 기다렸다. 하지만 아빠와
남자의 실랑이가 좀처럼 끝나질 않았다. 어른들 사이에 범죄, 책임,
기억 등의 단어가 수없이 오갔지만 이해하기 힘들었다. 아빠는 남자
에게 화를 내다가 부탁을 하며 빌고, 다시 화를 내길 반복했다. 결국
아빠가 이긴 모양이었다. 남자가 힘없는 목소리로 말했다.

"아저씨는 의사야. 의사 알지? 아저씨가 네 이를 빼려고 하는데, 어차피 새 이가 날 거니까 크게 문제는 없어. 이가 아직 흔들리지 않아서 조금 아플 텐데, 참을 수 있겠니? 잠깐이면 돼."

기환은 두 눈을 질끈 감았다. 덩달아 입도 꼭 다물어졌다. 엄마는 항상 기환에게 이를 소중히 다뤄야 한다고 했었다. 계단에서 넘어져 피가 나면 이부터 살폈다. 기환의 이를 닦아줄 때도 조심스러워했다. 그런데 갑자기 이를 뺀다고 하니 무서웠다. 아픈 것보다 엄마가 속상해할 것 같아서 걱정되었다. 곁에 바짝 붙어 선 아빠가 아까와는 달리 조금 무서운 목소리로 말했다.

"기환아, 마음속으로 열까지만 세. 그러면 전부 다 끝나 있을 거야. 계속 그렇게 고집 피우면 수면 마취해야 해. 강제로 재우는 거야. 너 잠드는 거 무서워하잖아. 그러니까 빨리 끝내자. 어서 입 벌려!"

다정한 아빠의 모습은 가짜였던 걸까. 어쩌면 또 꿈을 꾸고 있는 것일지도 몰랐다. 기환은 꿈과 현실이 자꾸 뒤섞이는 것만 같아 두려웠다. 어떨 때는 꿈이 너무 생생해 무서웠고 어떤 날은 현실이 꿈처럼 몽롱했다. 모든 것이 엉망진창이었다. 도망치고 싶지만 갈 곳이 없었다. 모든 것을 체념한 기환은 낯선 남자가 시키는 대로 입을 크게 벌렸다. 끝까지 참으려고 했는데 눈물이 뺨을 타고 흘러내렸다.

"기환아! 기환아!"

지금의 상황은 꿈이 분명했다. 꿈에서 자신을 부르는 목소리가 들려 기환은 안심했다. 엄마가 기환을 부르고 있었다. 눈을 뜨면 엄마가 꼭 안아줄 것만 같았다. 기환은 꼭 감았던 눈을 번쩍 떴다. 그런데 이상했다. 여전히 눈 부신 조명이 얼굴로 쏟아지고 있었다. 고개를 돌리자 기환에게 다가오려는 엄마를 아빠가 막아서고 있었다. 아빠에게 붙잡힌 채 엄마는 울부짖고 있었다.

"석훈아, 너 지금 무슨 짓을 하고 있는 거야. 도대체 왜 이러는 거야. 너 이러면 안 되잖아. 이러면 안 된다는 거, 너도 알잖아."

남자가 슬그머니 의자에서 일어섰다. 얼굴에 난감한 기색이 가득했다.

기환은 엄마에게 가고 싶었지만 그렇게 하면 아빠가 화를 낼 것 같아 망설여졌다. 아빠가 엄마에게 애원했다.

"기환이를 위해서도 이게 최선이야. 매일 밤 고통스러워하는 걸 계속 지켜만 볼 거야? 속수무책으로 시간이 가기만 기다릴 거냐고! 너도 힘들잖아. 너도 괴롭잖아. 그 지옥 같은 생활을 언제까지 계속할 거야. 나는 더 이상 못 해. 못 하겠어. 지영아, 제발. 우리 예전으로 돌아가자. 우리 행복했잖아. 애가 태어나기 전에는 진짜 행복했잖아."

기환은 그 자리에 얼어붙었다. 아빠가 자신이 태어나서 행복하지 않다고, 지옥 같다고 말하고 있었다. 엄마가 울고 아빠가 소리치는 것은 기환 자신 때문이었다. 태어나지 않았더라면 좋았을 텐데…….

그런 생각이 떠오르자 잠들어 있던 누군가가 서서히 깨어나는 것이 느껴졌다. 꿈에서만 느껴지던 그 사람은 가끔 현실에서도 제 모습을 드러내곤 했다. 기환이 마음의 가장 밑바닥에 내려가 웅크리고 숨자, 그가 솟구쳐 올라왔다. 그는 기환의 전생이었고, 기환은 그의 환생이었다.

한 시간 전, 옅은 잠에서 깨어난 지영은 평소 느끼지 못한 한기에 소름이 돋았다. 기환이 보이지 않아 찾았더니 엄마가 허둥대며 당황하는 모습을 보였다. 불길한 예감이 밀려들었다. 남편이 기환을 데리고 나갔다는 말을 듣자마자 휴대폰으로 남편의 위치부터 확인했다.

요즘 남편이 기환을 바라볼 때의 눈빛을 생각하면 무슨 일이 터져도 이상할 것이 없었다. 아이를 바라보는 남편의 눈빛에는 분명 살의가 깃들어 있었다. 엄마는 말도 안 되는 생각이라며 지영을 나무랐지만 분명한 진실이었다. 지영이 남편의 휴대전화에 위치추적 앱을 깔아놓은 것도 그 때문이었다.

실시간으로 위치를 확인하며 이곳까지 찾아오면서도 지영은 자신의 예감이 그릇된 것이길 간절히 바랐다. 지영은 여전히 남편을 사랑했다. 하지만 치과 의자 위에 누워 있는 아이와 그 앞에 버티고 선 남편을 목격한 순간, 그 사랑은 산산조각이 났다. 지영의 가슴에서 피가 철철 쏟아졌다.

"제발 그만 좀 해, 석훈아. 제발! 지금 우리 모습을 좀 봐. 이게 현실이야. 예전으로 돌아갈 수 없어. 석훈아, 기환이가 잘못되면 우리는 더 이상 행복할 수 없어. 너도 알잖아. 지금 이게 우리 현실이야. 피할 수 없는 현실이라고!"

석훈을 붙잡고 오열하던 지영은 그대로 주저앉고 말았다. 망연자실한 상태로 그 자리에 서 있던 석훈의 눈에서도 굵은 눈물이 떨어졌다. 모든 것을 바로잡기 위한 선택이었는데 오히려 더 엉망이 되고 말았다. 처참했다. 정신을 차린 석훈은 지영을 일으켜 세웠다. 그런데 자리에서 일어서던 지영이 비명을 질렀다.

"기환이! 기환이가 없어. 기환이 어디 갔어? 석훈아! 기환이가 사라졌어!"

아이가 누워 있던 의자가 텅 비어 있었다. 멀찍이 서 있던 의사는 모르는 일이라며 고개를 가로저었다. 안내 데스크의 간호사가 쭈뼛거리며 말했다. 전화를 받는 중에 문이 열렸다 닫히는 것을 보았다고. 아이의 뒷모습을 본 것 같기도 한데 정확하지는 않다고.

그사이 치과로 들어온 사람은 없었다. 아이 혼자 병원을 나갔을 것이라는 추측이 가능했다. 바닥에 아이가 썼던 마스크가 아무렇게나 떨어져 있었다.

인중 없는 아이는 어디서건 눈에 띌 것이었다. 아무런 보호막도 없이 아이는 위험에 노출되었다. 몸을 가누지 못하는 지영을 의자에 앉힌 뒤 석훈은 휴대폰부터 열었다. 손발이 덜덜 떨렸다. 어디에 먼저 연락해야 할지 누구에게 도움을 청해야 할지 아무 생각도 나지 않았다.

지영 역시 주머니부터 더듬었다. 아이가 집으로 돌아갈지도 모르니, 엄마에게 연락을 해야 했다. 그런데 휴대폰이 사라졌다.

휴대폰……. 지영은 석훈과 실랑이를 벌이던 중에 휴대폰이 떨어졌던 것이 기억났다. 그러다 불현듯 의자에서 일어난 아이가 바닥에서 휴대폰을 집어 드는 모습을 본 것 같았다. 경황이 없어 착각한 것인지도 모르지만 그렇게 믿고 싶었다. 아이가 휴대폰을 들고 병원 밖으로 나간 것이 분명했다.

그렇다면 차라리 다행이었다. 기환은 기억을 천형처럼 짊어진 아이였다. 아이답지 않은 아이였다. 깊은 눈으로 진실을 꿰뚫어 보는 아이였다. 아이는 부모가 안전하지 않다는 판단을 했을 것이다. 어쩌면 아이는 자신을 도와줄 수 있는 사람을 찾아 나설지도 몰랐다. 그런데 누구에게 도움을 청할 수 있을까. 어린아이가 아닌, 전생을 기억하는 기환이라면…….

그 생각과 동시에 지영의 머릿속에 단 한 사람이 떠올랐다. 고미도. 그 여자라면 아이를 도와줄 수 있을지도 몰랐다. 휴대폰에는 고미도의 번호가 저장돼 있었다. 기환이라면 번호를 찾아낼 것이다. 고미도 역시 기환의 기억이 자신에게 도움이 된다면, 무슨 수를 써서라도 아이를 지킬 것이다.

지금 아이에게는 세상이 두려워 숨으려는 엄마보다 세상과 맞서 싸우려는 그 여자가 더 필요할지도 몰랐다. 가슴이 칼로 도려내지는 것 같았다. 뜨거운 통증에 가슴을 움켜쥐며 지영은 눈을 감았다.

3장
귀향

"불구속수사면 어떻게 되는 거야? 정 변호사님은 뭐라고 하셔? 우리도 뭔가 대비를 해야 하는 거 아냐? 강압수사 뭐 그런 것도 대응해야 하고. 사무실 자료 전부 백업해놓긴 했는데 그걸로 충분할까? 지난번처럼 그렇게 넋 놓고 있다가 또 당할 수는 없잖아."

승윤은 지치지도 않고 같은 말을 되풀이했다. 귀에서 피가 날 지경이었다. 미도는 안간힘을 다해 터져 나오려는 욕을 목구멍으로 꾹꾹 밀어 넣었다. 구속수사를 받는 동안 승윤 혼자 동동거리며 궂은일을 다 처리했다는 걸 알고 있으니 인간 된 도리로 참아냈다. 미도는 최대한 친절하게 말하려고 애썼다.

"승윤아, 내가 어제도 말했지만 강압수사 같은 건 없었다니까. 모두 다 적법한 절차로 이뤄진 거고 지금으로서는 검찰이 소환하면 가서 열심히 조사받는 것밖에는 할 수 있는 게 없어. 그러니까 제발 좀 조용히. 한 시간, 아니 십 분 정도 침묵한다고 해서 입에 가시가 돋진 않겠지?"

승윤은 꿀꺽 침을 삼켰다. 아직 하고 싶은 말은 많았지만, 미도가 무섭게 웃고 있어 참았다. 파충류 아니랄까 봐 냉정하기는. 피도 초록색일 거야 분명히. 얼마나 걱정을 했는데. 승윤은 입을 꾹 다문 채 웅얼웅얼 혼잣말을 했다.

미도는 환생아보호법 위반으로 검찰 조사를 받았지만, 환생아기억보존국의 고소 취하로 상황은 싱겁게 끝이 났다. 부모가 처벌을 원하지 않는다는 것이 고소 취하의 이유였다. 불법촬영과 유포 등에 대해서는 불구속수사가 결정되어 법원의 판단을 기다리는 수밖에 없었다. 이렇게 흘러가다 보니 사람들의 관심은 빠르게 식었고, 사건은 어물쩍하게 덮였다.

병원 복도를 걸으며 미도는 깊은 생각에 잠겼다. 이 상황이 어딘가 이상하고 미심쩍었다. 형식적인 검찰 수사를 받을 때부터 느꼈던 불편한 감정이 좀처럼 가시질 않았다. 생선 가시가 목에 걸렸을 때의 이물감 같은 것이었다. 뱉어낼 수도 삼킬 수도 없어 불편했다. 이물감의 정확한 실체를 알아내야 문제가 해결될 것 같은데 단서를 찾기가 쉽지 않았다.

미도의 곁에서 걷던 승윤이 누군가를 보고 활짝 웃었다. 제니였다. 병실에서 나오던 제니도 승윤을 발견하곤 환하게 웃으며 달려왔다. 몸에 맞지 않는 환자복이 제멋대로 펄럭였다. 삼촌! 제니가 승윤에게 폭 안겼다. 승윤이 제니를 번쩍 안아 올리자 아이가 까르륵 웃음을 터뜨렸다. 병원 복도에 아이의 웃음소리가 햇살처럼 퍼졌다. 미도와 눈이 마주친 제니가 눈을 초승달로 만들며 웃었다.

"안녕하세요. 엄마가 목이 마르다고 해서 물 떠가려고 나왔어요. 잠깐만요."

아이가 물병을 들고 종종종 정수기로 달려갔다. 따뜻한 눈길로 아이의 동선을 쫓으며 승윤이 말했다.

"제니는 내일쯤 퇴원해도 될 것 같대. 이것저것 검사받고 치료받고 하느라 힘들었을 텐데도 얼마나 잘 버텨주던지. 거기다가 이제는 엄마 보호자 노릇까지 한다니까. 기특해 죽겠어. 어떨 때는 나보다도 더 어른 같아. 아무래도 환생아라서 그런가."

그놈의 환생아 타령. 목구멍에 밀어 넣은 욕이 속에서 발효되어 부글부글 끓었다. 아이가 어른처럼 구는 건 기특한 일이 아니라 안쓰러운 일이었다. 어려운 환경에 적응하느라 어리광보다 눈치가 먼저 느는 아이는 환생아가 아니라도 부지기수로 많았다. 어떤 경계심도 없이 호의를 누리고 철없이 굴 수 있는 것은 선택된 사람들만 누릴 수 있는 특권이었다.

이런 생각들이 거친 욕과 뒤섞여 입 밖으로 튀어나오려고 했다. 미도는 입을 틀어막으며 병실로 들어갔다. 다행히 그 모습을 보지 못하고 승윤은 제니의 어깨를 감싸 안은 채 그 뒤를 따라갔다.

6인실 창가 침대에 누워 있던 타니사가 미도를 알아보고 반갑게 손을 흔들었다. 표정은 밝았지만 움직임은 예전보다도 힘겨워 보였다.

미도가 예상했던 대로, 타니사는 중금속 중독으로 인한 다발성 말초신경병증 진단을 받았다. 회사는 위험한 중금속을 다루면서 관련 교육도 하지 않고 보호 장비도 제공하지 않은 것이 드러났다. 산재 신청은 별다른 저항 없이 진행되었고, 판정도 어렵지 않을 것으로 전망되었다.

하지만 하반신이 마비된 타니사는 다시는 일어서지도, 걷지도 못할 것이다. 미도는 무슨 말을 어떻게 꺼내야 할지 알 수 없었다. 타니사가 모국어로 말을 건넸고, 제니가 자연스럽게 통역 노릇을 했다.

"엄마가 선생님한테 진짜 감사하대요. 퇴원하면 맛있는 음식 대접하고 싶다고, 우리 집에 꼭 한번 놀러 오시래요."

모녀는 걱정 하나 없는 사람처럼 해사한 표정을 지었다. 미도는 웃어야 할지 울어야 할지 헷갈려 얼굴이 일그러뜨렸다. 옆에 선 승윤이 미도의 옆구리를 툭 치며 대신 말했다.

"당연히 가야지. 엄마한테 삼촌이 매일 찾아갈지도 모른다고 전해 줘. 나중에 삼촌한테 예쁜 여자 친구 생기면, 여자 친구도 데려갈 거야. 알았지?"

싱거운 농담에 제니가 목젖을 보이며 웃었다. 딸의 머리를 쓰다듬던 타니사도 웃었다. 웃음은 전염성이 강해 병실 안의 환자들과 보호자들의 얼굴도 덩달아 환해졌다. 뻣뻣한 얼굴로 굳어 있는 건 미도뿐이었다. 혹시 평생 서지도 걷지도 못한다는 것을 전해 듣지 못한 것은 아닐까, 얄팍한 연민에 젖은 의료진이 어설픈 희망을 안겨준 것은 아닐까, 문득 의심이 들었다. 확인을 해야 직성이 풀릴 것 같았다. 결국 참지 못하고 미도가 물었다.

"제니, 엄마가 다시는 못 걷는 거 알고 있지?"

"야, 고미도!"

승윤이 미도의 손목을 잡으며 그만하라는 신호를 보냈다. 하지만 속에서 끓어오르다 펑 터져버린 말들은 주워 담기 힘들었다.

"엄마는 이제 일도 못 할 거야. 평생 앉아 있거나 상태가 나빠지면 누워 지낼지도 몰라. 제니랑 놀이공원도 못 가고 학교에서 운동회를 해도 엄마는 못 가. 그러니까 울고 싶으면 울어도 돼. 억지로 웃을 필요 없어."

승윤이 한숨을 쉬며 창밖으로 시선을 돌렸다. 영문을 모르는 타니사는 미도와 승윤, 딸의 얼굴만 번갈아 보았다. 제니의 표정은 변화가 없었다. 물끄러미 미도를 바라보던 제니가 대답했다.

"엄마가 살아 있잖아요. 죽을 수도 있었는데 좋은 사람들이 도와줘서 살아 있잖아요. 그런데 왜 울어요? 의사 선생님이 휠체어 타면 된다고 했어요. 그럼 나랑 같이 학교도 가고 산책도 가고 놀이공원도 갈 수 있어요."

제니가 또박또박 자신의 생각을 전했다. 아이가 '오' 발음을 할 때마다 인중의 수술 자국이 희미하게 드러났다. 유럽에서는 인중을 천사의 손길이라고 한다지. 배 속의 아이들이 세상으로 나갈 때 천사가 입술 위에 '쉿'하며 손가락을 올려놓았기 때문에 생긴 것이라고. 천사들은 무얼 숨겨야 했던 걸까. 발설해서는 안 될 천상의 비밀은 무엇일까. 수술 자국을 보며 두서없는 생각들을 떠올리던 미도가 느닷없이 물었다.

"사는 게 좋아? 재밌어? 너 인중 없는 아이였던 건 알아? 기억나?"

"기억은 안 나는데 엄마가 얘기해줬어요. 인도에서 태어났고 많이 가난했고…… 음, 또 아팠대요. 그래서 일찍 죽었다고."

이렇게 된 이상 미도는 자신의 말을 통제하길 포기했다. 이런 때가 있었다. 끝내는 스스로를 경멸하게 될 것을 알면서도 끝까지 가야지만 직성이 풀리는. 지금이 바로 그때였다.

"그때도 많이 아프고 힘들었을 텐데, 또 그렇게 사는 게 억울하지 않아?"

제니가 고개를 갸웃했다. 아이의 얼굴 위로 물음표가 떠올랐다. 잠시 생각하던 아이는 천천히 대답을 이어갔다.

"다시 태어나서 우리 엄마 만났잖아요. 그런데 왜 억울해요? 엄마를 못 만났으면, 그게 더 억울할 것 같은데……. 선생님, 저 걱정하시는 거죠? 괜찮아요. 이제는 안 아파요. 힘든 것도 없어요. 엄마는 좀 힘든 것 같아요. 엄마가 이번 생에는 많이 못 놀았대요. 어릴 때부터 일하느라고 힘들었대요. 그래서 엄마한테 다음에는 친구로 만나자고 했어요. 친구로 만나면 같이 매일매일 놀아야지. 저는 꼭 다시 태어나서 우리 엄마 또 만나고 싶어요."

아이가 엄마의 손을 꼭 잡자, 엄마가 아이의 얼굴에 얼굴을 맞대며 웃었다. 모녀는 거울을 마주 보는 것처럼 닮아 있었다.

작은 목소리로 엄마와 이야기 나누던 아이가 미도를 돌아보았다.

"선생님은 맨날 바쁘고 힘들고 걱정 많고 그래서 웃지도 못하고……. 선생님도 다음엔 내 친구로 태어나요. 그럼 진짜 재미있겠다. 우리 꼭 다시 만나요!"

미도는 자신이 제어할 수 없는 뭔가가 또다시 터져 나올 것 같아 얼른 고개를 숙였다. 마땅히 시선을 둘 곳이 없어 제 발끝만 내려다보았다. 흰 운동화가 먼지에 얼룩져 더러웠다. 이렇게 더러워지도록 왜 몰랐을까. 때 묻은 신발이 미도는 새삼 부끄러웠다.

거센 빗줄기가 유리창을 때렸다.

보호자 대기실의 딱딱한 의자 끝에 미도는 겨우 엉덩이를 걸친 채 드러눕다시피 앉아 있었다. 승윤이 종이컵을 내밀었다. 믹스커피였다. 두 사람은 쏟아지는 빗줄기를 보며 커피를 마셨다. 별다른 말이 필요하지 않았다. 고요하고 평화로운 시간이었다.

"이런 날은 파전에 막걸리지. 어때?"

승윤이 술잔을 꺾는 흉내를 냈다. 미도 역시 비슷한 생각을 하던 차였다. 미도가 대답을 하려는데, 휴대폰 벨 소리가 울렸다.

휴대폰에 뜬 이름을 확인한 승윤이 벙긋거리다 미도가 인상을 구기는 걸 보고는 얼른 입을 다물었다. 전화를 걸어온 사람은 한지영이었다. 잠시 고민하던 미도가 통화 버튼을 눌렀다. 여보세요. 전화기 너머에서는 아무 소리도 나지 않았다. 여보세요. 전화를 걸었으면 말씀을 하셔야죠. 짜증 섞인 목소리로 재촉했지만 이번에도 상대는 침묵했다. 지금 뭐 하자는 거야. 미도가 전화를 끊으려는 순간 전화기 너머에서 목소리가 들렸다.

"집에 가고 싶어."

어린아이의 목소리였다. 그 아이다! 미도는 직감적으로 알았다. 인중 없는 아이, 한지영의 아들 기환이 미도에게 연락을 한 것이다. 그런데 아이의 목소리가 심상치 않았다. 다른 누구도 아닌 자신에게 전화를 한 것을 보면, 무슨 일이 벌어진 게 분명했다.

승윤의 걱정을 뒤로하고 미도는 차를 몰아 기환이 있는 곳으로 달려갔다. 아이는 자신이 있는 위치를 사진으로 찍어 미도에게 전송했다. 아이가 찍은 사진 속 상가 건물에 공인중개소 사무실이 있었다.

그곳에 전화를 걸어 위치를 확인하고 나서 미도는 최고 속도로 차를 몰아 달렸다. 한지영의 집에서도 제법 먼 곳이었다. 아이가 왜 이곳에 혼자 있는 것인지 짐작조차 되지 않았다. 어쩌면 혼자가 아닐 수도 있었다. 지난겨울에 벌어졌던 일처럼 누군가에게 납치되어 있을지도 몰랐다. 그런데 왜 하필 자신에게 전화를 건 걸까. 온갖 상상과 물음이 꼬리를 물고 떠올랐지만, 일단 아이를 찾는 것이 시급했다.

30여 분을 달려 미도는 기환이 보낸 사진 속의 거리에 도착했다. 길가에 차를 세워두고 전화를 걸었지만, 신호만 갈 뿐 받지 않았다.

빗줄기는 아까보다 거세어져 땅으로 내리꽂듯 쏟아지고 있었다. 급하게 뛰어나오느라 우산도 챙기지 못했지만 아이부터 찾아야 했다.

쏟아지는 비를 고스란히 맞으며 아이가 보낸 사진과 똑같은 구도가 나올 만한 곳을 찾아다녔다. 한참을 헤맨 끝에 미도는 건물과 건물 사이의 좁은 골목을 발견했다. 그곳에 아이가 모로 쓰러져 있었다.

미도는 서둘러 아이의 상태부터 확인했다. 열이 조금 있었지만 심박수와 호흡은 정상이었다. 입고 있던 점퍼를 벗어 아이에게 두른 다음 차로 데려가 뒷좌석에 조심스럽게 눕혔다.

다시 운전대를 잡은 미도는 머리를 굴려 상황을 파악했다. 인증 없는 아이가 왜 이곳에 혼자 있는 것일까. 엄마의 휴대폰을 쥐고 있는 걸 보면, 직전까지 가족과 함께 있었다는 것인데…….

이 아이와 연관된 문제로 검찰 조사를 받고 있는 와중에 자신이 저 아이를 데리고 있는 것은 위험했다. 더군다나 아이의 상태도 문제였다. 병원으로 가는 게 우선일지도 몰랐다. 무슨 일인지 정확히 알 수는 없지만, 한지영도 아들을 찾고 있을 것이 분명했다.

하지만 아이가 제 의지로 미도에게 전화를 했고, 분명한 목소리로 집에 가고 싶다고 말했다. 그렇다면 아이가 가고 싶은 집은 한지영이 있는 집은 아닐 것이다. 미도와 아이의 공통점은 단 하나, 고향이었다.

잠시 갈등하던 미도는 내비게이션에 익숙한 주소를 찍었다. 정회 마을에서 미연 언니가 혼자 머무는 집 주소였다.

주소를 찍고 나서도 미도는 운전대만 잡은 채 한참을 망설였다. 하지만 가야 했다. 이윽고 결심한 듯 액셀러레이터에 발을 올렸다. 이 길 끝에 무엇이 나올지는 알 수 없었지만, 일단 가보는 수밖에 없었다.

이마에 닿는 선뜻한 기운에 기환은 번쩍 눈을 떴다. 걱정스러운 표정으로 한 여자가 기환을 내려다보고 있었다. 꿈과 현실을 구분하는 것이 쉽지 않은 기환은 멍한 시선으로 여자를 바라보았다. 꿈속에서 자주 보았던 사람인 것도 같았고, 현실에서 만났던 사람인 것도 같았다. 아니 어쩌면 처음 보는 사람일 수도 있었다.

기환은 처음 보는 사람에게서도 알고 지낸 것 같은 기시감을 느낄 때가 많았다. 꿈과 현실, 과거와 현재가 뚜렷이 분리되지 않은 채로 모두 연결되어 있었다. 기환은 시간과 공간이 커다란 하나의 덩어리처럼 느껴질 때가 많았다.

"괜······찮아? 아픈 데는 없······어?"

불분명한 발음에 떨리는 쇳소리, 불편하게 뒤틀린 손.

그제야 기환은 상대가 누구인지를 알아차렸다. 그렇지만 어떻게 된 일인지 얼른 이해가 되질 않아 당황스러웠다. 치과에서 바닥에 떨어져 있던 엄마의 휴대폰을 들고 도망쳤던 것까지는 기억이 선명했다. 어디로 가야 할지 알 수가 없어 무작정 걸었는데 그 뒤로는 잘 기억이 나질 않았다. 어둑한 골목, 갑작스럽게 쏟아지던 빗줄기, 휙휙 지나가던 풍경 같은 게 텔레비전 화면 속 장면처럼 떠오르긴 했지만 명확하지 않았다. 방문이 벌컥 열렸다.

"일어났네. 밥부터 먹자. 얼른 나와. 언니도 같이 먹을 거지?"

집을 찾아와 자신을 다그쳤던 사람, 엄마를 울게 하고 아빠를 화나게 한 사람, 텔레비전에 나온 그 사람이었다. 그제야 기환은 단편적으로 떠오르던 이미지를 연결할 수 있었다.

건물과 건물 사이에 담배꽁초가 수북이 쌓여 있는 공간이 있었다. 어둑하게 그늘이 져 사람들의 눈길이 닿지 않을 것 같았다. 그곳에 쪼그려 앉아 멍하니 지나는 사람들의 발을 구경했다. 한참을 그러고 있는데 빗방울이 똑똑 떨어지기 시작했다. 하늘이 새까매졌고 빗줄기는 금세 굵어졌다. 누군가에게 도움을 청해야 했다.

떠오르는 사람은 단 한 사람뿐이었다. 꿈속에서 몇 번이나 보았던 사람이었다. 다행히 엄마의 휴대전화 속에 그 사람의 번호가 저장되어 있었다. 휴대전화 너머로 목소리가 들렸지만 무슨 말을 어떻게 해야 할지 알 수 없었다. 다만 집에 돌아가고 싶었다. 이 힘든 여정을 그만 끝내고 싶었다. 서러운 울음에 목이 메었다. 그 후의 기억은 또 흐릿했지만 짐작할 수 있었다. 고향에 돌아온 것이다.

밥상 앞에 세 사람이 마주 앉았다.

갓 지어 김이 나는 밥에 된장찌개, 김치, 깻잎장아찌, 멸치볶음, 두부부침, 상추쌈이 차려져 있었다. 미도가 제집처럼 부엌과 거실을 오가며 수저와 물을 내왔다.

기환의 눈치를 살피던 미연이 아이 입맛에 맞는 것이 없다며 공연히 걱정을 늘어놓았다. 컵에 물을 담아 건네면서 미도가 삐딱하게 아이를 보았다.

"여기는 배달도 안 되는데……. 너 혹시 부잣집 아드님이라 입맛이 까다롭고 막 그래?"

눈만 동그랗게 뜨고 있던 기환이 얼른 고개를 저었다. 배가 고픈 줄도 몰랐는데 밥상 앞에 앉으니 맹렬한 허기가 돌았다. 배 속에서 천둥소리도 울렸다. 하지만 불편한 마음이 가시지 않아 머뭇대는데 미연이 숟가락으로 밥을 크게 뜬 다음 멸치볶음을 올려 기환에게 내밀었다.

기환은 슬그머니 손을 올려 숟가락을 건네받았다. 그것이 신호라도 된 듯 세 사람의 조용한 저녁 식사가 시작되었다. 기환은 이 상황이 익숙하다는 느낌을 받았지만, 그 때문에 불안해지진 않았다. 일렁이던 마음은 저절로 조용히 가라앉았다.

"언니, 텃밭에 가지도 많이 자랐더라. 내일 아침에는 가지볶음 해 먹자. 언니 농사 실력이 일취월장이야. 농사꾼이 다 됐어."

미도가 이런저런 말을 건네면 미연은 별다른 말 없이 가만히 웃기만 했다. 다그치지 않고, 화내지 않고, 흥분하지 않는 미도의 목소리는 낮고 차분했다. 그 목소리에 기환도 가만히 귀를 기울였다.

"텃밭에서 작물이 자라기 시작한 게 2년 정도 된 거지? 땅이 조금씩 회복되는 것 같아. 봄이면 개구리 울음소리도 들리고 여름이면 매미 소리도 들리고. 이것도 작년부터인 거잖아. 그치? 나도 서울 생활

정리하고 내려올까 봐. 어떻게 생각해? 웃지만 말고 대답 좀 해봐. 미연 언니, 그렇게 보살 미소만 짓지 말고. 응?"

미도가 말하고 미연이 간간이 맞장구치는 대화는 밥상을 물리고 잠자리를 준비하면서도 끊어지지 않았다. 기환이 있다는 것도 크게 개의치 않는 눈치였다.

"언니, 기억나? 우리 사이에서 대장 노릇 했던 홍당무 오빠. 그 오빠가 왜 홍당무였지?"

"얼……굴이 빨개서 맨날 뛰어다……니니까 얼굴이 늘 빨갰어."

"그랬구나. 맞아. 진짜 날다람쥐처럼 잘 뛰어다녔어. 나도 꼬맹이 때는 무지 쫓아다녔는데. 언니, 기억나? 한밤중에 우리 집 뒷마당에 모여서 귀신 놀이하다가 뒷산에 올라갔던 거. 앞이 깜깜해서 막 구르고 넘어지고 야단법석이었잖아."

"맞아. 위……험했어. 너도 다쳤……잖아."

"내가 다친 게 아니라 우리 오빠가 다쳤지. 나보다 힘도 약하고 깡다구도 없으면서 길 찾는다고 앞장서다가 넘어져서 무릎 다 깨지고. 내가 그때부터 아, 내 살길은 내가 찾아야겠구나, 세상에 믿을 놈 하나 없다, 깨우쳤다니까."

두 사람이 나지막하게 웃었다. 이불 속에 누운 기환의 입가에도 웃음이 걸렸다. 이불 속에 나란히 누운 채로 두 사람은 오래도록 어린 시절의 추억을 나눴다. 속삭이는 목소리와 웃음이 마치 자장가 같았다. 기환은 오랜만에 꿈 없는 깊은 잠으로 빠져들었다.

4장
균열

집 안 공기가 차갑게 얼어붙었다. 석훈은 서재로 들어가 틀어박혀서는 밖으로 나오지 않았다. 지영에게 위급했던 상황을 전해 듣자마자 정숙은 그 자리에 쓰러지고 말았다. 엄마를 방으로 모시고 가면서 지영은 제 마음을 남의 것처럼 들여다보았다. 두렵거나 불안하지 않았다. 울음이 터지지도 않았다. 최악의 상황을 피했다는 안도감과 아이는 무사할 것이라는 확신이 가득했다. 납치사건이 벌어졌을 때와는 달리 아이와 자신 사이에 연결된 끈이 선명하게 느껴졌다. 아이가 그 끈을 통해 생존 신호를 보내고 있었다. 누구에게도 설명할 수 없는, 둘의 관계에서만 해석 가능한 모스부호였다.

아들의 연락을 받고 원석이 한달음에 찾아왔다. 석훈은 아버지를 보자 눈물부터 터뜨렸다. 뒤늦게야 자신이 저지른 일이 무엇인지를 깨닫고 그대로 무너졌다. 기환은 자신을 용서하지 않을 것이고, 지영과 자신의 관계도 돌이킬 수 없다는 뼈아픈 자각이 뒤따랐다. 석훈은 아버지의 얼굴이 일그러지는 것을 참혹하게 바라보았다.

"어떻게 된 거야. 강제로 아이의 이를 빼려고 했다니. 도대체 왜?"

부모로부터 강제 발치를 당한 환생아들의 사연은 뉴스를 통해 꾸준히 보도되었다. 기억이 뒤섞여 혼란 속에 갇혀버린 아이, 환시와 환청 증세를 보이는 아이, 전생과 현생을 구분하지 못해 정신분열을 일으킨 아이, 그 사례는 셀 수 없이 많았다. 환생아 등록신고를 한 뒤 가장 먼저 안내받은 것도 바로 이것이었다. 인증 없는 아이의 유치를 함부로 만지지 말 것. 그런데 다른 누구도 아닌 환생아의 아버지가, 내 아들이 그런 어리석은 일을 저질렀다니 원석은 도무지 이해할 수가 없었다.

"네가 아무 이유도 없이 그러진 않았을 거다. 그건 차차 얘기하도록 하고 우선은 아이부터 찾아야지. 이렇게 넋을 놓고 있을 게 아니라 환생아기억보존국에 신고……."

휴대폰을 열어 번호를 찾으려는데 석훈이 원석의 손을 잡았다. 먼저 해야 할 말이 있었다. 석훈은 일주일 전의 만남에 대해서 말문을 열었다. 강제 발치를 해도 안정된 환경에서 자라면 건강하게 성장할 수 있다며 자신을 종용한 사람이 있었다고. 자신은 그 말을 진심으로 믿었다며, 석훈은 울음 섞인 목소리로 털어놓았다.

원석은 아들이 그 말을 믿은 것이 아니라, 믿고 싶었을 뿐이라는 것을 알지만 더 이상 캐묻진 않았다. 다만 그런 허튼소리로 아들을 시험한 사람의 정체를 알고 싶었다. 그런데 생각지도 못했던 사람의 이름이 아들의 입에서 나왔다.

"환생아기억보존국 윤태석 국장이었어요. 아버지가 찾아왔을 때 도움을 드리지 못한 것 같아서 죄송하다며, 내부 정보라는 단서를 달고 이 이야기를 했어요. 아버지…… 다른 누구도 아닌, 환생아기억보존국 국장의 말인데…… 아버지의 지인이기도 한 사람이 저한테 거짓말을 할 리는 없잖아요."

원석은 눈앞이 순간 까매졌다. 커다란 쇠망치로 뒤통수를 가격당한 것 같았다. 아무 생각도 떠오르지 않았다. 도대체 왜? 자신을 모욕한 것으로도 모자라 아들을 조종해 손자를 위험에 빠트리다니……. 이건 그냥 넘어갈 수 있는 사안이 아니었다. 도저히 용서할 수 없었다. 불같은 분노가 심장을 달궜다. 열이 치밀어올라 머리가 깨질 듯이 아팠다.

이마를 짚으며 쓰러지는 원석을 아들과 며느리가 부축해 소파에 앉혔다. 석훈이 주치의를 부르겠다며 전화기를 들고 우왕좌왕하는 사이, 지영이 시아버지 원석의 손을 잡아주었다. 최악의 상황이 벌어진 것은 아니니까 너무 걱정 마시라고, 아이는 길을 잃어버린 부모를 대신해 길을 찾고 있을 것이라고 안심시켰다.

하지만 며느리가 건네는 말은 원석의 불안을 더욱 부채질했다. 여러 번의 악재가 겹치면서 며느리가 온전한 판단을 하지 못하게 된 것이 분명했다. 세상 사람들이 모두 아는 인중 없는 아이가 길거리를 헤매고 있는데 안심하라니. 걱정을 하지 말라니. 그동안 아들에게만 맡겨둔 것이 문제였다. 더 많이 챙기고 자주 살폈어야 했는데, 방심한 잘못이 컸다.

원석은 무릎을 짚고 일어나 서재로 들어가며 석훈을 불렀다. 원석은 먼저 아들에게 사설 경호시설에 아이의 추적을 맡기라고 일렀다. 지난번처럼 일을 크게 벌여서는 안 되는 상황이었다. 이번 사건은 가족 외 누구에게도 알려져서는 안 되었다. 더구나 상대해야 하는 사람은 위험했다. 윤태석. 그자는 야망이 큰 사람이었다. 목적을 위해서라면 수단을 가리지 않는 부류였다. 그와는 삼십 년을 알고 지냈다. 윤태석은 원석 자신과 가장 닮은 사람이었다.

아들에게 몇 번이나 당부한 후 원석은 집을 나섰다. 당장 처리해야 할 일이 있었다. 다만 주체할 수 없는 분노로 생길 불길이 결코 가족에게 튀어서는 안 되었다.

집으로 돌아온 원석은 곧장 윤태석에게 전화를 걸었다. 신호는 갔지만 받질 않았다. 의도적으로 회피하는 게 분명했다. 원석은 다시 전화를 걸었다. 역시 받지 않았다. 원석은 포기하지 않고 같은 행동을 반복했다. 전화를 걸고, 또 걸었다. 열아홉 번째, 상대가 전화를 받았다.

짜증을 채 지워내지 못한 윤태석 국장의 목소리가 휴대전화 너머에서 들려왔다. 인사말 따위는 생략한 채 원석은 자신의 아들을 만나

손자의 강제 발치를 사주한 것이 사실인지부터 확인했다. 잠시 두 사람 사이에 무거운 침묵이 흘렀다. 강 회장님, 힘을 주어 원석을 부른 윤태석 국장이 단어 하나하나에 힘을 주어 말했다.

"댁의 아드님이 저한테 사주받았다고 말하던가요? 아드님이 저의 귀한 정보 제공을 사주로 알아들을 정도로 머리가 나쁜 줄은 몰랐습니다. 아, 생각해보니 예전에도 아드님의 공부 머리가 강 회장님을 닮지 않았다는 말씀을 하셨던 게 떠오르네요. 공부가 안되니 예체능을 시켜보려고 한다고, 뭐 그런 말씀을 하셨던 것 같네요. 사진작가라고 하던데, 그럼 성공한 건가요?"

윤태석 국장은 원석의 가족을 노골적으로 경멸하고 있었다. 비웃고 조롱하고 있었다. 원석의 온몸이 부들부들 떨렸다. 눈앞에 칼이 있다면 그를 찌를 수 있을 정도로 시퍼런 분노가 원석의 눈에 이글거렸다. 그런데 그게 끝이 아니었다. 그의 새빨간 혀가 또 한 번 원석을 휘감았다.

"강 회장님, 회장님의 귀한 손자가 정수사료공장을 언급한 이상, 안전할 수 없다는 건 알고 계시지 않습니까. 그래서 회장님도 저한테 찾아오셨던 거고요. 외국으로 보낼 생각을 한 것도 그 때문 아닙니까? 솔직히 회장님도 인증 없는 아이의 기억이 두렵잖아요. 안 그렇습니까? 혹시 아드님이 환생아의 기억을 지울 좋은 기회를 놓쳐서 화가 나신 건 아닌지 잘 생각해보세요."

통화는 일방적으로 끊겼다. 원석은 휴대폰을 집어던져 산산조각을

낸 뒤 손에 잡히는 대로 던지고 발길질을 했다. 가족사진이 담긴 액자가 깨지며 유리 파편이 얼굴에 튀었지만 고통조차도 느끼지 못했다. 제어할 수 없는 분노가 자신을 집어삼키는 것도 알지 못한 채 원석은 그 불길 속에서 길길이 날뛰었다.

짓밟아도 시원치 않은 벌레 같은 놈이 스멀스멀 기어오르고 있었다. 그가 눈앞에 있다면 두 손으로 목을 조르고 싶었다. 발로 밟아 짓이기고 싶었다. 손이 닿는 곳에 있는 모든 것이 부서지고 깨지고 망가질 때까지 원석은 날뛰고 발악했다.

원석은 처참한 폐허 더미 위에서 오열했다. 불같은 분노가 사그라들자 잿더미로 변해버린 현실이 보였다. 아들 석훈이 제 자식을 큰 위험에 처하게 했다. 천형처럼 전생의 기억을 껴안은 손자는 어디에 있는지도 알 수가 없었다. 자신의 전부인 가족이 위기에 내몰렸다. 무슨 일이 있어도 가족은 지켜야 했다. 이렇게 무너지게 둘 수는 없었다.

병실 창문으로 희부옇게 날이 밝아왔다. 소파에 기대 있던 지영은 무거운 몸을 일으켰다. 머리가 깨어질 듯 아팠다. 밤새 한숨도 자지 못한 탓이다.

간호사가 들어와 정숙의 체온과 맥박을 체크했다. 다행히 정상 수치였다. 아이가 사라졌다는 소식을 듣고 쓰러진 정숙은 밤늦게까지 일어나지 못했다. 물 한 모금 넘기지 못할 정도였다. 구역질을 하고,

맥박이 떨어지면서 상태는 급격히 나빠졌다. 구급차를 타고 병원에 온 것이 새벽 두 시의 일이었다.

세계 최초의 이종장기이식 생존자, 원바이오 강원석 회장의 사돈인 정숙의 응급실행에 의료진들이 분주하게 오갔다. VIP 병실로 옮겨 극진한 의료 서비스를 받은 덕분에 정숙은 빠르게 안정을 되찾았다.

밤새 지영과 함께 어머니 곁을 지키던 석훈은 새벽같이 병실을 나섰다. 지영에게 어떻게든 기환을 찾아오겠다는 말을 남긴 채였다.

대책 없이 나서는 석훈을 지켜보며 지영도 착잡하기는 마찬가지였다. 쫓기는 사람처럼 불안해하는 석훈이 안쓰러웠지만, 아무 말도 하지 않았다. 한동안은 남편과 거리를 두고 움직일 생각이었다.

"엄마, 나 잠시 집에 다녀올게. 새벽에 급히 오느라 아무것도 못 챙겨 왔거든. 참, 나 휴대폰을 잃어버린 것 같아. 혹시 급하게 연락할 일 있으면 석훈 씨한테 전화해. 금방 다녀올게."

정숙은 겨우 고개만 끄덕였다. 그녀도 기환이 걱정돼 다른 생각은 할 여유도 없었다. 아이가 어디서 무슨 일을 겪고 있는지도 모르는데, 자신은 몸 하나 추스르지 못해 누워 있는 것이 기가 막혔다. 만약 아이에게 무슨 일이 생긴다면, 정숙도 더 이상 구차하게 살고 싶지 않았다.

서둘러 병원을 빠져나와 지영은 택시에 올랐다. 석훈이 돌아오기 전에 빨리 가서 확인해야 했다. 고미도 직업환경의학연구소. 어쩌면 그곳에 기환이 있을지도 몰랐다. 지영은 두 손을 움켜쥐고 자신의 생각이 틀리지 않았길 간절히 기도했다. 분주한 도심을 택시가 빠르게 가로질렀다.

"미도 지금 여기 없어요. 그 아이, 그러니까 댁의 아드님 전화를 받고 나간 건 맞고요. 저도 걱정이 돼서 계속 연락을 했는데, 전화를 안 받아요. 고미도가 가끔 이렇게 잠적을 할 때가 있거든요. 다른 사람 걱정하는 건 생각도 안 하고, 지가 뭔가 속이 뒤틀리거나 생각할 일이 생기면 전화 딱 끊고 잠적. 그 성질머리 아시잖아요. 아주 못돼 처먹어가지고. 이번에도 그런 것 같아요. 그런데 진짜 무슨 일이에요? 미도 말로는 전화로 그 아이가 말을 했대요. 뭐라더라. 집에 가고 싶다고 했다던가? 어! 그럼 정회마을에 간 건가? 둘이 같이?"

승윤은 연구소를 찾아온 지영에게 그동안 벌어진 일을 시시콜콜 털어놓았다. 자신도 궁금한 게 많았다며 외려 그녀를 붙잡고 놓아주지 않을 기세였다.

지영은 마음 깊은 곳에서부터 안도했다. 예상대로 기환은 미도에게 연락을 했고, 둘은 지금 함께 있는 것이 분명했다. 어디를 가든, 잠적을 하든 상관없었다. 아이는 무사했다. 그것 하나면 충분했다.

긴장이 풀리자 마음속 단단한 벽이 와르르 무너졌다. 지영은 그 자리에 무너져 속절없이 흐느꼈다. 어쩔 줄 몰라 허둥대는 승윤을 붙잡고 지영은 서러운 마음을 모두 쏟아내었다. 지영의 울음소리는 거칠고 시끄러운 골목의 소음에 금세 묻혔다.

진한 커피 한 잔이 놓여 있는 식탁에 석훈은 혼자 앉았다. 집 안의 모든 불은 꺼졌다. 유일하게 켜놓은 것은 식탁 위를 밝히는 펜던트 조명뿐이다. 붉은 조명 빛이 석훈의 얼굴에 짙은 그늘을 만들었다. 사람의 기척이 느껴지지 않는 집 안에는 무거운 적막만 가득했다. 어디에 숨었는지 송이도 보이질 않았다.

기환이 종적을 감춘 지 나흘이 지났다. 아이의 두 번째 실종으로 가족은 회복이 어려울 정도로 무너졌다. 기력을 회복하지 못한 장모는 계속 병원에 머물고 있었다. 의료진은 마음의 병이 겹친 것 같다고 조심스럽게 진단했다. 아버지에겐 설명할 수 없는 거리감이 느껴졌다. 통화 시간은 짧아지고, 통화 간격은 길어졌다. 지영은 엄마의 병간호를 핑계로 병원에만 머물렀다. 석훈이 없을 때만 집에 다녀가는 것을 보면, 마주치는 것을 일부러 피하는 게 분명했다.

석훈은 두려웠다. 가족 모두 침묵함으로써 자신을 비난하고 있었다. 조금은 억울했다. 변명할 기회조차 주지 않고 외면하는 그들이 원망스러웠다. 그중에서도 가장 자신을 아프게 하는 사람은 아내였다. 아내만큼은 자신을 이해해주길 바랐다. 냉정하게 등을 돌리는 대신, 자신을 마주 보고 안아주길 바랐다. 하지만 아내는 자신을 피했고, 심지어 속이기까지 했다. 컵을 쥔 석훈의 손이 부들부들 떨렸다.

아이가 사라진 다음 날, 석훈은 아내의 휴대폰이 없어졌다는 사실을 알게 되었다. 아내는 경황이 없는 와중에 잃어버렸다고 했지만 이상할 정도로 태연했다. 휴대폰에는 수만 장의 사진과 수백 개의 연락

처가 저장되어 있었다. 개인정보 유출에 민감한 아내의 성격으로 봐서는 이해하기 어려운 태도였다.

그뿐만이 아니었다. 아들이 실종된 상황인데도 예전과 다르게 지나치게 침착했다. 아내는 눈에 띄는 동요 없이 쓰러진 엄마를 돌보고, 불안해하는 시아버지를 위로했다. 아버지는 아내의 비정상적인 심리상태를 걱정했지만, 석훈은 그와는 다른 문제임을 직감했다.

사설 경호업체에 아들을 찾아줄 것을 부탁하면서 동시에 아내의 휴대전화 통화목록과 위치추적을 의뢰했던 것도 그 때문이었다. 의뢰한 지 하루 만에 경호업체 관계자가 아내의 휴대전화 통화목록을 가져왔다. 놀랍게도 휴대폰의 마지막 발신자는 고미도, 마지막으로 위치가 확인된 곳은 정회마을이었다.

석훈은 단번에 상황을 파악했다. 아이는 제 엄마의 휴대폰을 쥐고 달아났고, 고미도에게 연락을 했으며, 현재 정회마을에 머물고 있었다. 그리고 이 모든 사실을 아내는 알고 있었다.

아내가 자신을 배신했다. 자신의 행동을 비난하기 위해 아이를 숨기고 있었다. 심지어 아이가 함께 있는 사람은 가족을 협박하고 위험에 빠트렸던 사람이다. 돌이켜보면 지금의 상황도 그 여자에게서 비롯된 것이나 마찬가지였다. 자신 역시 피해자일 뿐이었다.

아내가 가족을 위험에 빠트린 사람과 손을 잡고 작당을 했다. 자신을 무너뜨리기 위해, 위험에 빠지는 것을 보기 위해. 그 이유는 단 하나였다. 인증 없는 아이, 아들을 자신보다 더 사랑하기 때문이었다.

배신감에 치가 떨렸다. 석훈은 손에 쥔 컵을 있는 힘껏 바닥으로 내던졌다. 바닥에 떨어진 컵이 산산이 조각났다. 검은 커피가 핏자국처럼 바닥에 얼룩졌다.

5장

퍼즐

 칠흑 같은 밤, 오가는 차가 거의 없어 도로는 적막하기만 했다. 정회마을이 있는 산정군에서 양북군까지는 자동차로 두 시간 남짓한 거리. 전조등에 의지해 시커먼 어둠 속을 달리다 보니, 미도는 꿈과 현실의 경계에 있는 듯 이상한 기분이 들었다.

 홍당무 오빠의 전화를 받고 찾아가는 길이었다. 늦은 저녁, 미도에게 연락해온 홍당무 오빠는 얼마 전 공장이 임시휴업에 들어갔다는 소식을 전했다. 미도가 유튜브에 영상을 공개한 후, 장수식품에 언론의 관심이 쏟아졌지만 곧 사그라들었다. 그런데 최근 갑작스럽게 임시휴업이 결정됐고, 직원들은 일방적으로 통보를 받았다고 했다.

 "공장 기계 노후화로 정기점검을 한다고 하더라고. 며칠이면 끝난다고. 월급도 그대로 나온대. 처음에는 얼씨구나 했지. 생각지도 못했던 유급휴가니까 얼마나 좋아. 근데 네가 했던 말도 있고 해서 마음

편히 놀지는 못하겠더라고. 경비 아저씨랑 친하니까 점심도 사드리고 하면서 상황을 좀 지켜봤지. 그런데 공장 내부에서 식자재를 전부 폐기하고 있다는 소문이 들리더라. 기계를 점검하는 게 아니라 식자재를 폐기하다니. 미도야, 이거 뭔가 이상한 거 맞지? 아무래도 네가 와보는 게 좋을 것 같아."

상황이 급박하게 돌아가고 있었다. 도대체 뭘 숨기려고 이런 일을 벌이는 것일까. 당장 찾아가서 뭐든 들어줘어야 했다. 문제는 인증 없는 아이, 기환이었다. 미연 언니와 아이 두 사람만 남겨두는 것이 불안했지만 어쩔 도리가 없었다.

정회마을에 돌아온 다음 날 오후, 휴대폰을 켜자 득달같이 승윤의 전화가 걸려왔다. 아이 엄마가 사무실에 다녀갔다고 했다. 심지어 그 여자는 미도에게 아이를 잠시 부탁한다는 말까지 남겼다는 것이다. 느닷없이 인증 없는 아이의 보호자 노릇을 떠맡은 셈이었다. 하지만 지난번 일에 대한 일말의 책임도 있고 해서, 모른 척할 수가 없었다.

아이는 차려주는 밥을 맛있게 잘 먹고, 텃밭에 나가 일을 돕기도 하고, 잠자리 투정도 하지 않고 잘 잤다. 엄마를 찾지도, 돌아가고 싶다는 내색을 하지도 않았다. 다행히 미연 언니도 아이를 귀찮아하거나 버거워하지 않았다. 오히려 마음을 쓰고 챙길 사람이 있어 활력이 도는 것 같았다. 둘 사이에는 편안한 침묵이 가득했다. 아마도 정회마을 사람의 환생이어서…….

이런 생각을 떠올릴 무렵 목적지에 도착했다는 내비게이션의 안내가 흘러나왔다.

공장 입구에서 조금 떨어진 곳에 차를 세운 미도는 휴대폰 불빛에 의지해 길을 더듬어나갔다. 새소리도, 풀벌레 소리도 들리지 않았다. 지나친 적막 탓에 어둠이 더욱 짙게 느껴졌다.

한 걸음, 한 걸음 조심스럽게 나아가는데 누군가 미도의 어깨를 툭 쳤다. 홍당무 오빠였다. 아는 사람의 얼굴을 보니 미도는 조금 긴장이 놓였다. 소리 내지 않고 눈인사를 나눈 두 사람은 공장을 향해 조심조심 발걸음을 옮겼다.

홍당무 오빠의 말대로 경비실은 비어 있었다. 생산라인이 멈춰 있는 동안 야간 경비가 필요 없어 인력을 줄이겠다는 일방적인 통보를 받았다며, 친하게 지내는 경비원이 불만을 털어놓았다고 했다. 얘기가 길어지면서 시시콜콜한 불만까지 쏟아져 나왔다. 경비원들이 화장실을 이용하기 위해 공장을 드나드는 문이 따로 있는데, 그 문이 고장 났는데도 고쳐주지 않고 방치해두고 있다는 것이었다.

경비원이 말했던 것처럼 문은 잠겨 있지 않았다. 손잡이가 헛돌았다. 두 사람은 공장 안으로 들어갔다. 홍당무 오빠가 손전등을 들고 앞장섰다. 공장 내부 역시 커다란 창고 같았다.

생산라인에는 용도를 알 수 없는 커다란 기계와 컨베이어 벨트가 줄지어 서 있었다. 대부분의 직원들이 이곳에서 일한다고 했다.

생산라인을 지나 물류창고로 방향을 잡고 앞장서 걷던 오빠가 문을 열고 들어서다 헉, 숨을 들이마셨다. 수백 평 규모의 창고가 텅 비어 있었다. 그곳에는 아무것도 없었다. 어떤 흔적도 남아 있지 않았다. 예상치 못한 건 미도 역시 마찬가지였다.

"어떻게 된 거야? 공장 휴업한 지 3일밖에 안 됐다며!"

"미치겠다, 진짜. 이렇게 싹 다 처분했을 거라고는 생각도 못 했어. 트럭이 계속 드나드는 걸 보긴 했는데, 이렇게 빨리 치울 줄은 몰랐어."

그 고깃덩어리에는 분명 뭔가가 있었다. 타니사의 말에 따르면 유통기한이 없는 단백질 덩어리라고 했다. 무더위에도 상하지 않아서 냉장고가 없는 빈민가 사람들도 먹을 수 있다고. 그 때문에 방부제로 사용되는 식품첨가물에 대해서도 알아보았지만, 유통기한 없는 가공육을 만드는 것은 불가능했다.

"생산라인에서 일하시는 분들이 이상한 식품첨가물을 쓴다든가 약품을 쓴다든가 그런 이야기 하는 거 들어본 적 진짜 없어? 일하는 분들 중에 원인을 알 수 없는 질병에 시달리거나 하는 분도 없고?"

"없다니까. 몇 번을 얘기해. 진짜 없어. 너도 지난번에 여기서 일하는 사람들 만나봤잖아. 작업 환경이 나쁜 곳은 아니라니까."

미도는 안갯속을 헤매는 기분이었다. 답답하고 막막했다. 이렇게 서둘러 처분한 것은 회사 입장에서도 거리끼는 것이 있기 때문이었다. 아무래도 본사를 캐봐야 하는 건가, 생각을 하며 창고를 둘러보다가 문득 이상한 점을 발견했다. 미도가 고개를 갸웃대며 물었다.

"그런데 여기 왜 냉동창고는 없어? 생육을 보관하려면 냉동창고가

있어야 하는 거 아니야? 다른 것들이야 일반 물류창고에 보관한다고
해도."

홍당무 오빠가 대수롭지 않다는 듯이 대답했다.

"생육은 거의 매일 가지고 오니까."

"매일? 어디서 가져오는데?"

"글쎄…… 그것까지는 내가 모르겠는데."

"그걸 왜 몰라?"

"나는 그냥 물류창고 관리만 한다니까. 그리고 누가 고깃덩어리 원
산지까지 파악하면서 일을 하냐. 어디 대규모 축산농가나 축협 같은
데랑 계약이 되어 있나 보지."

"그게 무슨 말이야. 동네 정육점에도 냉동창고가 있는데 생육을 취
급하는 공장에 그런 시설이 없다는 게 말이 돼?"

"그게…… 내가 본사에서 나온 사람들 얘기하는 거 슬쩍 들어봤는
데, 이게 수익이 거의 안 남는대. 엄청 싸게 수출한다잖아. 사료 가격
이나 비슷하다 하더라고."

미도의 입에서 거친 욕이 튀어나왔다. 사람이 먹는 음식이었다. 사
료 같은 음식을 먹어도 되는 사람은 없었다.

그런데, 사료라고? 그 단어를 듣자 퍼뜩 떠오른 것이 있었다. 미도
는 머릿속을 헤집었다. 장수식품의 전신인 정수사료공장에 대해 찾
아봤던 기사가 떠올랐다.

23여 년 전, 구제역 발생 이후 정수사료공장에 대한 조사가 진행되

었지만, 특별한 문제는 발견되지 않았다. 축산농가의 신뢰를 잃은 정수사료공장은 폐업했고, 상황은 일단락되었다. 당시의 기사 내용은 정부의 발표 그대로였다. 그런데 조금 다른 결의 기획 기사가 있었다. 식육으로 개발된 분홍 돼지들의 생애를 쓴 기사였다. 비위생적인 사육환경에서 같은 종, 즉 돼지고기를 갈아 만든 사료를 먹음으로써 살을 찌워야 하는 식육 돼지의 비극을 담담히 서술하고 있었다.

내용은 다소 충격적이었지만, 가볍게 읽고 지나쳤던 기사였다. 그러나 지금 생각해보니 그 기사엔 단서로 삼을 만한 게 몇 가지 있었다. 왜 지금껏 그걸 생각하지 못했을까.

"홍당무 오빠, 혹시 정수사료공장에서 생산하던 사료의 원자재도 돼지고기였어? 그러니까 원자재는 그대로인데 사료공장에서 식품회사로 이름만 바꾼 거야? 맞아?"

"나, 나는 모르지. 난 그냥 월급 받고 내가 할 일만 했지. 다른 건 몰라."

분명 홍당무 오빠는 당황하고 있었다. 미도의 시선을 피하는 것도 수상했다. 어린 시절 함께 어울려 놀 때도 얕은수를 쓰다가 미도에게 걸린 적이 한두 번이 아니었다. 미도가 매서운 시선으로 몰아붙이자 홍당무 오빠가 깊은 한숨을 내쉬며 말을 꺼냈다.

"나는 진짜 아무것도 몰라. 근데…… 아휴, 이걸 말해도 될지 어떨지 모르겠네."

미도가 참다못해 버럭 소리를 질렀다. 결국 홍당무 오빠는 기어들어가는 목소리로 입을 열었다.

"오래전 일인데, 국수가게 장사가 안돼서 엄마가 엄청 힘들었던 적이 있거든. 그때 내가 운반하던 생육을 조금 빼돌린 적이 있었어. 많이는 아니고, 10킬로그램짜리로 포장되어 있는 거……. 진짜야! 딱 한 덩어리였어. 돈으로 쳐도 얼마 안 돼. 외상값도 많이 밀렸다고 해서 만두소로라도 쓰면 어떨까 해서……."

지금 이 상황에 예전의 일을 꺼내서 어쩌겠다는 건가. 회사에서 식자재를 폐기한다는 소문이 돌 때, 수상함을 감지했을 때, 미도에게 연락하기 전에, 그때 증거물을 챙겨두지 않은 아둔함이 미도는 답답할 뿐이었다. 홍당무 오빠는 변명하듯 중얼중얼 말을 이어갔다.

"그런데 엄마가 그걸 보자마자 갖다 버리더라고. 처음엔 내 행동이 탐탁지 않아서 그런 줄 알았는데, 엄마가 그러더라고. 전에도 이런 도장이 찍힌 고깃덩어리를 본 적이 있다고."

"그게 무슨 소리야?"

홍당무 오빠가 머뭇대며 미도의 눈치를 살폈다.

"그러니까…… 아버지가 다니던 공장에서 가져온 건데……. 정확히는 우리 아버지가 아니라 너희 아버지 말이야. 영배 아저씨가 가져온 거라고……."

아버지라는 말에 미도는 심장이 철렁 내려앉았다. 외면하고 싶었던, 듣고 싶지 않았던 아버지와 다시 맞닥뜨리게 되었다. 가난하고 무지했던 아버지. 삶의 돌부리에 걸려 수없이 넘어졌고, 피를 토하며 집 마당에 쓰러져 비루한 생을 끝낸 사람. 사랑하고 싶었지만 끝내 사랑할 수 없었던 아버지의 이야기를 뜻밖에도 홍당무 오빠가 하고 있었다.

"구제역 파동 있고 얼마 지나지 않아서 정수사료공장이 폐업했잖아. 그때 우리 아버지도 그렇고 영배 아저씨도 퇴직금은커녕 몇 달치 월급도 못 받은 상태였대. 우리 집은 땅도 있고 농사도 지으니까 그나마 괜찮은데, 너희 집은 좀 힘들었나 봐."

듣고 싶지 않은 이야기였다. 미도는 이를 악물었다. 마당에 쌓여 있던 술병과 담배꽁초가 눈에 어른거렸고, 반복되던 아버지의 신세 한탄이 귓가에 맴도는 것만 같았다.

"어느 날 며칠 동안 술만 마시던 영배 아저씨가 새벽같이 차를 몰고 집을 나간 적이 있었대. 우리 부모님은 아무래도 무슨 일 나겠다며 종일 걱정했는데, 저녁에 아저씨가 멀쩡한 얼굴로 술 한잔하자면서 우리 집에 찾아왔더래. 그런데 신문지에 뭔가를 둘둘 말아 와서 뭔가 싶어 보니까 돼지고기 한 덩이더라는 거야. 근데 그걸 보고는 우리 아버지가 기겁을 하면서 이거 공장에서 몰래 빼온 거 아니냐고, 그리고 돼지 사료로 쓰는 걸 누구 먹으라고 가져온 거냐고, 하면서 화를 내시고 두 분이 크게 싸우셨다는 거야."

미도가 떨리는 목소리로 되물었다.

"그게 공장에서 가져온 건지 어떻게 알아? 아버지가 일해서 번 돈으로 사 왔을 수도 있잖아."

"아버지가 갖다 버리라며 던진 고기에 도장이 찍혀 있었대. 사육

돼지에 찍는 도장 있잖아. 그걸 보고 알았다고 하더라고. 아버지는 돼지 냄새가 몸에 배는 걸 싫어하셔서 집에 오면 소주를 부어서 손을 씻을 정도로 예민해서 더 싫으셨나 봐. 아버지가 워낙 유난을 떠니까 엄마도 유심히 보셨던 모양이야. 그래서 아직까지 기억을 하고 계셨던 거고."

"그럼 정수사료공장에서 생산한 돼지 사료랑 장수식품 가공육에 사용되는 생육이 같은 거라는 말이야?"

"그게 추측하자면 그럴 수도 있는데 정확한 건 아니고……. 야! 그러니까 가난한 나라에 싸게 팔았다잖아. 먹고 살기 힘든 사람들, 그거라도 먹고 살아야지. 세상 사람 전부 다 어떻게 좋은 것만 먹고 사냐! 안 그래? 다 형편껏 사는 거지."

제발! 비명이 터져 나올 것 같았다. 직업환경의학 전문의로 일하면서 미도가 만난 사람들도 같은 말을 했다. 어떻게 모두가 다 안전한 환경에서 일할 수 있냐. 비용이 얼마인데, 이런 일 하겠다고 나서는 사람들이 얼마나 많은 줄 아냐. 아가씨는 많이 배워서 모르겠지만, 이렇게 위험하고 더러운 일을 하는 사람들이 있어야 세상이 돌아가는 거다. 똑같은 말을 정회마을의 골목대장, 볼이 빨개지도록 산과 들을 뛰어다니던 홍당무 오빠가 하고 있었다. 끔찍했다.

처참한 현실은 그것으로 끝이 아니었다. 미도의 불길한 예감이 사실로 드러났다. 정회마을의 비극에 아버지가 관여하고 있다는 끔찍한 예감이었다.

정수사료공장이 폐업한 뒤 먹고 살길이 막막해진 아버지가 공장에서 불법으로 식자재를 빼돌렸다. 그리고 아마도…… 아마도 미도의 대학 입학을 축하하는 마을잔치에서 아버지는 그 고깃덩어리를 사용했을 것이다. 오래 두어도 상하지 않는, 싼값의 고깃덩어리를.

한 달이 다 되도록 계속되었다는 마을잔치에서 사람들은 미도의 창창한 미래를 축하하며 마을 사람들과 음식을 나누었을 것이다. 당장 닥쳐올 자신들의 미래는 예감하지 못한 채, 마을의 자랑인 미도의 보이지도 않는 먼 미래를 마냥 축하했을 것이다. 그런 자리에서 끔찍한 비극이 잉태되고 있었던 것이다.

터져 나오는 비명을 손으로 틀어막고 미도는 공장을 빠져나갔다. 미도는 숨이 턱 끝에 차오를 때까지 달렸다. 숲으로 들어간 미도는 그 자리에 주저앉아 날카로운 비명을 질렀다.

자신 때문이었다. 미도는 진흙탕에서 빠져나온 것이 아니었다. 가족과 마을 사람들의 시신을 밟고 올라선 채 진흙탕을 벗어났다고 착각하고 있었다. 영문을 알지 못한 채 뒤따라온 홍당무 오빠는 가까이 다가오지도 못하고 불안하게 서성였다. 새소리도, 풀벌레 소리도 들리지 않는 삭막한 숲속에 미도의 비명만 메아리처럼 울려 퍼졌다. 산등성이 너머로 희미하게 동이 트고 있었다.

차창 밖으로 여름 풍경이 흐드러졌다. 짙은 녹음과 만개한 꽃들이 부끄러움도 없이 제 속을 훤히 내보이고 있었다. 계절이 반복될 때마다 천연덕스럽게 되돌아오는 자연 풍경이 석훈은 지긋지긋했다. 창의력을 자극하는 것도, 새로울 것도 하나 없었다.

정회마을을 가리키는 표지판이 나타났다. 휴대폰 전화벨이 울렸다. 아버지였다. 지금 어디냐고, 어떻게 진행되고 있냐고, 아이의 흔적은 찾았냐고 어제와 같은 질문을 할 것이다. 당연한 듯 보고를 요구하는 아버지도 지긋지긋했다. 석훈은 휴대폰 종료 버튼을 눌렀다.

모든 것을 제자리로 돌려놓은 다음 가족의 일상을 바로잡을 것이다. 이 집안의 가장이 누구인지를 똑똑히 보여주고, 가장의 허락 없이는 누구도 일탈 행동을 하지 못하도록 경고할 것이다. 그동안 아버지에게 너무 기댔던 것이 문제였다. 석훈은 이번 일이 마무리되면, 인생 최고의 작품 사진이 될 가족사진을 찍을 계획도 세웠다.

운전석에 앉아 있던 경호원이 정회마을에 도착했다고 알려주었다. 차에서 내린 석훈은 길게 기지개를 켰다. 인증 없는 아이, 과거에서 온 아들을 찾는 것은 시간문제였다.

경호원 두 명을 앞장세운 채 석훈은 마을회관으로 향했다. 지난겨울에 왔을 때와는 사뭇 다른 풍경이었다. 마음에 여유가 있으니 비로소 시골 풍경이 눈에 들어오는 것일까. 사람의 손길이 닿지 않은 논밭에 시퍼런 생명력이 가득했다. 발길 닿는 곳마다 보이는 나무에도 진녹색의 잎이 무성했다. 초록 잎 사이사이에 노란색이 어른거려 살펴보니 쌀알처럼 작은 꽃이었다. 농작물이 자라지 않은 죽음의 땅이라는 말을 들었던 것 같은데, 잘못된 정보인 건가 싶었다.

휴대폰을 들어 작고 노란 꽃의 사진을 찍는데, 어디선가 나지막한 웃음소리가 들려왔다. 여자의 목소리였다. 앞서가던 경호원들도 소리를 들었는지 석훈을 돌아보았다.

석훈이 고개를 끄덕이자 경호원들은 소리 나는 방향으로 앞장섰다. 정회마을회관이 보이는 길에서 오른쪽으로 꺾여 난 샛길로 들어서자 멀리 허름한 집 한 채가 보였다. 낮은 말소리와 웃음소리가 또다시 들려왔다.

그곳에 한 여자가 있었다. 여자는 한 손에 채반을 들고 서 있었다. 채반에 갓 뜯은 푸성귀가 가득했다. 석훈은 한눈에 여자를 알아보았다. 지난겨울 정회마을에서 마주쳤던, 쇳소리 나는 목소리를 내던 그 여자였다.

여자와 조금 떨어진 곳에 작은 아이가 상추를 뜯고 있었다. 아이가 일어나서 고개를 돌리자 인중 없는 얼굴이 선명하게 드러났다. 기환이었다. 아이는 이를 드러내며 웃고 있었다. 그늘 하나 없이 맑은 웃음이었다.

잔잔했던 석훈의 마음에 거센 바람이 몰아쳤다. 아이는 현생에서 도망쳐 전생의 삶에 숨어들었다. 아이가 애초에 바랐던 것이 이것이라면, 현생의 인연을 만들지 말았어야 했다. 전생의 기억에 가족을 끌어들여 혼란 속에 빠트리고서도, 아이는 죄책감을 느끼지 않았다. 아이 대신 고통 받는 것은 부모였고, 책임감과 죄책감을 느끼는 것 역시 부모였다. 단지 현생에서 부자의 연을 맺은 것만으로 자신은 그 모든 것을 감당하고 있었다.

석훈은 경호원들을 제치고 앞으로 나서서 다가갔다. 발걸음 소리에 놀란 미연과 아이가 석훈을 알아보고 사색이 되었다. 아이가 두려워하며 뒷걸음질 쳤다. 석훈은 더 이상 응석을 받아줄 생각이 없었다. 아이의 손목을 거칠게 낚아채 그대로 몸을 돌려 걷기 시작했다. 미연이 석훈의 팔을 잡았다.

"그……그러지 마세요. 아……이가 아파요."

석훈이 눈짓을 하자 경호원들이 그녀를 막아섰다. 완력을 쓰지 않아도 미연은 손쉽게 떨어졌다. 경호원들이 미연의 양팔을 잡고 있는 동안 석훈은 아이를 끌다시피 하며 데려갔다.

아이는 온몸으로 버티다 제 발에 걸려 넘어졌다. 석훈은 넘어진 아이를 일으켜 세워 다시 끌고 갔다. 겁에 질린 아이의 눈에 눈물이 가득한 것을 보았지만 개의치 않았다.

뒤에서 여자가 비명을 지르기 시작했다. 경호원들이 입을 막으며 온몸을 결박하다시피 붙잡았다. 미연은 거칠게 몸부림쳤다. 그 모습을 보고 놀란 아이가 석훈의 손을 있는 힘껏 물었다. 반사적으로 석훈의 입에서 욕설이 튀어나왔다. 그와 동시에 왼손이 아이의 뺨을 세게 갈겼다. 아이는 종이 인형처럼 힘없이 바닥에 쓰러졌다.

쓰러진 아이는 창백했다. 꿈틀거리는 몸짓이 연약했다. 석훈은 이내 평정을 되찾았다. 경호원 한 명이 달려와 아이를 안아 들고 차가 있는 쪽으로 걷기 시작했다. 끝까지 미연을 붙잡고 있던 또 다른 경호원이 달려와 석훈을 경호하며 차량으로 이동했다. 미연이 뒤쫓았지만 불안한 걸음걸이로 석훈을 따라잡는 것은 불가능했다.

아이를 태운 차가 빠르게 정회마을을 벗어났다. 비틀거리는 걸음으로 쫓아오던 미연이 그 자리에 주저앉았다. 그녀의 입에서 울음인지 비명인지 알 수 없는 소리가 터져 나왔다. 하지만 그 소리를 듣고 달려오는 사람은 아무도 없었다.

"기환아! 기환아!"

석훈의 전화를 받고 한달음에 집으로 달려온 지영은 아들을 애타게 불렀다. 석훈이 서재에서 나타났다. 오른손에 붕대가 감겨 있었지만 지영은 눈치채지 못했다.

"어떻게 된 거야?"

석훈은 붕대 감긴 손을 위아래로 흔들며 심드렁하게 대답했다.

"그동안 정회마을에 있었더라고. 어떻게 거기까지 갔는지는 모르겠지만."

말투에 빈정거림이 배어 있었다. 무언가를 추궁하고 싶은 마음도 담겨 있는 것 같았다. 어떻게 알게 된 걸까. 누구에게 연락을 받은 걸까. 지영이 아는 한 석훈에게 연락해 아이의 위치를 알려줄 사람은 없었다. 물론 지금 그게 중요한 문제는 아니었다.

"기환이, 기환이는 어딨어?"

"피곤했나 봐. 집에 도착해서는 계속 잠만 자네."

지영은 2층으로 뛰어 올라갔다. 방문을 열자 침대 위에 곤히 잠든 아이의 모습이 보였다. 숨소리가 고른 것을 보니, 깊은 잠에 빠진 것 같았다. 돌아왔구나, 진짜 돌아왔어. 지영은 무릎 꿇고 앉아 아이의 머리를 한없이 쓰다듬었다. 겨우 며칠 보지 못했을 뿐인데, 그사이 부쩍 자란 것 같았다. 기환의 발밑에 누워 있던 송이가 길게 몸을 늘여 기지개를 폈다.

애틋하게 아이를 바라보던 지영은 흠칫 놀랐다. 이마에 대고 있던 손이 파르르 떨렸다. 아이의 왼쪽 뺨이 빨갛게 부풀어 있었다. 얼굴을 돌려 자세히 살펴보니, 어른의 손자국이었다. 설마…….

지영은 고개를 돌려 등 뒤에 서 있는 남편을 보았다. 뭘 보았는지, 뭘 묻고 있는 건지 지영의 표정에 그대로 드러나 있었지만 석훈은 별다른 동요가 없었다. 눈빛만큼은 소름이 돋을 정도로 차가웠다. 지영의 목소리가 덜덜 떨려 나왔다.

"기환이 얼굴에 이거…… 손자국…… 뭐야?"

석훈은 대답 대신 붕대 감은 손을 들어 보였다.

"이건 안 보여? 어디서, 왜 이렇게 된 건지, 얼마나 다친 건지는 안 궁금해?"

"석훈아!"

"애가 내 손을 피가 나도록 물었어. 그래서 순간적으로 손이 올라간 거야. 됐어? 충분해? 이게 전부 네가 바라던 일이잖아. 아니야? 아이가 고미도라는 여자한테 전화한 거, 정회마을에 간 거, 너는 다 알고 있었지? 넌 날 비난하고 손가락질하려고 아이를 숨긴 거야. 우리 가족을 위험에 빠뜨린 그 여자와 작당을 하고. 어떻게 그럴 수가 있어. 네가 나한테 어떻게 그럴 수가 있냐고!"

화를 참지 못한 석훈은 멀쩡한 손으로 쿵, 소리가 나도록 벽을 때렸다. 한 번, 두 번, 이어서 마구 내려치더니 소리를 질렀다. 목에 솟은 핏대가 금방이라도 터질 것처럼 튀어 올랐다. 석훈은 스스로 지핀 불길 속에서 가슴을 찢으며 고통스러워했다. 벽에 걸려 있던 가족 액자가 떨어져 산산조각이 났다.

지영이 일어나 석훈을 끌어안았다. 그런 것이 아니라고, 자신에게 시간이 필요했을 뿐이라고 말을 하려는데 석훈이 거세게 밀쳐냈다. 지영이 그대로 아이 위로 고꾸라졌다.

지영은 얼른 몸을 일으켜 아이부터 살폈다. 이 상황을 직면하게 될 아이가 걱정스러웠다. 그런데 아이의 상태가 이상했다. 꽤 큰 충격을 받았을 텐데 아이는 깨지 않았다. 방에서 큰 소란이 벌어지고 있는데도 아이는 미동도 없었다.

지영이 조심스럽게 아이를 더듬거렸다. 반응을 보이지 않았다. 지영은 아이를 흔들고 얼굴을 비비고 눈꺼풀을 들어 올리기까지 했다. 이번에도 역시 아무런 반응이 없었다. 책상 밑에 숨어 있던 송이가 나와 아이의 얼굴 근처를 맴돌았다. 송이가 아이의 얼굴에 몸을 비벼댔다. 하지만 아이는 시체처럼 꼼짝도 하지 않았다. 지영이 아이의 이름을 소리쳐 부르며 발버둥 쳤다.

지영이 울부짖는 통에 정신을 차린 석훈은 멍하니 그 모습을 바라만 보았다. 깨진 액자 속 사진에서 부부는 갓난아이를 안고 크고 환하게 웃고 있었다.

서쪽 하늘에 초승달이 떴다. 비가 오려는지 구름이 가득했다. 벌써 장마가 시작되려는 것일까. 대청마루에 앉은 미도는 하늘을 올려다보며 그런 생각에 빠져 있는데, 미연이 방문을 열고 나왔다. 얼굴이 수척했다.

"배……고프지? 저……녁 안 먹어?"

"난 괜찮으니까 언니나 먹어. 점심도 안 먹었을 거 아니야."

"배……고플 텐데……."

미연이 걱정하는 것은 미도가 아니었다. 기환을 걱정하고 있었다. 공장에서 홍당무 오빠와 헤어져 집에 도착했을 때, 이미 아이는 보이지 않았다. 미연이 죄지은 사람처럼 말했다. 점심상을 차리기도 전에 집에 들이닥친 아이 아빠가 기환을 데려갔다고. 아이 아빠가 무척 화가 나 있었고, 기환은 아빠를 무서워했다고, 미연은 말했다. 도와주고 싶었는데 아무것도 할 수 없었다는 말을 하면서 미연은 끝내 눈물을 보였다. 어쩔 수 없는 일이라며 위로했지만, 미도의 심경도 복잡했다.

미도는 몇 달 전, 기환의 집에서 보았던 석훈의 얼굴을 떠올렸다. 자신을 협박하면서도 두려움에 떨던 남자, 어찌할 줄 몰라 허둥대던 남자는 유난히 불안하고 아슬아슬해 보였다. 기환은 왜 그토록 절박하게 도망쳐야 했을까. 아빠가 데려간 아이는 안전한 걸까. 대체 그 가족에게는 무슨 일이 벌어졌던 걸까.

지나친 오지랖일지도 몰랐다. 무슨 사정이 있건 그 집안의 문제였다. 사실 아이 아빠가 신고하지 않은 것을 다행으로 여겨야 할 지경이었다. 지난번 일로 검찰 수사가 진행되고 있는 상황에서 자칫 위험해질 수도 있었다. 머릿속으로는 상황이 빠르게 정리가 되는데, 마음이 혼란스러웠다.

아이의 눈빛과 웃음이 쉽게 지워지지 않았다. 아이는 정회마을에 도착한 후 빠르게 안정을 찾았고, 소리 없이 자주 웃었다. 제집처럼 편안해하는 모습을 지켜보며 미도의 마음도 조금씩 변했다.

미도는 산책을 다녀오겠다며 집을 나섰다. 미연이 그녀를 물끄러미 바라보았다. 사람들의 온기가 사라진, 텅 빈 마을을 걸으며 미도는 자신의 마음을 들여다보았다. 진정으로 원하는 것이 인중 없는 아이의 기억인지, 아이의 행복인지 다시 한번 곱씹어 생각했다.

발화를 거부한 아이에게 잊고 싶은 전생의 기억을 말하도록 했고, 세상에 공개했다. 선의로 한 일이니 스스로는 정의롭다고 여겼다. 하지만 모든 것은 착각이었다. 자신은 순결한 희생자가 아니었다.

마을회관 앞에 세워놓은 차에 올라타 실내등을 켰다. 옆 좌석에 신문지로 둘둘 말아놓은 물건이 있었다. 미도는 신문지를 펼쳐 물건을 꺼냈다. 유성 아줌마가 건네준 고깃덩어리였다.

지난 새벽, 장수식품 공장을 어떻게 빠져나왔는지 잘 기억나지 않았다. 정신을 차려보니 이미 공장과는 한참 떨어져 있었다. 곧장 집으로 돌아가려는 미도를 홍당무 오빠가 억지로 붙잡아 국수집으로 데려갔다. 아침밥이라도 먹고 가라는 것이었다.

일찌감치 가게에 나온 유성 아줌마가 서둘러 밥상을 차려주었다. 갓 지어 김이 오르는 밥상을 앞에 두고 미도는 고개를 숙였다. 자신은 따뜻한 밥을 먹을 자격이 없었다. 하지만 사실을 전할 자신도 없었다.

홍당무 오빠가 공장의 상황을 대략적으로 설명했고, 가만히 듣고 있던 유성 아줌마는 잠시 자리를 비켰다. 몇 숟갈 뜨지 못하고 남은 밥이 차갑게 식어갈 즈음, 유성 아줌마가 미도에게 신문지로 포장된 묵직한 물건을 내밀었다. 아줌마의 목소리에 물기가 가득했다.

"미도야, 혹시 몰라 버리지 않고 보관하고 있었어. 언젠가 남편이 그러더라. 장수식품에서 생산하는 가공육이 꺼림칙하다고. 바다 건너 낯모르는 사람들이 말도 안 되는 싼값에 사 먹는다는데 죄를 짓고 있는 기분이라고. 그 말을 듣고도 못 들은 척했어. 남이야 뭘 먹든 당장 내 밥그릇을 채우는 게 중요했거든. 아들이 이걸 가져왔을 때 내 죄가 들춰지기라도 한 것처럼 놀랐지만, 남편 말이 생각나서 차마 버리지는 못하겠더라. 내가 가진 죄의 무게가 이 정도일까, 가끔씩 들어보며 가늠해보기도 했다."

유성 아줌마가 내민 것은 썩지 않는 고깃덩어리였다. 오래전, 홍당무 오빠가 공장에서 가져온 적이 있다는 바로 그것이었다.

놀란 것도 잠시, 미도의 시선을 사로잡는 것이 있었다. 바로 고깃덩어리에 찍혀 있는 도장이었다. 돼지 도축 시에 찍는 위생검사 합격표시 검인이나 축산물등급판정에 따른 등급표시와는 확연히 다른 모양이었다. 끝이 세 갈래로 나뉜 원 모양은 대규모 축산농가의 마크일지도 몰랐다. 아줌마가 미도의 손등을 두드리며 말했다.

"너한테 큰 짐을 지워서 미안하다. 이렇게 될 것 같아 연락을 미뤘던 건데……."

고깃덩어리를 들고 서울로 가는 중에 미연에게서 전화가 걸려왔다. 목소리만으로도 미연이 얼마나 큰 충격을 받았는지 짐작할 수 있었다. 그녀의 상태가 몹시 걱정되었다. 미도가 서울이 아닌 정회마을로 급선회를 한 이유도 그 때문이었다.

하루 사이에 너무 많은 일이 벌어졌다. 생각을 정리할 시간이 필요했다. 미도는 승윤에게 전화를 걸었다. 신호음이 두 번 울리기도 전에 승윤이 전화를 받았다.

"승윤아, 부탁할 게 있어서. 내가 지금 사진 하나를 보낼 텐데, 사진 속 마크가 어디 건지 좀 확인해줘. 아마 축산농가 쪽일 것 같아. 장수식품에 대해서는 알아낸 거 있어?"

전화기 너머로 승윤의 거친 말들이 쏟아졌다. 평소라면 더 큰 목소리로 소리를 지르고 버럭 화를 내며 끊었겠지만, 이번만큼은 그러지 않았다. 미도는 승윤이 불평불만을 쏟아내고, 짜증을 내고, 하소연하는 동안 묵묵히 듣기만 했다. 모두 일리 있는 말들이었다. 미도가 낮은 목소리로 대답했다.

"미안해. 너한테 자꾸 중요한 일 처리를 부탁하는 것도 염치없고, 설명을 제대로 못 하는 것도 미안해. 조금만 기다려줘. 이번 일만 끝나면 다 얘기할게."

예상치 못한 대답이었는지, 혹은 평소의 미도답지 않은 반응 때문인지 전화기 너머 승윤은 말을 잇지 못했다. 두 사람 사이에 서먹한 침묵이 한참을 이어졌다. 승윤이 사진 보내라는 말로 대화를 매듭지었고, 전화는 끊어졌다.

미도는 고깃덩어리에 찍혀 있는 마크를 여러 장 찍어 전송했다. 가장 중요한 퍼즐 조각일지도 몰랐다. 섣불리 움직이지 말고, 잠시 숨 고르기를 하며 기다려야 했다.

미도는 바지 뒷주머니에서 꼬깃꼬깃 접어놓은 종이를 꺼냈다. 인중 없는 아이가 그린 스누피 그림이 가득했다. 미연 언니 방에 있던 것을 챙긴 것이었다. 미도는 그림을 보며 손톱 끝을 잘근잘근 깨물었다. 퍼즐의 그림이 서서히 드러나고 있었다.

6장
이름

36시간이 지났다. 기환은 어떤 자극에도 반응을 보이지 않았고, 깨어나지 않았다. 호흡과 맥박은 일정했고, 뇌파검사에서도 정상소견이 나왔다. 원석이 불러온 의사는 기환이 '보통' 사람과 달라 원인 규명이 어렵다고 했다. 다만 신체활동은 정상이니 수액을 통해 영양을 공급하며 지켜보자는, 무성의한 진단만 내렸다. 이후 한의사와 대체의학 전문가까지 모셔 왔지만, 모두 '인증 없는 아이'의 '비정상적인 상태'에만 관심을 보일 뿐 방법은 찾지 못했다. 석훈이 아버지 원석의 눈치를 살피며 조심스럽게 말을 꺼냈다.

"아무래도 환생아기억보존국에 연락을 하는 게……."

"말 같지도 않은 소리!"

원석이 버럭 소리를 질렀다. 절대 안 될 일이었다. 이 사달을 벌이고도 여전히 사리 분별을 하지 못하는 아들에게 불같은 화가 치밀었다.

미동 없이 누워 있는 손자를 보는 순간 세상이 무너지는 것만 같았다. 나락에 떨어지는 기분이었다. 하지만 약한 모습을 보여서는 안 되었다. 손자가 무사히 돌아온 것만으로도 감사한 일이라며 수없이 되뇌었다.

그런데 아들 내외로부터 지난 며칠간 벌어진 일을 듣고는 도무지 참을 수가 없었다. 무엇보다 아들에 대한 실망감을 견디기 힘들었다. 아들이 떨리는 목소리로 아내와 아들에 대한 배신감을 토로하며 상처 난 손을 보여줄 때는, 머리를 바닥에 짓이기고 싶었다. 아버지로서 살아온 세월을 모조리 부정당하는 것만 같은 심정이었다.

인정하고 싶지 않았지만, 집안에 사람을 잘못 들인 것일지도 몰랐다. 아들이 좋아한다고 해서 근본 없는 아이를 며느리로 들이는 것이 아니었다. 신장병은 유전 가능성이 높은 질환인데 그것은 왜 간과했을까. 손자의 인중이 없는 것 역시 모계 유전자의 불완전성 때문일 수도 있었다. 불행의 이유를 찾기 위한 원석의 생각은 수만 가지의 갈래로 나뉘어 확장되어갔다.

원석과 석훈, 지영은 서로를 원망하고 서로에 대한 의심을 키워가며 기환의 곁을 지켰다. 날카로운 적의를 숨긴 채 거짓된 위로를 건네며 힘겨운 시간을 견뎠다. 하지만 세 사람 모두 위태로운 상황이라는 걸 직감하고 있었다. 가족이라는 단단한 관계의 벽이 무너지고 있었다. 안간힘을 써서 지탱하고 있지만 시간이 얼마 남지 않았다. 기환이 고른 숨을 내쉴 때마다 코 밑 인중 없는 자리의 솜털이 미세하게 떨렸다.

벨 소리가 집 안의 적막을 찢어놓았다.

소파에 앉아 있던 원석이 석훈에게 눈으로 물었다. 곁에 있던 석훈은 어깨를 으쓱하고는 인터폰으로 다가갔다. 그와 동시에 2층에서 다급한 발소리가 울렸다. 한달음에 내려온 지영이 먼저 인터폰을 확인하곤 문을 열었다.

현관문이 열리고 한 여성이 안으로 성큼 발을 들였다. 원석과 석훈은 영문을 알지 못해 당황스러웠다. 지영이 돌아서 두 사람에게 여자를 소개했다.

"환생아심리상담소 고복순 소장님이세요. 제가 방문상담을 부탁드렸어요."

석훈은 어쩔 줄 몰라 아버지의 눈치부터 살폈다. 이번 일이 외부로 발설되는 일은 없어야 한다며 아버지가 몇 번을 당부했던 터였다. 의사들도 비밀유지 각서를 쓰고서야 이 집에 들어올 수 있었다. 그런데 허락도 구하지 않고 외부 사람을 부르다니. 아버지의 말씀대로 아내의 정신 상태가 온전치 못한 것이 아닐까 의심스러울 지경이었다.

원석은 더더욱 며느리의 행동을 이해하기가 어려웠다. 거듭된 사건 사고에 지친 것이라고, 그럴 법하다고 백번을 양보해도, 지난 며칠 동안 보여준 행동은 몹시 비정상적이었다. 위태로운 상황일수록 믿고 의지해야 하는 사람은 가족뿐인데, 며느리는 가족이 아닌 사람들에게 자꾸 손을 내밀었다. 그 때문에 상황이 악화되고 있음을 아직도 모른다는 것이 기가 막혔다. 머리가 지끈거렸다. 원석이 한 손으로 머리를 짚으며 말을 꺼내려는데, 지영이 선수를 쳤다.

"소장님, 아이는 2층 방에 있어요. 제가 안내할게요."

"지영아!"

석훈이 대뜸 나섰지만, 지영의 서늘한 눈빛에 질려 물러섰다. 원석은 혀를 찼다. 집안의 질서가 무너지고 있었다. 늘그막에 보지 말아야 할 것들을 너무 많이 보고 있었다.

죽은 듯 잠들어 있는 기환의 방에 네 명의 어른이 모였다. 고복순 소장은 아이의 상태를 면밀히 살펴보았다. 잠든 아이의 입을 벌려 작은 유치를 조심스럽게 만져보기도 했다. 먼발치에 선 석훈이 흠칫 몸을 떨었지만 아무도 눈치채지 못했다.

고복순 소장이 담담하게 말을 이어갔다.

"아이의 유치가 흔들리지 않는 것을 보면, 전생의 기억이 뒤섞이는 혼란에 빠진 것 같진 않습니다. 지금 상황에서는 천만다행이고요. 아마도 큰 충격을 받거나 감당하기 힘든 상황을 겪으면서 아이 스스로가 깨어나길 거부하고 있는 것 같아요. 예를 들자면 의식에 환하게 켜져 있던 불을 끈 거예요. 방 전등을 끄듯이요. 보고 싶지 않은 것이 있거나, 혹은 너무 무서워서 그럴 수도 있고요."

원석이 헛웃음을 지었다. 의사도 아닌, 기껏해야 상담가라는 사람이 어리석은 말을 내뱉고 있었다. 인중 없는 아이였던 소장의 딸이 스스로 목숨을 버렸다는 사연은 익히 들어 알고 있었다. 그 과정에서 온전치 못한 상태가 된 걸까. 아니면 비슷한 사연을 가진 사람들을 찾아다니며 위로를 빌미로 돈을 뜯어내는 얼치기 사기꾼이 된 걸까. 거기까지 생각이 미치자 짜증이 치밀었다. 하지만 원석은 최대한 예의를 갖춰 말했다.

"의식이라는 게 전등을 켜거나 끄듯 그렇게 조절되는 게 아니지 않습니까. 최소한의 과학적인 근거를 가지고 말씀을 하셔야죠. 귀한 시간 내주셔서 감사합니다만 지금 상황에서 그런 감상적인 말은 도움이 되지 않습니다. 지영아, 소장님께 충분히 사례는 하고 보내드려라."

고복순 소장이 원석을 물끄러미 바라보더니 되물었다.

"이렇게 작고 연약한 아이가 전생을 기억하는 것은, 어떻게 가능하다고 생각하십니까? 전부 아이가 지어낸 거짓말이라면요? 인증이 있는 아이들도 이맘때 얼마나 많은 거짓말을 하는지 아세요? 아이들의 거짓에는 악의가 없습니다. 성장 과정에서 자연스럽게 나타나는 거예요. 그런데 인증 없는 아이들의 발화 내용만은 진실이라고 믿는 이유가 뭔가요? 과학적인 근거를 바탕으로 설명할 수 있나요?"

묵직한 힘이 실린 목소리였다. 그러나 원석도 물러서지 않았다. 인증 없는 아이가 기억하는 전생이 사실로 밝혀진 것은, 수많은 사례 검증을 통해서였다. 인증 없는 아이들의 존재 자체가 과학을 뛰어넘는 증거였다. 이것은 동시대를 사는 모두가 아는 사실이었다. 차분하게 설명하는 원석의 말을 끝까지 듣고, 고복순 소장이 되물었다.

"저 역시 인증 없는 아이를 두었던 엄마입니다. 당신 말대로 이 아이들의 존재 자체가 과학을 뛰어넘는 증거라면, 제가 지금껏 듣고 본 것 역시 증거가 되지 않을까요? 저는 뒤엉킨 기억 때문에 미쳐버린 아이들과 전생의 기억을 감당하지 못해 무의식으로 침잠해버린 아이들을 수없이 목격하고 상담해 왔습니다. 그런데 왜 제가 하는 말은 감상으로만 치부하는 거죠? 환생아기억보존국 관계자가 아니라서 그런가요?"

가족 누구도 그녀의 물음에 대답하지 못했다. 원석은 마뜩지 않았지만 반론을 제기하기 어려웠고, 석훈은 자신의 잘못이 드러나는 것이 두려워 침묵했다. 무거운 공기를 깨고 먼저 말을 꺼낸 것은 지영이었다.

"아이가 깨어나길 거부한다면, 어떻게 해야 하죠? 이대로 계속 깨어나지 않으면 어떡하나요? 아이한테 미안하다는 말도, 사랑한다는 말도 더 이상 못 하게 되면……."

참았던 울음이 터지고 말았다. 스스로 부족한 엄마라 생각하는 지영은 아이를 지키지 못했다는 죄책감에 시달렸다. 다치고 상처 입는 것이 두려워 숨기에만 급급했다. 아이가 진심으로 원하는 것이 무엇인지, 그 마음을 들여다보지 않았다. 만약 아이가 깨어나지 않는다면 지영은 스스로를 용서하지 못할 것 같았다. 고복순 소장이 지영의 등을 가만히 토닥이며 말했다.

"아이를 심연에서 끌어낼 방법은 단 하나뿐입니다. 전생의 이름을 불러줘야 해요. 어떤 이유로든 아이가 불러내지 않으려는 과거를, 우리가 먼저 밝혀야 하는 거죠."

환생아심리상담소 고복순 소장이 자신의 경험을 담담하게 꺼냈다. 인중 없는 아이로 태어나 스무 살에 스스로 생을 마감한 딸에 대한 이야기였다.

소장의 딸이 만 36개월에 처음 내뱉은 말은 '엄마, 무서워'였다. 환생아기억보존국의 상담이 시작되었고, 그 과정에서 전생의 부모가 밝혀졌다. 하지만 아이는 더 이상 말하길 거부했다.

아이는 매일 밤 악몽에 시달렸고, 잠에서 깨어난 뒤에도 소리 없이 울부짖었다. 성인 남성을 극도로 무서워해 아빠마저 가까이 다가갈 수 없었다. 하지만 상담은 집요하게 계속되었고, 고통스러워하던 아이는 결국 깊은 무의식의 세계로 침잠해버렸다.

전생과 현생을 분리하는 것이 원칙이었지만, 고복순 소장은 전생의 부모와 만나게 해줄 것을 요구했다. 어렵게 만남이 성사되었다. 전생의 부모는 아이의 이름을 부르며 울부짖었다. 아이는 그들이 부른 이름에 반응했다. 아이는 의식을 되찾았고, 오랫동안 울었다. 그리고 가슴 깊이 숨겨둔 말을 조금씩 꺼내놓았다.

아이의 증언을 이끌어낸 것은 상담사가 아닌 전생의 부모였다. 전생의 부모는 아이를 끌어안고 모두 다 잊어라, 잊고 새 삶을 살라고 했다. 그런데 '기억하라'가 아닌 '잊어라'라는 말에 외려 아이는 자신의 이야기를 시작했다. 전생의 고통은 결코 잊을 수 없는 기억이었기 때문이다.

그 후 오랜 경험을 통해 고복순 소장은 알게 되었다고 했다. 때로 인중 없는 아이들이 간절히 원하는 것은 기억을 떠올리는 것이 아니라 잊는 것이라는 사실을. 그 과정에서 치유되지 않은 전생의 고통을 이해받고 위로받길 원한다는 사실이었다. 그리고 그 위로를 건네는 것은 인중 없는 아이의 전생과 연결고리를 가진 사람만이 할 수 있었다.

긴 이야기 끝에 고복순 소장은 여전히 아물지 않은 자신의 상처를 털어놓았다. 만약 다시 그때로 돌아갈 수 있다면 자신은 침묵을 선택할 것이며, 범인을 처벌하지 못할 것을 알았다면 섣불리 진실을 찾지 않았을 것이며, 기억이 그토록 힘이 세다는 것을 알았다면 애초에 맞서 싸울 생각조차 하지 않았을 것이다, 이런 생각을 하루에도 수십 번 떠올린다고 했다. 마지막으로 고복순 소장은 가족 모두를 찬찬히 둘러보며 말했다.

"전생에 이 아이가 불리던 이름을 밝히세요. 그리고 그 이름을 아는 사람에게 아이가 무엇을 잊고 싶어 하는지 질문하도록 하세요. 아이가 불러낼 기억을 받아들이고 책임질 자신이 있다면 그 선택을 하시고, 만약 이 아이의 기억을 감당할 자신이 없다면 차라리 침묵을 선택하세요."

가족 중 누구도 선뜻 말을 꺼내지 못했다. 석훈은 '차라리'라는 단어를, 지영은 '책임'이라는 단어를 곱씹었다. 원석은 두 눈을 질끈 감았다. 어른들의 생각이 공기 중에 소란스럽게 부유했지만, 무엇도 아이에게 닿지 않았다.

활짝 열어놓은 창으로 먼지와 소음이 밀려들었다. 에어컨이 없는 사무실은 창을 닫으면 찜통에 들어앉은 듯했고, 창을 열면 시장 한복판에 나앉은 것 같았다. 이른 무더위였으니 대비를 할 새도 없었다.

승윤이 창문을 닫으려고 일어서다 창밖을 보며 어, 외마디 소리를 냈다. 따라서 내다보던 미도의 표정도 이내 심각해졌다. 승윤이 황급히 창문을 닫았다.

"안녕하세요."

잠시 후 문이 열리고 사무실에 들어선 사람은 지영이었다. 아이 아빠가 기환을 데려간 지 나흘 만이었다.

잠시나마 아이를 돌봐줘서 고맙다는 인사를 하러 온 것은 아닐 텐데. 설마 아이를 정회마을에 데려간 것을 문제 삼으려는 걸까. 더 이상 지영의 연락이나 방문을 받고 싶지 않았던 미도는 불편한 기색을 내비쳤다.

"누추한 곳에 너무 자주 오시네요. 지난번에 제가 없을 때도 찾아왔었다고 들었는데."

환대받을 것이라고는 생각하지 않았지만, 지나치게 냉랭한 분위기에 지영은 조금 당황스러웠다. 책상 위에 놓여 있던 서류를 다급하게 챙기는 승윤에게서도 예전과는 다른 경계심이 느껴졌다. 하지만 그런 것들을 가릴 처지가 아니었다. 지영이 미도를 향해 성큼성큼 다가갔다. 미도가 놀라 엉겁결에 뒷걸음질 쳤지만, 지영은 물러서지 않았다. 팔을 뻗으면 손이 닿을 거리까지 다가들어 말했다.

"도와주세요. 제발…… 도와주세요."

미도는 도무지 이해할 수 없었다. 오히려 악연에 가까운 자신에게 이렇게 반복해서 도움을 요청하다니. 대체 무슨 생각인 걸까. 자신에게는 더 이상 인중 없는 아이를 도와야 하는 의무도, 책임도 없었다. 고개를 돌려 외면하려는데, 지영의 다급한 목소리가 귓속을 파고들었다.

"아이가 깨어나지 않아요. 벌써 나흘째예요. 언제까지 버틸 수 있을지 모르겠어요. 아이를 깨울 수 있는 유일한 방법은 전생의 이름을 부르는 거래요. 당신은, 당신이라면 아이의 이름을 알아낼 수 있잖아요. 제발 우리 아이의 전생을 밝혀주세요. 모든 책임은 제가 질게요. 도와주세요."

지영은 도와달라는 말을 연신 내뱉다 미도 앞에 쓰러지듯 무릎을 꿇었다. 승윤이 일으키려 했지만, 지영은 꼼짝하지 않았다. 여윈 어깨가 미세하게 떨렸다. 안간힘으로 버티고 있는 것이 역력했다.

미도가 지영을 일으켜 세운 뒤 소파로 데려가 마주 앉았다. 어떻게 된 일인지 사정이나 들어보기로 했다. 그녀의 검은 눈이 울먹거리는 지영에게 물었다. 무슨 일이 있었냐고.

지영은 가족의 치부를 낱낱이 내보여야 했지만, 부끄럽지 않았다. 아이를 깨울 수 있다면 하지 못할 일은 없었다. 지영은 남편이 아이의 유치를 강제로 발치하려 했던 일과 치과에서 벌어진 부부의 몸싸움, 그 과정에서 기환이 도망쳤다는 것까지 담담히 전했다. 그리고 남편을 종용했던 사람이 다름 아닌 환생아기억보존국 윤태석 국장이라는 것도 털어놓았다.

윤태석 국장, 그의 이름이 나오자, 승윤과 미도가 약속이라도 한 듯 깊은 한숨을 내쉬었다. 두 사람이 눈짓으로 의견을 교환했다. 지영이 오기 전, 둘 사이에 모종의 이야기가 오갔던 것이 분명했다. 잠시 생각에 잠겨 있던 미도가 결심한 듯 확인하는 질문을 던졌다.

"당신 아이가 정수사료공장을 언급했었죠. 기억나요?"

기억 못 할 리가 없었다. 자신의 집까지 찾아와 아이를 몰아세우고, 몰래 촬영을 해서 동영상으로 제작해 공개한 사람이 지금 눈앞에 있는 상대가 아니던가. 지영의 들끓는 마음을 아는지 모르는지, 미도는 제 할 말만 이어갔다.

"정수사료공장이 위치한 양북군…… 당시 양북군수가 다름 아닌 윤태석 국장이에요."

느닷없는 이야기에 지영의 머릿속이 복잡해졌다. 윤태석 국장이 단지 그런 이유로 남편을 이용해 아이의 기억을 지우려 했다는 건가. 자신이 군수로 있던 마을에서 그런 일이 벌어졌다는 것을 숨기기 위해? 앞뒤가 맞지 않는다는 생각이 들었다.

혼란스러워하는 지영의 표정을 유심히 살피던 미도가 다시 입을 열었다.

"소도시 군수에서 국회의원을 거쳐 환생아기억보존국의 수장이 되기까지, 승승장구한 윤태석 국장의 스토리는 워낙 유명하죠. 그런데 뭔가 석연치 않은 우연이잖아요. 그래서 좀 더 찾아보다가 알게 됐어요. 당시 정수사료공장의 실소유주."

지영이 따지듯 물었다.

"그게 누구예요?"

이번엔 승윤이 대답했다. 그의 손에 자료가 들려 있었다.

"윤정수. 윤태석 국장의 아들이죠. 현재 장수식품의 이사로 등재되어 있는 인물이에요."

내친김에 미도가 말을 이어갔다.

"이렇게 되면 의심이 확신으로 바뀌어도 이상할 건 없죠. 윤태석 국장은 자신의 지위를 이용해 인증 없는 아이의 기억을 지우려고 시도했어요. 그 아이가 지목한 곳은 자신의 아들이 실소유주인 정수사료공장이고요. 그렇다면 이런 추론이 가능하겠죠. 당신 아들은 전생의 무엇인가를 기억하고 있고, 윤태석 국장은 그것이 드러나는 것을 원치 않는…… 과연 그게 뭘까요?"

사실 지영은 그런 것이 궁금하지 않았다. 그의 시커먼 속내가 무엇이든 상관없었다. 다만 자신의 욕심을 위해 아이를 이용했다는 것에 화가 치밀 뿐이었다. 하지만 지금 자신의 감정 따위는 중요하지 않았다. 아이만 깨어날 수 있다면 이 모든 것들, 심지어 윤태석 국장마저도 용서할 수 있을 것 같았다.

지영이 아무런 반응을 보이지 않자 미도는 침을 꿀꺽 삼켰다. 미도의 생각은 전혀 달랐다. 윤태석의 검은 속내에 무엇이 도사리고 있는

지 세상에 드러내야 했다. 그가 쓰러져야 도미노처럼 다음 말이 쓰러질 터였다. 도미노를 쓰러뜨리기 위해 지영이 가진 힘이 필요했다. 미도는 갖지 못한 힘이었다. 미도가 눈을 빛내며 말했다.

"지영 씨 부탁을 들어줄게요. 대신 지영 씨가 먼저 내 부탁을 들어줘요. 아이의 전생을 밝히기 위해서도 해야 하는 일이에요."

미도가 계획을 털어놓았다. 지영에게 카메라 앞에 나서 지금까지의 이야기를 폭로하라고 했다. 자신들은 수만 번을 외쳐도 사람들이 주목하지 않을 것이라고 했다. 하지만 이름이 알려진 지영의 말은 파급력이 클 것이라고도 했다. 미도가 힘주어 말했다.

"당신의 이름은 아들을 위해 정당하게 사용될 거예요."

이번엔 지영이 침을 꿀꺽 삼켰다. 눈앞의 여자가 새삼 두려워졌다. 하지만 이 여자의 거침없는 욕망이 지렛대가 되어 기환을 흔들어 깨울 수 있을 것이라는 확신도 들었다. 기환을 깨우려면 움직여야 했고, 다른 선택지가 없었다. 지영이 고개를 끄덕였다.

이른 더위가 기승을 부렸다. 기상관측이 시작된 이래 가장 무더운 여름이 될 것이라는 예보가 쏟아져 나왔다. 예년보다 한 달 먼저 열대야가 찾아왔고, 숙면을 취하지 못한 사람들은 물먹은 솜처럼 늘어졌다. 뙤약볕 아래를 걷는 사람들의 어깨가 축축 늘어졌고, 끈적이는 땀이 등짝과 얼굴에서 흘러내렸다.

지영도 땀을 닦는 손길이 바빴다. 에어컨 바람이 소용없었다. 너무 긴장한 탓에 심박수가 빨라져 얼굴마저 화끈거렸다. 크게 심호흡을 해봐도 두근거림이 멈추질 않았다. 기자회견장이 꽉 찼다며 미도는 한껏 흥분해 있었고, 승윤도 발표 자료를 살피느라 분주했다. 지금 자신이 어떤 상태에 있는지는 아무도 관심이 없어 보였다. 오래전에 카메라 앞에 설 때는 늘 석훈이 지영을 다독여주었는데, 지금은 그럴 만한 사람이 없었다. 지영은 철저히 혼자라는 사실을 절감했다. 하지만 물러설 수는 없었다. 지영은 심호흡을 하고 기자회견장으로 들어섰다.

기다렸다는 듯 사방에서 플래시가 터졌다. 셔터 소리가 마치 총소리 같다는 생각이 든 순간, 지영은 정신이 아득해졌다. 무릎이 푹 꺾였다. 미도가 뛰어나와 지영을 붙잡았고, 카메라는 두 사람의 모습을 놓치지 않고 담았다. 지영은 미도에게 의지했고, 미도는 지영의 곁을 지켰다. 지영은 조금씩 두근거림이 멈추는 것을 느꼈다.

수십 대의 카메라가 지영의 얼굴을 향했다. 조명 탓에 카메라를 든 사람들의 얼굴은 보이지 않았다. 모두가 숨죽여 지영의 입이 열리길 기다렸다. 미도를 한 번 쳐다본 뒤, 지영은 조심스럽게 입을 열어 해야 할 말을 시작했다.

"저는 한지영입니다. 그리고 저는 인증 없는 아이의 엄마입니다. 제 아이는 첫 발화에서 정회마을을 우리 집이라고 지목했습니다. 20년 전 정회마을에서는 이유를 알 수 없는 이유로 사람들이 죽어갔습니다. 아이가 당시의 일에 대해 어떤 연관이 있는지, 무엇을 기억하고 있는지는 알지 못합니다. 아이가 침묵하고 있기 때문입니다. 다만 아이의 기억을 두려워하는 죄 많은 어른이 있음은 알고 있습니다. 저는 이 자리에서 제 아이의 기억을 지우고자 불미스러운 일을 벌였던, 환생아기억보존국 윤태석 국장을 고발하고자 합니다."

기자회견장은 순식간에 아수라장이 되었다. 사방에서 카메라 플래시가 터졌고, 온갖 질문들이 쏟아져 나왔다. 지영은 차분한 목소리로 자신의 가족이 겪은 일을 고백했고, 그 고백은 실시간으로 만인에게 전송되었다.

미도는 처음 보았을 때와는 어딘가 달라진 여자의 옆모습을 바라보았다. 가녀린 그녀를 버티게 하는 힘은 무엇일까. 그녀는 언제까지 버틸 수 있을까. 그동안 느껴본 적 없는 마음의 동요가 일었다.

지금까지는 미도의 예상대로 진행되었지만, 다음에 벌어질 일은 짐작하기 어려웠다. 도미노가 쓰러질 것인지, 도미노를 굴린 공이 산산조각 날 것인지 알 수 없었다. 미도는 두 손을 으스러지게 맞잡았다.

TV 화면을 노려보는 원석의 눈에 핏발이 섰다. 꼿꼿이 서 있던 그는 어지럼증이 일어 휘청거리며 벽에 기대었다. 며느리는 독특한 매력이 유일한 재능인, 보기 좋은 미술 작품 같은 아이였다. 이를테면 예민한 아들의 심미안으로 선택된 값비싼 도자기 같은 것이었다. 그 며느리가 정수사료공장을 언급하며 윤태석 국장에게 진실을 밝힐 것을 요구하고 있었다. 원석은 TV 화면 속, 기자회견을 하고 있는 여자가 자신의 며느리라는 사실을 믿기 어려웠다.

아들의 연락을 받고 집에 찾아왔을 때, 며느리의 기자회견이 막 시작되려 하고 있었다. 아들은 흥분을 주체하지 못해 날뛰었다. 기자회견 사실을 까맣게 모르고 있었다며, 어떻게 남편을 이렇게 무시하고 배신할 수 있냐며 거품을 물었다. 아들의 입에서 배신이라는 단어가 반복적으로 튀어나왔다. 아들은 특히 며느리 옆에 앉은 미도라는 여자에게 극도의 분노를 드러냈다. 모든 것이 저 여자의 계략이고 공작이라는 것이었다.

일단 상황을 지켜보자며 아들을 다독일 때까지만 해도 원석은 느긋했다. 며느리가 왜 이런 일을 벌인 것인지 알 수 없었지만, 수습은 얼마든지 가능하다고 생각했다. 의식을 잃고 드러누운 아이를 살려달라며 읍소를 하거나, 이 상황을 만든 남편을 공개적으로 비난하는 정도가 원석이 상상한 최악의 상황이었다. 다만 걸리는 것은 며느리 곁에 앉은 미도라는 여자였다. 저 여자는 이미 집안에 큰 풍파를 일으켰던 사람이 아니던가. 며느리는 아들과 마찬가지로 판단력을 잃어버린 것이 분명했다.

그런데 그녀의 입에서 예상치 못한 말들이 튀어나왔다. 정수사료 공장 실소유주의 이름이 나오는 순간, 원석의 입에서는 신음이 터져나왔다. 윤태석 국장의 치명적인 비밀을, 며느리는 도대체 어떻게 알게 된 것일까. 저 아이는 자신이 하고 있는 말들이 얼마나 위험한 것인지 알고 있는 것일까.

등 뒤에서 칼을 맞은 것 같은 극심한 통증이 느껴졌다. 등에 꽂힌 칼이 내장을 후벼 파는 듯했다. 날카로운 이명 탓에 주변의 소리가 아득히 멀리 들렸다. 눈앞에서 허둥대며 자신을 부르는 아들의 모습이 스톱모션 동작처럼 끊어져 보였다. 눈앞이 까매졌다가 밝아지길 반복했다. 아들이 가져다준 물을 마시며 원석은 겨우 숨을 골랐다. 조금씩 통증이 사라졌다.

"아버지, 괜찮으세요? 의사 부를까요?"

아들의 얼굴이 눈에 가득 들어왔다. 세상 전부를 주어도 아깝지 않은, 단 하나뿐인 아들이다. 원석은 석훈의 손을 잡고 몸을 일으켜 세웠다. 잠시 휘청거렸지만 아들이 부축해주고 있어 넘어지지 않았다. 소파에 파묻히듯 앉은 원석은 잠시 숨을 골랐다. 끔찍한 통증이 사라지자 냉정한 현실 판단이 머릿속에 자리 잡았다.

스스로도 몰랐겠지만, 며느리는 사람을 설득하는 놀라운 재능을 가진 아이였다. 대중이 갈망하는 매력을, 며느리는 갖고 있었다. 진실을 요구한다는 며느리의 말은 엄청난 파급력을 가지고 확산될 것이 분명했다. 인정하고 싶지 않았지만, 원석은 이 사실을 부정할 수 없었다.

거스를 수 없는 어떤 흐름이 자신을 어딘가로 데려가고 있었다. 두렵지는 않았다. 다만 아들이 걱정되었다. 격랑과도 같은 흐름을 이해하지 못한 채, 아들은 무너질 것이 분명했다. 그렇다면 자신이 온몸으로 막는 수밖에 없었다. 무엇이 되었든 감당해야 하는 몫이었다.

때가 된 것이다. 이런 날이 오지 않았다면 좋았을 테지만 이렇게 된 이상 어쩔 수 없었다. 원석은 자리에서 일어섰다.

어김없이 장맛비가 시작되었다. 경기 남부와 충청 지역에는 호우 주의보가 내렸다. 낮게 깔린 먹구름과 굵은 빗줄기 탓에 한낮인데도 사위가 어둑했다. 43층에 자리 잡은 원석의 집무실엔 창문을 두드리는 빗소리만 가득했다. 간간이 터져 나오는 원석의 한숨 소리는 빗소리에 묻혀 사라졌다.

지영이 기자회견을 한 지 사흘이 지났다. 예상대로 지영이 자발적으로 카메라 앞에 선 것부터가 큰 화제였다. 윤태석 국장이 자신의 지위를 이용해 거짓된 정보를 흘리고, 환생아의 부모에게 위험한 선택을 종용했다는 지영의 증언은 파급력이 컸다.

비슷한 폭로와 제보가 연이어 터져 나왔다. 환생아기억보존국이 상담을 명목으로 아이에게 기억을 발설할 것을 강요하고, 금전적 이해관계가 얽힌 정보를 부모와 공유하지 않고 독점했다는 증언들이 쏟아졌다.

전생의 기억에 따라 차별적인 대우를 받은 환생아와 부모도 있었다. 가난하고 고통스러운 삶을 지나온 환생아의 기억은 무시되었으며, 지위가 높거나 부자였던 환생아의 기억은 존중받았다는 것이었다. 인증 없는 아이들의 전생의 기억을 분류하고 보존하는 국가기관의 행태에 대한 근본적인 문제가 제기되었다.

환생아기억보존국의 수장인 윤태석 국장의 권력남용에 대한 비판 기사도 쏟아져 나왔다. 정수사료공장의 폐업과 장수식품의 석연치 않은 개업에 대한 보도도 이뤄졌다. 그 과정에서 새로운 의혹이 제기되었다. 장수식품의 대표를 맡고 있는 윤태석 국장의 아들, 윤정수에 대한 것이었다.

내부 고발자의 말에 따르면 윤정수 역시 인증 없는 아이로 태어났으나, 어린 시절 강제 발치를 당해 정신적으로 온전치 못하다는 소문이 떠돈다고 했다. 그 때문에 회사 경영진들도 윤정수의 얼굴을 본적이 없으며, 실질적인 경영은 아버지인 윤태석이 맡아왔다는 충격적인 증언이었다.

환생아기억보존국과 윤태석의 집으로 취재진이 몰려들었다. 지영의 기자회견 이후로 윤태석을 본 사람은 아무도 없었다. 어디에 칩거하고 있는지 흔적도 찾을 수 없었다. 그가 모습을 드러내지 않을수록 사람들의 의혹은 커져갔다. 윤태석이라는 사람은 그야말로 발가벗은 임금님처럼 사람들 사이에 회자되었다. 철옹성처럼 단단했던 성은 허무할 정도로 쉽게 무너졌고, 여론재판은 빠르게 판결을 내렸다.

수직 낙하하는 빗줄기를 보며 원석은 지난 며칠간 벌어진 일들을 되짚어보았다. 윤태석 국장이 불명예를 회복하기는 쉽지 않아 보였다. 자존심이 강한 만큼 무너지기도 쉬운 사람이었다. 그는 자신의 이름이 저잣거리에서 더럽혀지고 짓이겨지는 것을 용납할 수 없을 터였다. 거짓된 용서나 어설픈 이해를 바랄 사람도 아니었다.

윤태석 국장은 원석과 생물학적 유전자는 달랐지만 사회적 유전자가 거의 흡사한 사람이었다. 그 때문에 지금의 상황이 그에게 얼마나 고통스러울지 원석은 짐작하고도 남았다. 자신이었다면, 만약 자신에게 이런 일이 벌어져 지금껏 쌓아온 것들이 모래성처럼 허물어진다면……. 끔찍한 상상에 원석은 두 눈을 질끈 감았다.

바로 그 순간, 집무실 문이 벌컥 열렸다. 몸을 돌린 원석의 눈앞에 우의를 뒤집어쓴 남자와 그 앞을 막아선 난감한 표정의 경비원들이 보였다. 원석은 경비들을 안심시켜 내보내고 소파 의자에 앉았다.

맞은편 자리에 앉은 남자가 우의를 벗어 던졌다. 얼굴은 초췌했지만 두 눈은 날카롭게 번뜩였다. 윤태석이었다. 여전하다는 말이 입가에 맴돌았다. 저돌적인 방식으로 문제를 해결하는 습성이 아직도 몸에 남아 있었다.

"전부 당신이 꾸민 짓이지? 며느리를 꼭두각시로 내세우면 내가 모를 줄 알았어? 내가 이대로 혼자 죽을 것 같아!"

원석은 기가 찼다. 동질감에 버리지 못한 일말의 연민이 순식간에 증발됐다. 지금 눈앞의 상대는 욕망에 눈이 멀어 상황 파악을 전혀 하지 못하고 있었다. 냉정한 현실 판단을 잃은 자리에 어리석은 상상과 피해의식을 채워 넣은 뒤, 혼자 질주하고 있었다. 원석이 냉담한 목소리로 되물었다.

"이런 일을 벌여서 내가 얻을 것이 뭐라고 생각하나."

"나 하나만 제거하면 된다고 생각했겠지. 그래서 가장 만만한 사람을 앞세운 거 아냐! 당신네 그 멍청한 며느리야 일생 카메라 앞에서 포즈 취하는 게 일이었으니, 시키는 대로 했겠지. 불쌍한 피해자인 척, 아무것도 모르는 척. 역겨운 인간들!"

윤태석은 비위가 상한다는 듯 바닥에 침을 탁 뱉었다. 원석은 치밀어 오르는 화를 눌러 참았다. 상대는 코너에 몰려 이미 판단력을 상실한 상태다. 똑같은 방식으로 대하면 감정만 격해질 뿐이다. 원석이 침착하게 말을 이어갔다.

"믿기 어렵겠지만, 나는 어떤 관여도 하지 않았어. 결국은 터지고 말 일이었어. 아이를 건드린 것이 실수였다고. 우리 아이, 기환이 깨어나지 못하는……."

말이 채 끝나기도 전에 윤태석이 벌떡 일어나 원석의 멱살을 움켜쥐었다. 원석이 인상을 찌푸렸다. 그의 입에서 지독한 술 냄새가 풍겼다.

"그깟 환생아 하나쯤, 뭐가 대수라고. 그렇게 쓰레기 같은 전생의 기억을 가진 아이들이 얼마나 많은 줄 알아? 아무 쓸모도 없는 전생을 꾸역꾸역 끌고 와서 현생을 혼란스럽게 만드는 새끼들은 진즉에 다 치워버렸어야 했는데. 나는 말이야, 내 새끼 이도 뽑아버린 놈이야. 그 새끼 그거 첫 발화를 하는데 반정부 시위를 하던 놈이었더라고. 언젠가는 터질 폭탄인데 그걸 왜 껴안고 있냐고. 그래서 내가 일찌감치 뇌관을 제거했지. 부모라는 건 말이야, 그런 판단력과 결단력이 있어야 하는 거야. 지금 이 사태가 벌어진 것도 당신의 그 잘난 아드님께서 우유부단하게 굴어서 이렇게 된 거고. 안 그래?"

원석은 선뜻한 느낌에 아래를 내려다보았다. 어느 틈에 윤태석의 손에 단도가 쥐어져 있었다. 윤태석이 낮은 목소리로 뇌까렸다.

"강원석 회장님, 기억이라는 건 말이죠. 쓸모가 있어야지만 기억으로 치는 겁니다. 알겠어요? 당신네 집안에 태어난 그 인중 없는 자식의 기억이라는 건, 그건 쓰레기예요. 쓰레기! 내가 기회를 줬을 때 해치웠으면 이런 문제도 안 생겼을 거 아니에요. 이제 다 끝났어. 나도 끝나고, 당신도 끝났어! 그 애가 모든 걸 다 망친 거야!"

소리를 질러대는 윤태석의 두 눈에 광기가 가득했다. 정상적인 대화가 가능한 상태가 아니었다. 술기운인지 악에 받친 것인지 알 수 없었지만, 위험했다. 원석은 있는 힘껏 윤태석을 걷어차 뒤로 넘어뜨린 뒤 경비를 부르기 위해 자리에서 일어섰다.

그런데 발등이 불에 덴 것처럼 갑자기 뜨거워져 다시 주저앉고 말았다. 발등에 칼이 박혀 있었다. 윤태석이 이죽거리며 원석을 바라보고 있었다. 고통스러운 비명이 터져 나왔다. 윤태석은 거기서 그치지 않았다. 점퍼 안주머니에서 또 다른 단도를 꺼내 들고 다가왔다.

"내가 여기까지 어떻게 왔는데…… 내 새끼 병신 만들어가면서 여기까지 어떻게 왔는데!"

윤태석이 단도를 내리치려는 순간, 집무실 문이 벌컥 열렸다. 손들어, 꼼짝 마! 경비들의 경고음과 비서의 날카로운 비명이 동시에 터져 나왔다. 순식간에 벌어진 일이었다. 윤태석이 쥐고 있던 단도로 스스로 목을 그었다. 피가 솟구쳐 나오는 커다란 몸이 원석의 몸 위로 쓰러졌다. 머리부터 발끝까지 피를 뒤집어쓴 원석은 손가락 하나 꼼짝할 수 없었다. 역한 피비린내에 정신이 아뜩해지고 구역질이 났다. 원석의 주름진 목덜미에 윤태석의 마지막 숨결이 내뿜어졌다. 생명이 사라진 몸이 원석을 짓누르고 있었다. 거센 빗줄기가 창을 때리고 있었다. 창문에 튄 피가 빗물과 함께 흘러내렸다.

쉼 없이 퍼붓는 빗줄기에 세상이 물에 잠긴 듯했다. 해가 보이지 않아 사람들은 발밑만 보고 걸었다. 기온과 습도가 치솟으면서 사람들의 불쾌지수가 늘어갔고, 사소한 일에도 시비가 붙고 싸움판이 벌어졌다. 식당에서, 만원 버스에서, 길거리에서 주먹질이 오갔다. 사람들은 살이 부대끼는 옆 사람을 증오했고, 쉽게 죽음을 이야기했다. 나아질 것 없는 세상과 되풀이되는 삶을 저주했다. 그리고 모든 이야기의 시작과 끝에는 환생아기억보존국장의 사망 사건이 언급되었다.
원석의 집무실에서 스스로 목을 그어 자살한 윤태석의 사건은 모든 언론에 대서특필되었다. 현장을 목격한 사람들의 일관된 증언에 의해 원석이 피의자로 소환되는 일은 없었다. 참고인 자격으로 경찰의 수사에 협조했지만, 두 사람 사이에 몸싸움이 있었다는 것 외에 새롭게 밝혀진 것도 없었다. 왜 하필 윤태석이 원석의 집무실을 찾아간 것인지를 묻는 질문에 원석은 자신도 알 수 없다며 굳게 입을 다물었다. 사람들은 지영의 기자회견으로 추락한 윤태석의 복수가 참극으로 끝난 것이라 쉽게 추측했다.

윤태석이 국회의원 시절 보건복지위원회 소속으로, 바이오기업 CEO인 원석과 몇 차례 만남이 있었다는 사실도 새롭게 드러났다. 15년 전 두 사람이 함께 찍은 사진이 신문 1면을 장식했다. 바이오단지 조성을 위해 함께 찍은 사진 속에서 두 사람은 활짝 웃고 있었다. 사회지도층인 두 사람의 인연이 인증 없는 아이로 인해 끔찍한 파국을 맞았다. 사람들은 인증 없는 아이, 환생아들을 어떻게 바라보고, 어떻게 대해야 할지 혼란에 빠졌다.

모든 사건의 중심에 있는 인증 없는 아이, 기환을 의심하고 비난하는 목소리가 점점 커져갔다. 아이가 발화를 거부하기 때문에 상황이 악화되고 있다는 것이었다. 아이가 숨기고 있는 전생의 기억을 끄집어내 낱낱이 공개해야 한다는 여론의 압박이 생겼다. 환생아기억보존국은 수장의 죽음이 연관된 문제이기에 어떤 의견도 피력할 수 없다며 회피했다.

가족은 기환의 상태를 숨겼다. 의식이 없다는 사실이 알려지면 자칫 더 위험한 일이 벌어질지도 몰랐다. 하지만 계속 숨기기 힘들 것이라는 사실은 자명했다.

미도가 지영의 집을 찾은 것은 윤태석 국장의 삼일장이 끝난 다음 날이었다. 비가 억수같이 쏟아지는 날이었다.

문이 열리자 송이가 다가와 미도의 발 언저리를 맴돌았다. 마치 오랫동안 알고 지낸 사이처럼 가르릉 소리를 내며 반겼다. 송이를 쓰다

듣던 미도가 고개를 들자 눈앞에 지영이 서 있었다. 기자회견 이후, 일주일만의 만남이었다. 그동안 두 사람은 각자에게 닥친 일들을 해결하느라 서로를 신경 쓸 새도 없었다. 창백하고 여윈 지영의 모습에 미도는 가슴 한쪽이 아렸다. 지영이 일부러 희미하게 웃어 보였지만, 미도는 차마 웃을 수 없었다.

지영이 미도를 거실로 안내했다. 거실 소파에 앉아 있던 강원석 회장이 붕대를 감은 불편한 다리로 일어서려는 것을 석훈이 만류했다. 미도를 바라보는 석훈의 표정에는 숨길 수 없는 분노가 넘실거렸다. 주방에서 정숙이 나와 고개 숙여 인사했다. 몸이 안 좋아 병원 생활을 했다는 소식은 들었는데, 아니나 다를까 예전에 잠깐 보았을 때 비해 얼굴이 무척 수척해 보였다. 이들 가족에게 벌어지는 연이은 불행에는 미도 자신의 탓도 있었다. 미도는 입 속으로 조용히 되뇌었다.

'우리의 인연은 어디서부터 어긋난 걸까요.'

2층 아이의 방문을 열자 침대에 누워 있는 기환의 모습이 보였다. 작은 손등에 수액이 꽂혀 있었다. 아이가 의식을 되찾지 못한 지 열흘이나 지났다. 미도를 따라 방으로 들어온 송이가 아이 옆에 기대어 눕더니, 가르릉거리며 꼬리를 양옆으로 흔들었다. 송이의 부드럽고 풍성한 꼬리가 아이의 손등을 탁탁 두드렸다. 그 모습이 마치 방문을 두드리는 손길 같았다.

똑똑똑, 일어나. 똑똑똑, 거기 있는 거지?

7장
진실

"20년 전, 정회마을에는 49가구 167명이 살고 있었습니다. 그중에서 원인을 알 수 없는 병으로 돌아가신 분이 지금까지 86명, 사망자 중 52명은 피를 토하며 숨진 첫 번째 사망자 발생 후 2년 내 모두 돌아가셨습니다. 연락이 두절된 분도 35명에 달해 전체 사망자 수는 정확지 않습니다."

담담하게 말을 이어가는 미도를 석훈이 위협적으로 밀쳤다.

"지금 뭐 하자는 겁니까! 대체 뭐 하자는 거냐고요!"

그의 눈에서 불덩이가 이글거렸다. 핏줄이 툭 불거진 주먹이 제어가 어려울 정도로 떨렸다. 지영이 석훈의 팔을 잡아끌었지만, 소용없었다. 석훈이 한 발짝 더 가까이 다가섰다. 그래도 미도는 개의치 않았다.

"말씀드린 바와 같이 당시 마을 주민 167명 중, 정수사료공장에서 일하셨던 분은 8명입니다. 모두 돌아가셨고요. 그러니까……."

여기까지 말을 꺼내놓고 미도가 석훈을 공격적으로 쏘아봤다. 그녀의 기세가 심상찮다고 느꼈는지 석훈이 더는 다가서지 않았다. 미도가 다음 말을 이어갔다.

"인중 없는 이 아이, 정수사료공장을 기억하는 이 아이가 그 8명 중 누군가의 환생일지도 모른다는 거죠."

지영이 신음 소리를 내며 바닥에 주저앉았다. 미도를 바라보는 눈빛에 애끓는 간절함이 가득했다.

"8명의 이름은? 이름은 아는 거예요?"

미도가 가만히 고개를 끄덕였다. 그리고 재빨리 덧붙였다. 때로 섣부른 희망은 절망보다 위험했다.

"8명 중 한 명의 환생이 아닐 가능성도 있습니다. 아이의 발화 내용이 워낙 제한적이어서 가장 먼저 추론 가능한 방법으로 접근하는 것이고요. 만약 실패하면 당시에 숨진 52명, 이후에 숨진 분들까지 86명 전원의 이름을 확보해서 불러보는 수밖에 없습니다. 그마저도 실패한다면 연락이 두절된 분들의 이름까지 불러봐야겠죠."

지영이 고개를 끄덕였다. 침대 머리맡에 앉은 정숙은 누굴 향한 것인지도 모를 감사하다는 인사만 수없이 내뱉었다. 석훈의 일그러진 얼굴은 좀처럼 펴지지 않았고, 원석은 변함없이 무표정했다.

미도는 이들의 얼굴을 하나씩 살피다 휴대폰의 메모장을 열었다. 익숙한 이름들이 눈앞으로 확 달려들었다. 순간 시야가 흐려져 미도는 잠시 눈을 감았다가 떴다. 크게 숨을 내쉰 미도가 아이 옆에 앉아 이름을 하나씩 부르기 시작했다. 어쩔 수 없이 목소리의 끝이 조금 떨려 나왔다.

"정수찬."

아이는 미동도 하지 않았다. 같은 이름을 다시 반복해 불러도 아이에게서는 어떤 반응도 나타나지 않았다.

"박춘식."

"박민수."

"이형철."

"이찬석."

"김현수."

죽은 이들의 이름이 연이어 호명될 때마다 어른들은 몸을 움찔 떨었다. 그러면서도 아이의 얼굴에서 시선을 거두지 못했다. 하지만 아이는 손가락 하나 까딱하지 않았다. 초조함을 이기지 못한 지영의 얼굴은 점점 더 파리해졌다.

"김성호."

이번엔 미도의 목소리 끝이 조금 더 떨렸다. 아버지의 직장 동료이자 술친구, 정체불명의 고깃덩어리가 꺼림칙해 죄책감을 느낀다고 했던 홍당무 오빠의 아버지…… 유성 아저씨의 얼굴이 흐릿하게 떠올랐다 사라졌다. 하지만 아이에게선 여전히 어떤 반응도 나타나지 않았다.

이제 남은 이름은 단 하나였다. 목이 탔다. 물을 마셔도 갈증이 사라지지 않았다. 물에서 피비린내가 나는 것 같았다. 간신히 입을 열었지만 목소리는 나오지 않고 헛기침만 났다. 마른기침을 뱉어내는 미도의 모습을 가족이 초조하게 바라보았다. 미도는 힘겹게 마지막 이름을 뱉었다.

"고영배."

아이의 눈꺼풀이 움직였다. 감은 눈 아래 눈동자가 움직이고 있었다. 가족 모두 크게 술렁였다. 내도록 무표정하던 원석조차도 두 손으로 얼굴을 가리며 탄식했다. 지영이 미도를 흔들며 간절하게 요청했다.

"아이가, 아이가 반응을 했어요. 미도 씨도 봤죠? 더 크게, 더 분명한 목소리로 불러주세요. 우리 아이 좀. 제발요."

아버지의 이름이었다. 50년 남짓 살다가 허망하게 죽어버린 아버지의 이름 석 자. 미도는 이를 악물었다. 그리고 지영이 바라는 대로, 커다란 목소리로 절규하듯 이름 석 자를 내뱉었다.

"고영배."

아이의 눈꺼풀이 파르르 떨렸다. 그 미세한 움직임에 온 가족이 촉각을 곤두세웠다. 하지만 떨림은 금세 그쳤고, 아이는 깨어나지 않았다. 가족의 한숨과 눈물, 탄식과 절규를 들으며 미도는 조용히 안도했다.

거실에 한층 더 무거운 공기가 내려앉았다. 아이를 깨우기 위해서는 죽은 자들의 이름이 더 필요했다. 하지만 가족 모두 선뜻 내키지 않았다. 마치 진혼제를 여는 기분이었고, 누군가의 죽음을 계속 떠올려야 한다는 것이 고통스러웠다. 그 때문에 누구도 다음 계획을 이야기하지 못한 채, 불안한 눈빛으로 서로의 눈치만 살폈다.

말없이 앉아 있던 미도가 소파 아래 놓인 가방을 주섬주섬 챙기기 시작했다. 이대로 가려는 건가 싶어 가족 모두 엉거주춤 일어서는데, 미도가 가방에서 노트북을 꺼내 펼쳤다. 노트북의 전원을 켜고 파일을 여는 미도의 행동은 지극히 사무적이었다. 모두 어리둥절했지만 그저 지켜보는 수밖에 없었다.

노트북 스피커를 통해 낯선 언어가 들려왔다. 지영과 석훈, 원석과 정숙은 고개를 들이밀며 그녀 주변으로 모여들었다. 미도가 탁자 위에 올려놓은 노트북에서 영상이 재생됐다.

영상 속, 우거진 나무 그늘 아래 벌거벗다시피 한 예닐곱 살의 어린아이들이 소꿉놀이를 하고 있었다. 짙은 갈색의 피부에 쌍꺼풀이 짙은 커다란 눈을 가진 아이들이었다. 카메라가 다가가자 아이들은 하얀 이를 드러내며 마냥 웃었다. 쪼그려 앉은 아이들의 다리부터 얼굴까지 카메라가 천천히 훑기 시작했다. 아이들의 온몸에 좁쌀 같은 돌기가 가득했다.

장면이 바뀌었다. 배를 감싼 채 흙바닥을 뒹구는 어린 남자아이의 모습이 보였다. 아이의 얼굴이 참을 수 없는 고통으로 일그러졌다.

아이를 둘러싼 사람들은 발을 동동 구르며 안타까워했다. 잠시 후, 아이는 멀쩡한 얼굴로 일어났다. 사람들이 다가가 몸에 묻은 흙을 털어주었다. 아이가 순하게 웃었다. 짧은 영상이었다. 미도가 높낮이 없는 목소리로 말하기 시작했다.

"영상 속 마을은 캄보디아 프놈펜에서 차로 30분 정도 떨어진 지역에 위치한 빈민가예요. 어른들은 대부분 프놈펜으로 일을 하러 다니고, 아이들 대부분은 돈이 없어 학교에 가지 않고 종일 방치된 채 지내는 곳입니다. 이 영상은 동남아시아의 빈민가를 촬영하는 다큐멘터리 감독이 찍은 거고요."

미도에게 장수식품을 지목해 알려주었던 스티브 나게예 감독은 그 후로도 꾸준히 영상을 보내왔다. 썩지 않는 가공육은 생각보다 더 많은 나라에서 광범위하게 유통되고 있었다. 그리고 그곳에서는 어김없이 정회마을의 비극이 반복되고 있었다. 미도는 가능한 한 감정을 배제하고 발표 자료를 읽듯 사실만을 전달했다.

"이곳에도 장수식품에서 생산해 수출하는 가공육이 유통되고 있었습니다. 그리고 이 가공육을 끓여 먹은 사람들은 온몸에 좁쌀 같은 돌기가 났고, 원인을 알 수 없는 반복적인 복통에 시달렸다고 합니다. 적절한 치료를 받지 못하면 이들 역시 피를 토하면서 쓰러져 끝내는 숨지고 말겠죠. 아무도 관심 갖지 않는 빈민가 사람들의 죽음은 조용히 묻히게 될 테고요. 철저한 무관심 속에 아주 고통스럽게 말이죠."

미도의 이야기를 듣는 가족의 표정은 제각각이었다. 처음 보는 영상과 처음 듣는 충격적인 내용이 다양한 감정을 불러일으키는 것 같았다. 불쾌함과 피로감, 수치심과 의구심, 연민과 불안 같은 혼재된 감정이 얼굴에 드러났다 사라졌다. 그중에는 어떻게든 자신의 감정을 숨기려고 안간힘을 쓰는 얼굴도 있었다. 미도는 제각각이면서도 모두 같아 보이는 얼굴들을 빤히 바라보았다. 이번에도 먼저 나선 것은 석훈이었다.

"지금 이 상황에서 우리가 그런 말을 들어야 하는 이유가 뭡니까? 또 무슨 꿍꿍이속으로……."

미도가 말을 잘랐다.

"영상 속 저 사람들과 아이 앞에서 호명한 사람들은 모두 같은 병을 앓았습니다. 두 집단의 공통점은 같은 고깃덩어리를 먹었다는 것입니다. 바로 정수사료공장과 장수식품에서 생산한 고깃덩어리죠."

미도가 가방에서 몇 장의 종이를 꺼내 테이블에 올려놓았다. A4 크기의 하얀 종이에 스누피 그림이 가득했다. 정회마을에 내려와 있는 동안 기환이 그린 그림이었다. 가족 모두 어리둥절해하며 그림과 미도를 번갈아 바라보았다.

"아이는 정체불명의 가공육이 어떤 생육으로 만들어졌는지 알고 있습니다."

가족들은 미도가 하는 말을 이해하지 못했다. 당혹스럽고 뜬금없는 말이었다. 그림 어디에도 아이와 그 정체불명의 가공육이 연관되어 있다는 단서는 보이지 않았다.

그런데 적어도 한 사람은 알고 있는 듯했다. 그것도 정확하게. 악착같이 표정을 숨기려고 애쓰는 그는 가늘게 떨고 있었다. 미도는 그가 왜 떨고 있는지 알고 있었지만 직접 폭로하진 않을 생각이었다. 미도는 천천히 마지막 말을 뱉어냈다.

　"아이가 침묵하다 끝내 의식의 전원을 꺼버린 이유가 뭘까요? 전생의 기억이 드러나는 것이 왜 두려웠을까요? 짐작건대, 아이는 현생의 가족을 지키고 싶었던 것 같습니다."

　지영은 막막하고 답답한 얼굴로 아이의 그림을 다시 들여다보았다. 석훈 역시 종이를 들어 이리저리 유심히 살펴보기 시작했다. 이미지에 익숙한 석훈이 고개를 갸웃거리며 한참이나 집중해서 보다가 뭔가를 발견했다. 아버지 원석에게 종이를 들이밀며 말했다.

　"이거 아버지 회사에서 사용하는 심볼 아니에요? 스누피 몸에 그려진 거. 원바이오 심볼 같은데…… 맞네. 끝이 세 갈래로 나뉜 원. 한 갈래의 끝이 붉은 것도 맞고. 근데 이걸 기환이가 본 적이 있나? 사육장에서만 사용되는 심볼이라 볼 기회가 없었을 텐데……. 아버지 보세요. 맞잖아요. 아버지 회사에서 생산하는 유전자변형돼지를 상징하는 심볼……."

　석훈이 여기까지 말하고 입을 다물었다. 얼른 아버지를 쳐다보았다. 곁에 선 원석의 얼굴이 흉측할 정도로 일그러져 있었다. 울음을 견디는 것 같기도, 웃음을 참는 것 같기도 했다.

　석훈은 순간적으로 머릿속에 떠오른 생각을 떨쳐버리듯 주먹으로 연거푸 이마를 때렸다. 왜 이렇게 말도 안 되는 생각만 드는 것인지 자책했다. 석훈은 늘 그랬던 것처럼 자신의 어리석은 생각을 아버지가 바로잡아주길 바랐다. 반드시 그래야만 했다.

"설마…… 아니죠? 윤태석 국장이 그것 때문에 아버지를 찾아간 거…… 아니죠? 유전자변형돼지가 가공육으로……."

지영과 정숙이 놀라 입을 틀어막았다. 어떤 대답도 되돌아오지 않자, 석훈의 목소리는 점점 울부짖는 것처럼 변해갔다.

"아버지…… 아니잖아요. 왜 아무 말씀도 안 하세요."

원석이 버티지 못하고 무릎을 꿇고 주저앉았다. 세상으로부터 존경받았고, 가족 모두에게 다정했으며, 아들에게는 흠잡을 데 없는 아버지였던 남자가 고개를 숙인 채 흐느끼며 말했다.

"미안하다."

비를 동반한 거센 바람이 거실 유리창을 흔들었다. 천둥 번개가 검은 하늘을 찢었다. 몇 마디의 날카로운 말이 오가고 울음소리가 터져 나왔지만 빗소리에 묻혀 집 밖으로 새어 나가진 않았다.

강한 태풍의 영향권에 들어서면서 나흘간 전국에 재난이 휘몰아쳤다. 거대한 해일과 집채만 한 파도가 몰아쳐 해안 지역에 특히 큰 피해를 입혔다. 부둣가의 철탑이 젓가락 휘듯 구부러지고 컨테이너가 종이 날리듯 날아갔다. 가로수가 뽑히고 가옥이 파괴되고, 도로와 다리가 무너졌다.

수천여 명의 이재민과 수백 명의 사상자가 발생했고 재산 피해는 수조 원에 달한다는 기사가 쏟아져 나왔다. 기상 전문가들은 기후위기로 인한 초대형 태풍의 발생 가능성은 매년 높아질 것이라 경고했다.

나흘간 미도는 정회마을에서 꼼짝도 하지 않았다. 바깥보다 몸 안에서 더 큰 태풍이 몰아치고 있었다. 마을 사람들의 죽음, 가족의 죽음이 무엇 때문이었는지 밝혀냈지만 공허했다. 무엇으로도 메울 수 없는 공허함으로 고통스러웠다.

미연은 아무 말도 하지 않았고, 미도에게 말을 걸지도 않았다. 다만 따뜻한 밥상을 차려 내오기만 했다. 미도의 손에 숟가락을 쥐여주며 미연이 그제야 입을 열었다.

"여……영배 아저씨가 자주 찾아와 밥……을 차려주셨어. 안 먹……겠다는데도 억지로 불러 앉……혀서 손에 숟가락을 쥐여주셨고. 미안……하다고 하셨어. 여러 번 미안……하다 말씀하셨어."

미도는 미연을 빤히 쳐다보았다. 아버지가 몰래 가져온 고깃덩어리 때문에 마을 사람들이 죽었다는 말을, 그녀에게 차마 할 수 없었다. 미도는 아버지를 향한 자신의 마음이 분노인지, 연민인지 알 수 없었다. 지금까지는 모든 것이 선명했는데 어느 순간부터 경계가 허물어지고 흐려졌다. 누구를 원망하고 미워하고 욕설을 퍼부어야 하는지 헷갈렸다. 오랜 시간 마음에 품었던 독이 자신의 몸 안에 퍼져 있었다. 실제로 통증이 느껴졌다.

이불을 뒤집어쓴 미도는 의식이 혼미한 상태로 사흘 밤낮을 보냈다. 과거와 현재, 꿈과 현실이 뒤섞여 눈앞에 나타났다 사라졌다. 초록 잎 사이로 햇살이 눈부시게 부서지는 숲에서 뛰어놀다가 문득 고개를 돌리면 시뻘건 불길이 일고 있었다.

불콰한 얼굴로 커다란 가마솥을 휘젓던 아버지가 갑자기 피를 토하며 쓰러졌다. 두 팔 벌려 안아주던 마을 사람들이 미도를 무섭게 노려보며 손가락질했다. 너 때문이야. 전부 너 때문이야. 마을 사람들이 소리 지르며 달려들었다. 비명을 지르며 잠에서 깨면 미연이 걱정스러운 표정으로 내려다보고 있었다. 미연의 혼잣말이 끊어질 듯 이어졌다.

"인……중 없는 그 아이가 누구의 환생인지 알아. 미도 너도 알고 있겠지만. 그래서 더 힘……들어하는 거잖아. 그만 놓아……줘."

비바람이 조금씩 잦아들던 나흘째, 미도는 자리를 털고 일어났다. 부엌에서 미연과 함께 밥상을 차렸고, 앉은 자리에서 고봉으로 두 그릇을 뚝딱 해치웠다. 정성스럽게 씻고 땀에 젖은 옷을 갈아입었다. 부러진 나뭇가지와 나뭇잎이 쌓여 엉망이 된 마당을 비질하고 있을 때 전화벨이 울렸다.

통화하는 내내 미도는 상대의 말을 가만히 듣기만 했다. 짧은 통화가 끝나자마자, 미도는 가방을 챙겼다. 걱정하는 미연을 꼭 끌어안은 채 한참 동안 가만히 있었다. 두 사람 사이에 군더더기 같은 말은 필요치 않았다.

미연의 배웅을 받으며 미도는 서둘러 길을 나섰다. 원바이오 사육장으로 찾아오라는 강원석 회장의 전화. 이제 매듭을 지을 때가 되었다.

　산 둘레를 따라 굽이진 도로에 부러진 나뭇가지며 흙덩이가 수북했다. 태풍이 할퀴고 간 흔적이었다. 다행히 도로가 유실되거나 마을이 물에 잠기진 않았다. 해발 천 미터 이상의 높은 산들이 둘러싼 내륙 산간지역의 지리적 특성 덕분이었다.

　원바이오 사육장은 장수식품과 70여 킬로미터 떨어진 산 중턱에 자리 잡고 있었다. 미도가 조사한 바에 따르면, 윤태석 국장이 양북 군수이던 25년 전 지어진 것이었다.

　잠시 후 목적지에 도착한다는 내비게이션의 안내가 흘러나왔다. 멀리 정차해 있던 차 뒷문이 열리고 강원석 회장이 내려서는 모습이 보였다.

　강 회장이 고개를 돌려 미도를 보았다. 세계적으로 존경받는 바이오기업의 회장에게서 얼핏 초라한 아버지의 모습이 겹쳐 보였다. 미도는 고개를 세차게 저었다.

　원바이오 사육장의 문이 열렸다. 3단계 생체인식 보안을 거쳐야 열리는 문은 강원석 회장의 고갯짓 하나에 간단히 열렸다. 미도는 강원석 회장을 따라 사육장 안으로 들어섰다.

　산 하나를 깎아 만들었다는 거대한 규모의 사육장은 수천 개의 무균실로 구획이 나뉘어 있었다. 유리로 제작돼 안이 훤히 들여다보이는 공간에서 서너 마리의 미니 돼지가 사육되고 있었다. 얼핏 가늠해도 만여 마리 이상의 돼지가 사육되는 공간인데 분뇨 냄새가 전혀 나지 않는 것이 놀라웠다. 위생복과 마스크를 착용한 사람들이 분주하게 오가며 무균 돼지들을 살폈다. 한동안 말없이 통로를 걷던 강원석 회장은 사육장 끝에 다다라서야 입을 열었다.

"이곳에서 무균 사육되는 돼지들은 안전한 이종장기이식을 위해 면역거부반응을 일으키는 유전자를 제거하거나 편집한 돼지들입니다. 2년 정도 키워 백 킬로그램 정도가 되면 사람들에게 각막과 췌도, 콩팥과 폐 등을 제공하게 되고요. 그런데 아시다시피, 유전자가위 기술의 안전성을 높이기 위한 연구는 계속 진행되고 있는 상태입니다. 그 말은 아직까지 기술이 완벽하지 않다는 거죠."

강원석 회장의 말이 끝나는 것과 동시에 벽이 움직이기 시작했다. 미도가 벽이라고 생각했던 것은 다음 공간으로 이어진 문이었다. 문이 열리자 쏟아지는 돼지들의 울음소리가 고막을 찢을 것처럼 우렁찼다. 그곳은 또 다른 사육장이었다. 미도는 귀를 틀어막고 눈을 감았다. 울음소리가 마치 비명처럼 들려 고통스러웠다. 그곳에 무엇이 있는지 눈을 떠 확인하기가 두려울 지경이었다.

틀어막은 귓속으로도 울음소리는 날카롭게 파고들었다. 너무 고통스러워 다리에 힘을 주고 버텨야 할 지경이었다. 어느 정도 소리에 익숙해진 다음에야 미도는 감았던 눈을 떴다.

눈앞에 펼쳐진 풍경은 예상보다 처참했다. 좀 전에 지나친 곳과 비슷한 규모의 사육장에 기괴한 모습을 한 동물들이 가득했다. 몸 하나에 머리가 여러 개 달린 돼지와 다리가 아예 없거나 여러 개인 돼지는 그나마 '돼지'라는 한 종으로 인식됐지만, 그마저도 뚜렷하지 않았다. 어떤 동물로 규정할 수 없는 기괴한 생명체들이 몸을 비틀며 고통스러운 비명을 질러대고 있었다. 두 눈을 뜨고 볼 수 없는 참혹한 광경이었다.

"이게 다…… 뭐죠?"

"사람을 살리기 위한 연구입니다. 이종장기이식으로 많은 사람의 목숨을 살린 건 자명한 사실이고요. 그건 부정할 수 없는 진실입니다. 다만……."

강원석 회장이 깊은 한숨을 조금씩 내쉬었다. 다음 말을 이어가기 위한 결심이 필요해 보였다. 하지만 미도는 기괴한 생명체들의 비명을 계속 견딜 자신이 없었다. 미치지 않으려면 이곳을 나가야 했다. 하지만 강원석 회장은 그 자리에 뿌리박힌 듯 꿈쩍도 하지 않았다.

"한 사람에게 이식 가능한 장기를 생산하기 위해서는 약 백여 마리의 돼지가 필요합니다. 평균적인 성공률이 백 분의 일이니까요. 그 과정에서 기형 돼지가 나오는 것은 필연적인 과정이에요. 아까도 말했다시피 유전자가위기술은 완벽하지 않으니까요. 직접 인공장기를 개발하기 위해 인간의 줄기세포를 돼지에게 넣어 키우는 키메라 장기 등의 연구도 계속되고 있지만, 아직 성공에 이르진 못했습니다."

미도가 서 있는 바로 옆에서 쿵쿵 반복적인 울림과 울음소리가 터져 나왔다. 몸 앞뒤로 머리가 달린 돼지가 유리 벽 양쪽에 반복적으로 머리를 들이박았다. 한쪽 머리가 함몰되었는데도 멈출 줄을 몰랐다. 위생복을 입은 남자가 기다란 막대를 가져와 유리 벽 안으로 들이밀었다. 순간적으로 강한 전기충격이 가해졌고, 돼지는 똥을 지리며 쿵 소리와 함께 쓰러졌다.

덜컹하며 바닥 면이 열렸고, 머리가 두 개 달린 돼지는 그대로 추락했다. 미도가 입을 틀어막으며 뒷걸음질 쳤다. 강원석 회장은 침착하게 설명을 이어갔다.

"실패한 실험체들은 점점 늘어갔습니다. 매몰하거나 소각하는 것으로 감당하기 힘들 정도로 말이죠. 이곳에 사육장을 만들 때부터 큰 관심을 보였던 당시 윤태석 군수가 사료화 가능성을 타진해 왔고, 우리 역시 거절할 이유가 없었습니다. 처음에는 양쪽 모두에게 만족스러웠죠. 돼지 구제역 사태가 발생하기 전까지는 말입니다. 당시 정부 조사에서는 발견되지 않았지만, 자체 조사 과정에서 유전자변형돼지의 유전체에 포함된 GHKS-1이라는 수용성 물질이 문제가 있다는 것을 알게 됐습니다. 정수사료공장 폐업으로 피해를 입은 윤태석은 이 사실을 묻어주는 대가로 계속해서 생육을 요구하더군요. 중앙 정부로의 진출을 위한 선거자금이 필요했으니까요. 아무도 관심 갖지 않는 나라에 수출할 거니 신경 쓸 필요 없다는 말도 덧붙였고요. 나는…… 기꺼이 그의 손을 잡았습니다."

미도의 시선에 다리 셋인 돼지가 넘어져 버둥대는 것이 보였다. 하늘을 향한 배가 금방이라도 터질 것처럼 부풀어 있었다. 돼지가 몸을 뒤틀 때마다 얇은 피막으로 뒤덮인 배 속의 장기가 출렁이는 것이 적 나라하게 드러났다. 맞은편에 있는 돼지는 눈이 있어야 할 자리가 시 커멓게 파여 있었다. 시커먼 구멍이 미도를 집어삼킬 듯 집요하게 바 라보았다.

미도는 속이 뒤틀려 입을 틀어막은 채 들어온 방향과 반대 방향을 향해 무작정 달렸다. 출구는 보이지 않았다. 끝에 다다라 벽을 두드 렸지만, 높고 단단한 벽은 꼼짝도 하지 않았다. 미도는 포기하지 않 고 손에 피멍이 들도록 반복해서 두드렸다. 벽이 틈을 보이며 열리기 시작했다.

미도는 재빨리 빠져나가 속에 있던 것을 게워내기 시작했다. 쓰고 신 위액을 눈물과 함께 모두 쏟아내고서야 정신이 들었다.

두어 발 옆에 어느새 강원석 회장이 와 있었다. 그는 더 이상 할 말 이 없어 침묵했고, 미도는 감당하기 힘든 말들이 쏟아져 나올 것 같 아서 이를 악물었다.

미도는 묻고 싶었다. 정회마을에 와본 적이 있느냐고. 초여름이면 마을의 대추나무마다 가득하던 작은 연녹색의 대추꽃을 본 적이 있 냐고. 이야기하고 싶었다. 얼마 전, 마을의 대추나무에서 연녹색의 꽃 이 다시 피기 시작했다고. 당신의 인중 없는 손자도 아마 그 꽃을 보 았을 것이라고. 하지만 아무 말도 하지 않았다.

입 안에 고인 쓴 침을 탁 뱉은 뒤, 미도는 고개를 번쩍 들어 하늘을 올려다보았다. 거센 태풍이 지나간 하늘은 거짓말처럼 투명하고 깨끗했다. 미도는 크게 심호흡을 하고 나서야 원석을 향해 돌아섰다.

"당신 손자가 전생에 어떤 이름으로 불렸는지 알아요. 아이의 전생 이름보다 당신의 현재 명성이 더 중요하다면, 이 모든 일을 묻으셔도 관여하지 않겠습니다. 저도 침묵할게요. 다만 아이는 당신의 죗값을 대신해서 치르겠죠. 그렇게 된다면 아이의 죽음이 당신 때문이라는 것은 오래도록 기억해야 할 겁니다. 생의 끝까지, 아니 다음 생에서도."

해가 진다. 산을 지배한 어둠은 호랑이 같아서 마주쳐서는 안 된다. 위험하다. 빨리 산에서 내려가야 하는데, 길이 보이지 않는다. 반팔 소매 위로 드러난 팔에 오소소 소름이 돋는다. 몇몇 아이들이 울음을 터뜨린다. 같이 주저앉아 울고 싶지만 그럴 수가 없다. 긴 나뭇가지로 앞을 더듬어가며 조금씩 발걸음을 옮긴다. 무릎이 아프다. 아까 돌부리에 걸려 넘어지면서 다친 모양이다. 무릎을 닦으니 손바닥에 흙이 뒤섞인 피가 묻어난다. 턱 밑까지 차오르는 울음을 참느라 목울대가 뻐근하다. 포기하고 싶다. 무릎 사이에 얼굴을 묻고 누군가 찾아주길 기다리고 싶다.

누군가 소리 지른다. 마을이다! 손가락으로 가리키는 곳을 보니 정말 마을의 불빛이 보인다. 벌떡 일어나 달리기 시작한다. 따뜻하게 일렁이는 불빛을 보니 마음이 그득해진다. 그런데 아무리 달려도 마을에 닿지를 못한다. 계속 제자리걸음이다. 이상하다. 검은 하늘이 붉게 물들기 시작한다. 머리 위 하늘이 핏빛이다. 뒤돌아보니 산에 커다란 불이 활활 일고 있다. 시뻘건 불길이 나무들을 집어삼키고 있다. 불길이 빠르게 다가온다. 소리를 지르고 싶은데 목소리가 나오지 않는다.

살려줘. 제발 살려줘. 어떤 힘이 내 손을 잡아끈다. 목소리가 들린다. 소리가 나는 방향으로 달린다. 불길이 뒤쫓아온다.

살려줘. 제발 살려줘.

"고현도."

시뻘건 불길이 사라지고 새하얀 형광등 불빛이 눈에 가득 들어찼다. 눈을 몇 번 깜박이자 서서히 형체들이 보이기 시작했다. 눈앞에 사람들이 있었다. 모두 어른들이었다. 이곳이 어딘지, 무엇을 하던 중인지 생각이 나지 않았다.

불! 산에 옮겨붙은 불을 꺼야 했다. 아이가 소리 질렀다.

"불! 불! 불이 났어요."

미도가 아이 곁에 무릎 꿇고 앉았다.

"잊고 싶은 기억이 불이야?"

아이가 크게 고개를 주억거렸다. 금방이라도 울 것 같은 표정으로 말을 이어갔다.

"숲이 불에 탔어요. 마을의 숲이 모두 타버렸어요."

미도가 침을 삼켰다. 감기라도 걸린 듯 목이 따끔거렸다. 마른침을 몇 번이나 삼키고 나서야 다음 질문을 이어갔다.

"어쩌다 숲에 불이 났어?"

아이의 눈동자가 흔들렸다. 커다란 두 눈에 두려움과 슬픈 감정이 오롯이 떠올랐다.

"내가…… 내가 불을 질렀어요."

"왜 불을 질렀어?"

"숨기고 싶어서."

미도는 다음 말을 듣고 싶지 않았다. 질문도 하고 싶지 않다. 진실을 직면하고 싶지 않았다. 하지만 피할 수 없었다.

"뭘 숨기고 싶었어?"

"뒷마당에 묻어둔 고깃덩어리. 마을 사람들이 그 고깃덩어리를 끓여 먹고 아팠어요. 땅에 묻어둔 고깃덩어리에서 핏물이 새어 나와 냇가로 흘러들었어요. 마을의 땅과 물이 전부 오염됐어요."

아이를 둘러싼 모두가 입을 틀어막았다. 미도는 따끔거리던 목의 통증이 심해져 고통스러웠다. 누군가 커다란 대바늘로 목을 찌르는 것 같기도 했고, 비틀어 짜는 것 같기도 했다. 목소리를 내기가 힘들었다. 미도는 안간힘을 써서 다음 질문을 이어갔다.

"누가 뒷마당에 고깃덩어리를 숨겼어?"

아이의 눈에서 굵은 눈물이 툭 떨어졌다. 아무에게도 말할 수 없는 비밀이었다. 죽을 때까지 마음에 묻고 가야 하는 이야기였다. 천형처럼 감수해야 하는 일이었다. 하지만 더는 견딜 수 없었다. 혼자 감당하는 것이 너무나 외로웠다.

"아버지가…… 아버지가 숨겼어요. 아버지가 일하던 정수사료공장이 폐업하고…… 공장에서 월급이 안 나왔어요. 아버지는 살기 위해 서는 어쩔 수 없다고 했어요. 몰랐대요. 그렇게 나쁜 건 줄 진짜 몰랐대요. 나중에 회사 사람들이 찾아와서 절도죄로 신고할 수도 있지만 하지 않겠다고, 일자리도 줄 테니까 아무에게도 말하지 말라고…… 그 고깃덩어리에 대해서는 침묵하라고…… 그래서 숨겼어요. 트럭에 가득 실려 있던 고깃덩어리, 썩지 않는 고깃덩어리를…… 뒷마당에 숨겼어요."

미도는 눈을 질끈 감고 이를 악물었다. 목이 죄어와 숨을 쉬는 것 조차 어려웠다. 목이 늘어난 반팔 셔츠를 입고 가마솥을 젓던 아버지의 모습이 떠올랐다. 술이 올라 불콰해진 얼굴과 앙상한 팔다리가 눈앞에 선했다. 과거는 묻히거나 사라지는 것이 아니었다. 현재와 맞물려 끊임없이 재생되고 있었다. 마지막 질문을 해야 했다. 힘겹게 입을 열고 미도가 물었다.

"네 아버지…… 뒷마당에 고깃덩어리를 숨긴 네 아버지는…… 고 영배 씨야?"

아이가 천천히 고개를 끄덕였다. 미도의 뱃속 깊은 곳에서부터 비명 같은 울음이 터져 나왔다. 다른 사람에게는 들리지 않는, 미도의 귓가에만 울리는 울음이었다. 미도는 울음을 참기 위해 눈을 감았다.

눈앞의 인중 없는 아이는 미도의 오빠, 현도였다. 세 살 터울의 오빠, 모진 말 한번 내뱉지 못했던 마음 여린 오빠, 죄인처럼 무릎 꿇고 앉아 아버지의 신세 한탄을 들어주던 오빠…….

아버지가 피를 토하며 돌아가시고 한 달 후, 오빠는 뒷마당과 이어진 숲에서 숨진 채 발견되었다. 온몸이 불에 타 형체조차 알아볼 수 없었다. 한순간에 가족 모두를 잃고 망연자실한 미도를 마을 사람들이 위로했다. 오빠는 숲에 번진 큰불을 끄려다가 숨진 것 같다고, 심성 고운 아이라 도망갈 생각을 하지 못한 것 같다고 했다.

하지만 그것이 아니었다고, 숲에 번진 불을 끄려던 것이 아니었다고, 아버지의 죄를 덮기 위해 자신이 마을의 숲에 불을 지른 것이라고…… 오빠가 자신의 죽음에 숨겨진 진실을 이야기하고 있었다.

감았던 눈을 떴다. 미도의 눈에 20일 만에 깨어난 아이를 끌어안고 펑펑 우는 사람들의 모습이 보였다. 현도 오빠의 이번 생의 가족들이었다. 아이의 몸 곳곳을 걱정스럽게 살피며 울다가 웃길 반복하는 지영, 아이의 손을 두 손으로 감싸 쥐고 감사하다는 말만 반복하는 정숙, 고개 숙인 채 눈물을 훔치는 석훈 그리고 아이의 발밑에 무릎 꿇고 앉아 오열하는 원석……. 현도 오빠는 자신을 희생해서라도 가족을 지키고 싶었을 것이다. 하지만 이뤄질 수 없는 바람이었다. 미도는 고개를 돌렸다.

인중 없는 아이, 기환이 몸을 일으키더니 미도를 향해 손을 뻗었다. 미도가 돌아보자 아이가 손으로 미도의 뺨을 닦았다. 미도 스스로도 눈치채지 못했던 눈물이 뺨을 따라 흘러내리고 있었다. 가슴속에 오랜 시간 응어리진 채 맺혀 있던 것이 터져버렸다. 오빠 앞에서 발을 동동 구르며 떼를 쓰던 여섯 살 꼬마 아이처럼, 그제야 미도는 엉엉

소리 내어 울었다.

밤사이 기온이 급강하하는 이상기후가 발생했다. 강원도 산간지방
에서는 영하의 기온이 관측되었고, 우박이 떨어져 농작물 피해를 입
은 곳도 생겨났다. 한여름의 우박은 뉴스의 헤드라인을 장식했다. 감
당하기 힘든 기후변화에 종말, 멸종, 멸망과 같은 극단의 단어들이
사람들 사이에 횡행했다.

때마침 전해진 원바이오 강원석 회장의 기자회견 소식은 사람들의
뜨거운 관심을 모았다. 지금의 절망적 상황을 반전시킬 수 있는 또
한 번의 획기적인 과학기술이 발표될 것이라, 모두 성급하게 기대했
다. 양북군에 위치한 원바이오 사육장에서 열린 기자회견장에는 예
상보다 많은 인파가 모여들었다.

강원석 회장은 석훈의 부축을 받으며 나타났다. 기자회견장에 모
여 있던 사람들 사이에서 잠시 소란이 일었다. 며칠 사이에 너무 변
해버린 강 회장의 외모 때문이었다. 꼿꼿하고 지적이며 여유 있는 노
신사는 간데없고 초라하고 평범한 노인의 모습으로 등장한 강 회장
을 두고 사람들은 수군거렸다. 윤태석 국장의 자살을 목격한 충격 때
문일 것이라는 말들이 오갔다.

강원석 회장의 기자회견이 시작되었다. 내용은 간단했다. 유전자편
집기술의 불완전성으로 인해 예기치 못한 일들이 벌어졌으며, 그로
인한 모든 법적, 윤리적 책임은 자신이 질 것이고 재산은 모두 사회

에 환원하겠다는 내용이었다.

석훈이 참담한 표정으로 보도자료를 배포했다. 어리둥절한 채로 자료를 살펴보던 사람들 사이에서 탄식이 새어 나왔다.

질문이 쏟아졌지만 지친 기색이 완연한 원석은 어떤 대답도 하지 못했다. 석훈이 아버지의 건강 상태가 극도로 좋지 않다는 말로 양해를 구했다.

사람들은 집요하게 달려들었다. 석훈은 아버지를 모시고 현장을 빠져나가려 했고, 기자회견장은 순식간에 아수라장이 되었다. 경호원들이 달려와 제지를 해도 소용이 없었다.

밀려드는 사람들을 막아서며 석훈은 온몸으로 아버지를 감싸 안았다. 아버지는 거대한 산이었다. 그 산이 모래성처럼 허물어지고 있었다. 석훈은 그 사실을 도저히 받아들일 수가 없었다. 아버지가 지나친 죄책감으로 고통스러워하는 것도 납득할 수 없었다. 그동안 아버지가 이룬 업적에 비하면 이까짓 일은 아무것도 아니었다. 석훈은 아버지처럼 무너지지 않을 것이라, 이를 악물며 다짐했다. 그런데 순간 묘한 쾌감이 온몸으로 퍼져나갔다. 그것이 아버지를 닮지 못했다는 열등감을 벗어던진 쾌감이라는 것을, 석훈은 알지 못했다.

아버지를 감싼 석훈이 기묘하게 웃고 있는 모습이 수십 대의 카메라에 담겼다. 이후 석훈 자신도 오래도록 들여다보며 당시의 감정을 헤아리려 노력하게 되는 한 순간이, 사진으로 박제되었다.

석훈은 더 이상 사진을 찍지 못했다. 아버지를 닮은 아버지가 되지도, 아버지와는 전혀 다른 아버지도 되지 못했다. 사진 속에 박제된 자신의 표정만 골똘히 들여다보며 찻값을 치르는 아버지를 오래도록 기다릴 뿐이었다.

기사로 모든 사실을 알게 된 정숙은 말로 설명할 수 없는 엄청난 통증을 느꼈다. 딸을 낳을 때 느꼈던 산통과도 비슷했다. 온몸의 뼈 마디마디가 벌어지고 몸속 장기가 뒤틀리는 것만 같았다. 자신이 살기 위한 선택에 그토록 많은 희생이 더해지고 있으리라는 것은 상상치도 못했다. 사는 동안 바라는 것은 많지 않았는데, 사는 일 자체가 무해할 수 없었다. 정숙은 오래도록 숨죽여 울었다.

지영은 자신의 가족에게 닥칠 일들을 직감했다. 하지만 두렵지는 않았다. 지영은 창가로 다가가 커튼을 젖혔다. 쨍한 여름 햇빛에 눈이 부셔 저절로 눈살이 찌푸려졌다. 강렬한 햇빛에 조금 익숙해진 다음, 창문 너머로 정원을 내다보니 초록이 무성했다. 왕성한 생명력을 가진 나무와 풀, 꽃들이 가득했다.

길고양이 몇 마리가 나무 사이를 오가는 게 보였다. 지영은 '그럼에도 불구하고' 살아남는 생명들에 대해 생각했다. 자신도 어떻게든 살아남을 생각이었다. 작은 손이 치맛자락을 끌어당겼다. 돌아보니 아이가 지영을 빤히 바라보고 있었다. 뭔가 할 말이 있는 눈치였다. 지영이 무릎을 굽혀 아이와 시선을 맞췄다. 아이가 속삭이듯 말했다.

"엄마, 이가 흔들려."

아이가 입을 벌려 이를 드러내 보였다. 하얗고 작은 아랫니 하나가 조금 흔들렸다. 지영이 아이의 머리를 쓰다듬으며, 건강하게 성장하고 있다는 증거라고 말해주었다. 아이의 여섯 번째 생일이 다가오고 있었다.

원바이오 유전자변형돼지 사육장의 실태가 언론을 통해 공개되자, 사람들은 충격에 휩싸였다. 유전자편집기술의 안전성이 확보될 때까지 이종장기이식은 법적으로 금지되었다. 첨단바이오의료법 및 생명윤리법 개정을 두고 치열한 논란이 시작되었다. 동남아시아에 수출되었던 가공육 제품의 수거 및 피해실태조사 또한 진행되었다. 정부의 묵인 아래 자행된 국제적 범법 행위에 대한 조사와 책임자들의 처벌이 잇달았다.

정회마을에서 벌어진 비극의 원인이 밝혀지자 도망치듯 마을을 떠났던 사람들이 하나둘 고향으로 돌아왔다. 원인도 알지 못한 채 숨겨야 했던 마을 주민들의 합동 위령제가 치러졌고, 오랜 이웃들은 부둥켜안고 목 놓아 울었다.

혼자 마을에 남았던 미연과 그녀가 살기 위해 키운 텃밭의 작물들은 희망의 상징으로 여겨졌다. 회복 가능한 재난이라는 것이 절망에 빠진 사람들을 일으켜 세웠다. 정회마을에 돌아온 사람들은 다시 땅을 일구었고, 대추나무를 심었다.

사람들은 정회마을 주민의 환생이라 알려진 기환에게 여전히 관심을 보였지만 예전처럼 그악스럽지 않았다. 아이로 인해 진실이 드러났고, 많은 사람을 살렸기 때문이었다.

전생의 악연과 얽힌 현생의 환생을 지켜본 사람들은 순환하는 삶에 대해 깊은 이야기를 나누기 시작했다. 모든 생명체가 이어져 있고, 그 때문에 타인의 고통에 더욱 공감해야 한다는 말들이 설득력을 얻었다. 지독한 환경 재앙 속에서 모두가 함께 살기 위해서 무엇을 해야 하는지, 실천적 방안들이 하나둘 나오기 시작했다.

인증 없는 아이들의 기억을 정보로 보존하는 것보다, 마음을 이해하는 것에 좀 더 집중해야 한다는 목소리도 힘을 얻기 시작했다. 특히 인증 없는 아이 중 발화를 거부하는 아이들, 침묵하는 아이들의 목소리에 더욱 귀를 기울이고 마음을 써야 한다는 것에 많은 사람이 동의했다. 그들이 말을 하지 않는 것이 아니라, 우리가 듣지 않는 것이라는 사실을 사람들은 천천히 깨달았다. 아주 느린 변화가 시작되고 있었다.

따가운 여름 볕이 사정없이 내리꽂혔다. 오존주의보가 내려서 그런지 거리에는 인적이 드물었다. 땅에서 올라오는 지열과 건물마다 빼곡히 설치된 실외기 바람에 가만히 서 있어도 숨이 턱턱 막힐 지경이었다.

지영과 기환은 벌써 같은 길을 세 번째 헤매는 중이었다. 휴대폰 맵을 확인하느라 멈춰 섰던 지영이 땀을 닦으며 돌아보았다. 기환이 골목 구석을 가만히 바라보고 있었다. 아이의 시선을 따라가자 그늘에 웅크리고 앉은 검은 털의 새끼 고양이 한 마리가 보였다. 태어난 지 한 달 남짓밖에 되지 않았을 것 같은, 아주 작은 고양이였다.

"아기 고양이네? 엄마는 어디 가고 혼자야?"

기환이 고양이한테서 시선을 떼지 않고 대답했다.

"엄마가 없나 봐. 아까부터 혼자 있어. 배가 고픈 것 같아."

지영이 조심스럽게 다가가자 새끼 고양이가 야옹 울음소리를 냈다.

기환이 다가와 엄마 옆에 쪼그리고 앉았다. 손을 뻗어 손가락을 내밀자 새끼 고양이가 얼굴을 가져다 댔다.

지영이 가만히 살펴보니 영양 상태가 좋지 않아 보였다. 제대로 먹지 못했는지 앙상하게 마른 데다 털도 듬성듬성 빠져 있었다.

걱정스러운 엄마의 표정을 보고 기환이 혼잣말처럼 물었다.

"엄마가 버리고 간 걸까?"

새끼 고양이가 대답이라도 하는 것처럼 야옹 울음소리를 냈다. 지영이 기환의 머리를 쓰다듬으며 말했다.

"우리랑 만나려고 여기 있었나 보네. 우리랑 같이 가겠냐고 기환이 네가 한번 물어봐."

기환의 눈이 동그래졌다. 정말 그래도 되냐는 무언의 물음이었다. 지영이 선심 쓰듯 고개를 끄덕였다. 기환이 조심스럽게 새끼 고양이에게 물었다.

"우리랑 같이 갈래? 우리 집에 송이라는 하얀 고양이도 있는데 널 좋아할 거야."

새끼 고양이가 경계심도 없이 기환의 손에 몸을 비볐다. 얼굴이 환해진 기환이 승낙을 얻은 것처럼 지영을 바라보았고, 지영이 가방에서 손수건을 꺼내 고양이를 감싸 안았다. 새끼 고양이가 야옹, 또 한번 울음소리를 냈다.

"가자. 이번에는 찾을 수 있을 것 같아."

한 팔에는 새끼 고양이를 안고, 다른 한 손으로는 기환의 손을 잡은 채 지영이 다시 걷기 시작했다. 좁은 골목길 모퉁이를 돌아서자 낯선 향신료 냄새가 짙게 풍겼다. 허름한 다세대 주택 앞에 멈춰 서서 기웃거리다 열려 있는 철제 대문 안으로 들어섰다. 때마침 지하층의 문이 열리며 남자가 머리를 쑥 내밀었다. 남자가 문 안에 대고 소리를 쳤다.

"더워 죽겠는데 한 번에 시켜! 이번엔 진짜 맥주만 사 오면 되는 거지?"

투덜대며 계단을 올라오던 남자가 두 사람을 보고 움찔했다. 지영을 알아보곤 반색하며 인사를 건넸다.

"안녕하세요. 오랜만에 뵙네요."

"잘 지내셨어요, 승윤 씨."

계단에서 반가운 인사가 오고 갔다. 계단 아래 문이 벌컥 열리더니 미도가 몸을 반쯤 내밀고 소리쳤다.

"거기서 수다 떨지 말고 빨리 다녀와! 지영 씨 어서 와요. 다들 기다리고 있었어요."

승윤이 계단을 올라 골목 끝으로 달려갔고, 지영과 기환이 계단 아래로 내려섰다. 활짝 열린 문 안에서 고소한 음식 냄새가 풍겨왔다. 미도가 환하게 웃는 얼굴로 두 사람을 맞았다.

"이 동네 주차할 데가 마땅치가 않아서 많이 걸었죠? 내가 공용주차장 필요하다고 구청에 몇 번이나 민원을 넣었는데, 아직도 답이 없네요. 조만간 한 번 찾아가서 제대로 진상을 부리든지 해야지."

미도가 두 팔을 걷어붙이며 열변을 토했다.

공연히 수선을 피우는 미도 뒤에서 제니가 얼굴을 빼꼼히 내밀었다. 마루에서 전을 부치던 타니사가 앉은 채로 인사를 했다. 부엌에서 음식을 하던 미연이 앞치마에 손을 닦으며 나왔다. 그제야 미도가 두 사람을 집 안으로 들여 인사를 시켰다. 타니사가 서툰 한국말로 먼저 인사를 건넸다.

"반갑습니다. 더운데 멀리까지 와주셔서 감사합니다."

지영이 환하게 웃으며 인사했다.

"초대해주셔서 제가 감사해요. 퇴원하신 것 진심으로 축하드리고요."

미연이 얼른 기환에게 다가가 손을 내밀었다. 기환이 손을 꼭 잡아주었다. 기환의 전생과 미연의 어린 시절이 마주했다. 다정한 소꿉친구였던 두 사람은 손을 잡은 채 말없이 한참을 서 있었다.

타니사의 퇴원을 축하하기 위해 모인 자리였다. 승윤이 기환을 초대하면 어떻겠냐고 제안을 했고, 양쪽에서 받아들여 성사된 만남이었다. 병원 치료를 통해 건강해진 모녀의 이야기와 최근 이사를 하고 새로운 생활을 시작한 모자의 이야기가 두런두런 오갔다.

엄마 옆에 앉아 통역을 돕던 제니가 기환을 바라보다 문득 손을 뻗었다. 제니의 손끝이 기환의 코 밑에 와 닿았다. 갑작스러운 행동에 조금 놀란 어른들이 두 아이를 바라보았다. 제니가 말했다.

"배 속에 아기가 있을 때 천사가 세상에 나가면 아무 말도 하지 말라고 쉿, 하고 입술에 손가락을 댄대. 그래서 인중이 생기는 거고. 그런데 천사가 너는 세상에 나가서 뭔가 말하길 바랐었나 봐. 그래서 말은 했어?"

잠시 고개를 갸웃하던 기환이 말했다.

"기억이 잘 안 나. 아랫니 하나가 빠져서 그런가 봐."

기환이 입을 벌려 이 빠진 자리를 보여주었다. 바로 그때 지영의 품에서 새끼 고양이가 얼굴을 쏙 내밀었다.

제니는 물론 미도까지 소리를 지르며 좋아했다. 지영이 어떻게 이 집까지 고양이가 오게 되었는지 들려주자 제니와 미도가 서로 새끼 고양이를 돌보겠다며 호들갑을 떨었다. 길고양이들을 주려고 가방에 사료를 챙겨 다니는 미도가 먹이를 챙기느라, 제니가 물을 가져다주느라 요란스럽게 굴었다. 그 모습을 물끄러미 보던 기환이 웃으며 엄마에게 말했다.

"동생이 고양이를 엄청 예뻐했어요. 그래서 별명도 고양이었어요. 고미도 고양이."

부엌에서 음식을 준비하던 미연이 풉, 웃음을 터뜨렸다. 미도도 기환의 목소리를 들었는지 움직이던 걸 뚝 멈췄다. 기환은 자기가 뱉은 말을 스스로도 온전히 이해하지 못한 표정이었다. 눈을 동그랗게 뜬 기환을 보고 미도가 얼굴을 쑥 내밀었다.

"기억을 완전히 잊은 건 아닌가 보네. 나도 비밀 얘기 하나 해줄까?"

기환이 눈을 반짝였다. 호기심 가득한 어린아이의 눈이었다. 지영만 긴장한 채 미도의 다음 말을 기다렸다.

"정우 오빠랑 너랑 둘이서 매일 방에 틀어박혀서 스누피 그림 그리면서 놀았잖아. 말도 안 되는 엄청 유치한 스토리 써가면서. 그래서 나는 네가 누구인지 진즉에 눈치챘어. 처음부터 나는 널 알아봤다는 말이야."

기환은 무슨 말인지 이해하지 못해 고개를 갸웃했다. 오히려 놀란 건 지영이었다. 지영의 입에서 하, 탄식이 터져 나왔다. 눈앞의 여자는 도무지 속을 알 수 없었다. 좋은 사람이라고 믿음을 가질 만하면 뒤통수를 치며 약을 올렸다. 지영이 한숨을 내쉬며 기환에게 말했다. 진심이 가득 담긴 말투였다.

"고미도는 고양이가 아니고 이제 코모도도마뱀이야. 최상위 포식자니까 조심해. 알았지?"

엄마의 말을 이해한 건지 기환이 웃음을 터뜨렸다.

미도가 눈을 부라렸지만 소용이 없었다. 기환이 웃자 제니가 따라 웃었고, 둘을 바라보던 지영과 타니사도 크게 웃었다. 미연도 오랜만에 소리 내어 시원하게 웃었다. 새끼 고양이가 야옹, 울음소리를 내며 미도의 발밑을 맴돌았다.

한식과 태국 음식이 곁들여진 저녁 식사를 하며 모두 한마음으로 타니사의 퇴원을 축하했다. 따뜻한 격려가 오가고 허물없는 웃음이 곁들여졌다.

식사 자리가 끝나갈 무렵 승윤이 여섯 개의 초를 꽂은 케이크를 들고 나왔다. 기환의 여섯 번째 생일을 축하하기 위해서였다.

따가운 세상의 시선과 어수선한 집안 상황 탓에 기환의 생일을 알리지 않았던 지영은 울컥 눈물이 났다. 기환과 제니는 마냥 좋은지 깔깔거리며 박수를 쳤다. 기환이 지영을 돌아보며 말했다.

"엄마, 나 생일이야? 그럼 촛불 끄면서 소원 빌어도 돼?"

"그럼. 기환이 소원이 뭔데?"

"비밀! 비밀은 말하면 안 되는 거야!"

기환이 손가락을 입에 대고 쉿, 흉내를 내었다. 눈을 감고 소원을 비는 기환의 모습에서 간절함이 느껴졌다. 감았던 눈을 번쩍 뜨고는 기환이 촛불을 훅 불어 껐다. 일렁이던 초가 기환의 바람을 담아 모두 꺼졌다.

노란빛이 새어 나오는 창문으로 끊임없이 웃음이 새어 나왔다. 가로등도 켜지지 않은 어둑한 골목길로 여러 사람의 웃음이 노란빛처럼 퍼졌다. 덥고 습한 여름밤이었다.

과거를 붙잡고 싶은 아이

유치원 차량이 아파트 단지에 멈춰 섰다. 버스에서 아이들이 우르르 내려 기다리는 엄마들에게 달려갔다.

가방을 던져놓고 아이들은 약속이라도 한 듯 아파트 놀이터로 달려갔다. 예닐곱 명의 아이들이 놀이터를 뛰어다니며 놀기 시작하자 조용했던 아파트 단지가 순식간에 활력이 생기며 떠들썩해졌다.

무리 지어 뛰어다니는 아이들 가운데 한 아이만이 어울리지 않고 모래밭에 혼자 앉았다. 다른 엄마들과 수다를 떠느라 분주한 아이 엄마는 그런 아이를 보고서도 그냥 두었다.

워낙에 혼자 놀기를 좋아하는 아이인 데다 엄마의 천성 자체도 무던해 아이가 어쩌든 크게 신경 쓰지 않는 편이었다. 재경이라 이름 지어진 아이는 날 때부터 인중이 없었다. 젊은 부부는 인중이 없는 아이가 태어나 조금 놀랐지만, 시대가 바뀌었으니 유난 떨 일도 아니라 여겼다. 아이는 인중이 있는 아이들과 어울려 자연스럽게 자랐고, 성장하는 동안 차별받거나 고립되지 않았다. 오히려 아이들과 거리를 둔 것은 재경이었다.

모래밭에 쪼그려 앉아 뭘 열심히 만드는 재경이 옆으로 여자아이가 다가왔다. 같이 놀고 싶었는지 아이가 옆에 앉아 물었다.

"뭘 만드는 거야?"

여자아이를 힐끗 쳐다본 재경이는 금세 고개를 돌렸다. 재경은 인중 있는 아이에게는 모래알만큼의 관심도 없었다. 인중 없는 아이들에게는 관심이 많았지만, 5년을 사는 동안 만난 것은 단 두 번뿐이었다. 하지만 그 아이들 역시 보잘것없는 전생의 기억만 갖고 있었다. 자신처럼 특별한 아이는 없었다. 여자아이는 상처받은 기색 없이 또 물었다.

"같이 놀래?"

하지만 이번에도 재경이는 아무 대답도 하지 않았다. 한참을 앉아 구경만 하던 여자아이는 치마를 툭툭 털고 다른 곳으로 가버렸다.

아이들이 어울려 신나게 뛰어노는 동안에도 재경이는 모래성을 쌓는 데만 열심이었다. 학원으로, 집으로 아이들이 제각각 떠난 뒤에도 재경이는 자리에서 일어날 줄 몰랐다. 다른 엄마들이 모두 아이들을 데리고 돌아간 뒤에야 재경의 엄마가 아들 곁으로 다가왔다.

"아들, 뭐 만드는 거야?"

"내가 있던 곳."

엄마는 이번에도 전생의 이야기일 것이라 짐작했지만 딱히 흥미가 생기지는 않았다. 아이는 전생에 대해 이야기하길 좋아했다. 하지만 그것이 진짜인지 혹은 지어낸 말인지 확인할 방법은 없었다. 확인하고 싶은 생각도 없었다. 아이의 전생보다 오늘 저녁 반찬거리가 걱정이었다. 냉장고 속에 뭐가 있더라, 생각하면서 엄마는 대수롭지 않게 물었다.

"아들 있던 곳이 어딘데?"

"깊은 숲속에 있어. 아주 깊은 곳에 있어서 사람들이 쉽게 찾아오지 못해. 왜냐면 그곳은 아주 중요한 곳이거든."

엄마는 아들이 전생에 시골 마을에서 자랐을지 모르겠다는 생각을 했다. 지금은 농촌이 인류문화유산으로 보존되고 있으니, 중요한 곳이라는 말도 틀린 건 아니었다. 하지만 그것 또한 무슨 상관이랴. 모래로 엉망이 된 아들의 옷을 털어주고 손을 잡고 집으로 향하며 엄마는 시큰둥하게 대화를 이어갔다.

"숲속에 있는 집이면, 나무 집이야?"

재경은 엄마를 슬쩍 올려다보고는 콧방귀를 끼었다. 저렇게 단순한 사고방식을 가진 사람이 엄마라니, 매번 실망스러웠지만 오늘은 더했다. 이번에도 역시 알아듣지 못할 것이 뻔했지만, 재경은 말을 이어갔다.

"사람들이 찾아와도 눈이 부셔서 쳐다보지 못해. 왜냐면 건물 전체가 유리로 되어 있어서 빛을 반사하거든. 글라스타워로 지어진 건물에서 나는 제일 꼭대기 층에 있어. 거기서도 제일 높은 사람이니까. 날 만나기는 쉽지 않아. 난 항상 바쁘거든."

재경이 어깨를 으쓱하며 엄마를 쳐다보았다. 하지만 엄마는 듣고 있는 눈치가 아니었다. 아들이 하는 대부분의 말을 흘려듣는 엄마가 아무런 감정도 담지 않고 말했다.

"그랬구나. 우리 아들, 멋지네. 그래서 저녁은 뭘 먹을까?"

재경은 절망했다. 이렇게 무디고 무지한 부모 밑에서 태어난 자신의 현생을 저주했다. 자신의 말이 힘을 갖기 위해서는 모든 기억이 사라지기 전에 기록해두어야 했다. 마음이 분주해졌다. 인중 없는 아이 재경은 엄마의 손을 뿌리치고 집으로 달렸다.

집에 도착한 재경은 책상 서랍에서 수첩을 꺼내 메모하기 시작했다. 또렷이 떠오르는 전생의 기억이었다.

국립법무병원 치료감호소에서 12년 동안 수감되어 있었던 남성이 있다. 존속살해혐의로 무기징역을 선고받았으나, 심각한 정신질환이 있는 것으로 판명되어 오랜 세월 수감 치료를 받아야 했던 김민우. 그는 인중 없는 아이, 환생아였다. 아이는 첫 발화에서 전직 대통령 장충식을 언급했다. 상담 과정에서 드러난 것은 그가 전생에 대통령의 비자금을 관리한 회계사이자, 대통령의 아들인 장석진이라는 사실이었다. 인중 없는 아이 김민우는 전생의 아버지인 장충식의 모든 비리를 낱낱이 알고 있었다. 아이는 현생의 부모에 의해 강제 발치되었고, 이후 심각한 정신질환을 앓게 되었다.

그러나 나는 사실을 명확히 기억한다. 아이의 강제 발치를 사주한 것은, 전직 대통령 장충식이었다. 막대한 부를 누리며 호화로운 노년을 보내는 장충식, 나는 그의 모든 비밀을 알고 있다.

내 이름은 윤태석. 환생아기억보존국의 최고 책임자다. 지금부터 내가 하려는 말은 모두 진실이다.